Die Sumpfloch-Saga

Band 2
Dunkelherzen und Sternenstaub

von
Halo Summer

© 2012 Halo Summer

ISBN-13:
978-1478144731

ISBN-10:
1478144734

Kontakt: sumpflochsaga@yahoo.de
Verlag: CreateSpace

Titelbild: © Fotolia.com/Chorazin, Roman Dekan

Das Werk, einschließlich aller seiner Teile, ist urheberrechtlich geschützt. Jede Verwertung ist ohne Zustimmung des Autors unzulässig. Dies gilt insbesondere für Vervielfältigungen jeder Art, Übersetzungen und die Einspeicherung in elektronische Systeme.

Die Sumpfloch-Saga

Band 2
Dunkelherzen und Sternenstaub

von
Halo Summer

INHALT

Das Winterkind von Finsterpfahl	5
Verzauberung und Widerstand	14
Beim fettigen Gichtknoten	20
Ein stiller, tiefer Typ	34
Die zwölfte Inkarnation des heiligen Zahns	49
Heimlichkeiten	61
Die Eingeweide der Zeit	74
Die abtrünnigen Reiche	82
Schneeschmelze	100
Die Geschichte von Viego und Geraldine	119
Feenblau	130
Der Wächter und das Pfand	152
Wolfsgeheul	165
Wohin wir gehören	179
Geisterstunde	191
Moos mit Erdbeeren	205
Sommerschatten	216

Kapitel 1

Das Winterkind von Finsterpfahl

Wer auch immer Scarlett loswerden wollte, als sie noch kein Jahr alt war, hatte wenig Mut besessen. Die echten Waisenkinder wurden meist persönlich im ‚Kinderheim für Elternlose' vorbeigebracht, die unechten Waisenkinder stellte man mitten in der Nacht in einem Korb vor die Tür. Man tat es nicht gerade im Winter, wenn es eisig kalt war, sondern im Frühling, wenn keine Gefahr bestand, dass das Kind erfror. Die Leute, die das Kind nicht haben wollten, stellten es also schön warm eingepackt in einem Korb auf die Treppe, hämmerten kurz ans Tor oder läuteten sogar die Glocke, bis der Hund bellte. Und dann rannten sie weg. Darüber konnte man denken, wie man wollte, aber es war zumindest ein wenig Fürsorge zu erkennen.

Nicht so bei Scarlett. Es war ein harter, kalter Winter vor zwölf Jahren, als Scarlett in einen Sack mit Kartoffeln gesteckt wurde. Und zwar in einen Sack mit fauligen Kartoffeln, die keiner mehr kaufen wollte und die daher an Waisenhäuser im ganzen Land verteilt wurden. Der Sack wurde oben zugebunden und auf einen Haufen mit anderen Säcken geworfen, die auf Pferdekarren verladen und in alle möglichen Richtungen gefahren wurden. Wie es der Zufall – oder das Schicksal – so wollte, fuhr der Wagen, auf dem der Sack mit Scarlett gelandet war, in den ärmsten und nördlichsten Landstrich von ganz Amuylett: nach Finsterpfahl. Hier gingen die Uhren noch anders oder eigentlich gar nicht. Alles, was im modernen Amuylett schon selbstverständlich war – Kläranlagen für Abwässer, Gesetze gegen den Missbrauch magischer Technik oder die Gleichberechtigung aller Kreaturen – war in Finsterpfahl noch nicht angekommen. Hier lebte man nach sehr alten Regeln und die besagten, dass man denen gehorchte, die es am besten wussten. Am besten wussten es die, deren Eltern es schon am besten gewusst hatten, welche wiederum die Kinder derer waren, die es auch schon am besten gewusst hatten.

Aber davon ahnte Scarlett nichts, als sie an einem klirrend kalten Morgen noch vor Sonnenaufgang im Hof des ‚Kinderheims für Elternlose' abgeladen wurde. Die Fahrt hatte länger gedauert als normalerweise, da der Kutscher vom Pech verfolgt gewesen war:

Erst war ihm eine Radachse gebrochen, dann war er im tiefen Schnee stecken geblieben und als er in Finsterpfahl hinter einen Baum pinkeln wollte, hatte ihm jemand ein Messer an den Hals gehalten und seine Geldbörse gefordert, die er schlotternd herausgerückt hatte. Noch nie hatte ihm eine Fracht so viel Unglück gebracht. Jetzt war er froh, dass er sie los war. Er knallte den Sack, in dem sich Scarlett befand auf ein Fass mit Sauerkraut und machte sich schleunigst auf den Heimweg.

Ein einäugiger, humpelnder Knecht zerrte den Sack schließlich vom Hof in die Küche, nicht ohne dabei über die Türschwelle zu stolpern und sich dabei den Fuß zu verstauchen. Eine Magd mit einem Fischkopf verarztete ihn mit einer Salbe und einem Verband, bevor sie sich daran machte, den Sack zu öffnen, um die Kartoffeln herauszuholen.

„Was ist denn das?", rief sie, als ein kleines, fest verschnürtes Bündel zum Vorschein kam.

Es war so fest eingewickelt, dass es im ersten Moment gar nicht lebendig aussah. Sogar der Kopf und der Mund waren eingewickelt, nur die Nase war frei geblieben. Dazu war das Bündel mit dunkelroter Farbe bemalt worden. Die Magd erschauerte: Hoffentlich war das kein trockenes Blut! Als sie die Nase entdeckte, die zwar kalt war, aber aus der regelmäßig ein Lufthauch kam, wickelte sie das Bündel aus, so schnell sie konnte. Was darin steckte, war ein echtes kleines Mädchen! Die Magd nahm es sofort in ihre Arme und wärmte es. Das Kind machte dabei keinen Mucks. Es war nur so, dass die Kartoffeln, die im Sack gelegen hatten, auf einmal merkwürdige Triebe bekamen, an denen scharlachrote Blüten erblühten, die nach Lakritze und verbranntem Torf rochen. Als die Magd die roten Blüten sah, beschloss sie, dass das Mädchen Scarlett heißen sollte.

Scarlett war ein schönes, aber kein freundliches Kind. Mit ihrer bräunlichen Haut unterschied sie sich von den blassen Kindern Finsterpfahls, ebenso durch ihr pechschwarzes Haar. Ihre Augen waren grün, giftgrün wollte man sagen, wenn man hineinsah. Es war aber gar nicht so, dass die Augen giftig grün gewesen wären, sondern es war der Ausdruck, der einen an Gift denken ließ. Scarlett war grundsätzlich feindselig. Und nur wer sich davon nicht abschrecken ließ, konnte mit ihr Freundschaft schließen. In den acht Jahren, die Scarlett im Waisenhaus verbrachte, gab es nur drei Geschöpfe, denen das gelang. Das erste hieß Hanns und war ein

Junge, der stotterte. Das zweite war der alte Hund, der das Waisenhaus bewachte und nach jedem Kind, das ihn streicheln wollte, schnappte. Das dritte war Eleiza Plumm, die fischköpfige Magd, die Scarlett im Kartoffelsack entdeckt hatte. Diese drei Geschöpfe waren Scarletts Familie und ihr Zuhause. Und sie verlor sie alle an einem einzigen Tag.

Eleiza Plumm sah aus wie eine normale Frau, nur dass sie eben einen Fischkopf hatte und ein paar glänzende Schuppen auf ihrer menschlichen Haut. Es gab viele Geschöpfe dieser Art in Amuylett: Menschen mit Tierköpfen, Mischwesen, die mal mehr, mal weniger menschlich aussahen. Wie diese Geschöpfe entstanden sind, ist eine lange Geschichte, die mehrere Bücher füllen würde. Die Geschichte ist schon lange her und alles, was uns in diesem Zusammenhang interessiert, ist: Es gab diese Wesen nun mal und nach Jahrhunderten der Benachteiligung und Unterdrückung waren sie vor bald hundert Jahren von der Regierung als gleichwertig und gleichberechtigt anerkannt worden. Niemand durfte ein Mischwesen ausbeuten oder ausgrenzen. So das Gesetz.

Nur wie das so ist mit gut gemeinten Gesetzen – sie wurden größtenteils befolgt, doch oft nicht verstanden. In den Köpfen vieler Menschen hatte sich festgesetzt, dass Menschen mit Kröten- oder Fischköpfen die dümmeren Menschen seien, die sich für niedere Arbeiten besonders gut eigneten. In Finsterpfahl, wo man sowieso nicht viel von nagelneuen Gesetzen hielt (hundert Jahre waren in Finsterpfahl keine ernst zu nehmende Zeitspanne), da konnten Fischmenschen wie Eleiza Plumm froh sein, wenn sie überhaupt eine bezahlte Anstellung bekamen. Und Eleiza Plumm war froh. Sie stellte keine hohen Ansprüche an ihr Leben, sie wollte nur etwas zu essen haben und eine Aufgabe. Ihre Aufgabe war es, den Waisenkindern etwas zu essen zu kochen, sie zu verarzten, sie zu trösten und ihnen gute Ratschläge zu geben. Scarlett, das Kind aus dem Kartoffelsack, wuchs ihr aber besonders ans Herz. Sie versuchte, es nicht zu zeigen, damit keine Eifersucht aufkam. Dennoch wurde ihr die besondere Liebe zu diesem komischen Kind zum Verhängnis.

Der Tag, an dem Scarlett ihre selbst gewählte Familie verlor, begann mit Sonnenschein und Gelächter. Scarlett und Hanns spielten im Garten am Teich Seeschlacht mit ihren aus Rinde gebastelten Schiffen und schossen sich gegenseitig mit Kieselstein-Kanonenkugeln ab. Dabei spritzten sie sich von oben bis unten nass, was sie so lustig fanden, dass sie irgendwann vor Lachen auf dem Rücken lagen. Mitten im schönsten Moment steckte Eleiza Plumm ihren Fischkopf aus dem Fenster und rief alle Kinder ins Haus. Sie sollten innerhalb von fünf Minuten mit gewaschenen Händen und Gesichtern im Wohnzimmer der Heimleiterin erscheinen. Scarlett hatte keine Lust zu gehorchen, aber Hanns war ein sehr braver Junge, darum rannte er sofort los, und Scarlett rannte eben mit.

Hanns wusch sich gewissenhaft und rubbelte sich auch mit einem Lappen die Flecken von der Kleidung. Scarlett hielt das für überflüssig. Schmutzig, wie sie war, folgte sie dem eifrigen Hanns die Stiegen hinauf zu dem großen, sonnendurchfluteten Zimmer, in dem die Leiterin wohnte und wichtige Gäste empfing. Scarlett war die letzte, die oben ankam. Eleiza Plumm, zwei andere Angestellte, die Leiterin, zwölf Kinder und ein fremdes Ehepaar saßen schon dicht gedrängt beieinander und musterten sich gegenseitig neugierig. Das Ehepaar trug sauber geflickte Kleidung und war sehr alt.

„... ein Kind aussuchen und mit nach Hause nehmen", hörte Scarlett die Heimleiterin sagen.

Scarlett war erstaunt. Was wollten denn der Opi und die Omi mit einem Kind? Wie waren die überhaupt die Treppe hochgekommen? Und in ein paar Jahren, da lagen sie dann auf dem Friedhof und ihr adoptiertes Waisenkind war wieder hier.

„... und da können sie die Hilfe junger Beine gebrauchen ..."

Ach so. Sie brauchten Krankenschwester, Köchin und Putzhilfe in einem und das möglichst billig. Na ja, Scarlett war unbesorgt. Auf sie würde die Wahl bestimmt nicht fallen. Da mussten die Leutchen nur einen Blick in Scarletts grüne Augen werfen, um zu erkennen, dass sie für den Job nicht geeignet wäre.

Einigermaßen gelangweilt beobachtete Scarlett das Hin und Her: Das Gesülze der Heimleiterin, die schüchternen Reden des alten Ehepaars, die aufgeregten Gesichter der anderen Kinder. Sie wurde erst aus ihren schläfrigen Gedanken gerissen, als die Leiterin sagte:

„Ja, Hanns ist ein liebes Kind! Er kommt mit *allen* Kindern aus!"

Der Blick der Heimleiterin fiel auf Scarlett, die gleich böse zurückguckte.

„Er stottert ein bisschen, aber das muss Sie ja nicht stören. Dafür ist er besonders dankbar und stellt keine hohen Ansprüche!"

Als in dieser Weise über Hanns gesprochen wurde, schien er zu schrumpfen. Es machte ihn sowieso verlegen, wenn er gelobt wurde, und da ihn jetzt die anderen Kinder ein wenig neidisch beäugten, war ihm besonders unwohl zumute.

Das Unheil nahm seinen Lauf. Das alte Ehepaar fand Gefallen an dem schüchternen Jungen, sie stellten ihm ein paar Fragen, die er kleinlaut und stotternd beantwortete, und dann nickten der Opi und die Omi einander glücklich zu.

„Das ist er!", verkündete die Omi. „Genau so ein Kind haben wir uns gewünscht!"

Scarlett hörte es und schüttelte den Kopf, als hätte sie etwas in den Ohren.

„Freust du dich denn?", fragte die Omi und patschte Hanns mit der faltigen Hand mehrere Male auf das blonde Haar.

Er nickte schüchtern. Hanns traute sich nie, einem Erwachsenen zu widersprechen. Für Scarlett war ganz klar, dass Hanns sich nicht freute! Wie könnte er denn?

„Dann ist ja alles klar!", sagte die Leiterin und erhob sich. „Kinder, ihr könnt alle gehen, bis auf Hanns! Geht raus zum Spielen!"

Es gab ein Rascheln und Murmeln und Stühlerücken und dann schlüpfte ein Kind nach dem anderen durch die Tür ins Treppenhaus. Alle Kinder bis auf Scarlett.

„Was ist, Scarlett?", fragte Eleiza Plumm, der Böses schwante. Sie kannte ihren Schützling.

„Hanns will doch gar nicht mitgenommen werden!", rief Scarlett. „Sag's ihnen, Hanns, sag ihnen, dass du hierbleiben willst!"

Hanns sah Scarlett mit großen Augen an ... und schwieg.

Eleiza Plumm legte ihre Hand auf Scarletts Schulter und versuchte, sie in Richtung Tür zu schieben, doch Scarlett stemmte sich dagegen und blieb stehen, wo sie war. Sie war wütend. Sehr wütend.

„Hanns! Du musst nicht mitgehen, wenn du nicht willst!", rief sie.

„Was ist denn *das* für ein Mädchen?", fragte die Omi.

„Hören Sie nicht hin", sagte die Leiterin schnell. „Sie ist schwierig."

„Komm, Scarlett!", befahl Eleiza Plumm.

„*So* ein Kind will sicher niemand haben", sagte der Opi.

„Nein", sagte die Leiterin, „wir hatten noch keine Interessenten für Scarlett."

„Armes Ding", sagte die Omi.

„Selber arm, du blöde Vogelscheuche", sagte Scarlett laut und deutlich.

„Frau Plumm!", rief die Leiterin schrill, „nehmen Sie jetzt endlich Scarlett mit nach unten und sperren Sie sie ein. Ich will sie heute nicht mehr sehen!"

Da passierte es. Eine Fensterscheibe zersprang und etwas Schwarzes kam ins Zimmer geflogen: Es musste eine Krähe sein, nur war es viel größer und so schnell, dass man es kaum erkennen konnte. Es flog auf den Opa zu, der sich schützend die Hände vors Gesicht hielt, sodass das schwarze Krähending abprallte. Es stürzte sich dann sogleich auf die Oma, verfing sich mit den Krallen in deren Haaren und zerrte daran, sodass die Oma laut und gellend um Hilfe schrie. Die Leiterin versuchte, der alten Frau zu Hilfe zu eilen, fiel aber dabei aus ungeklärter Ursache über einen nicht vorhandenen Stuhl und riss dabei den Opa mit, der wie wild um sich schlug, um irgendwie das Gleichgewicht zu behalten. Dabei erwischte er die Porzellan-Kakadu-Lampe auf dem Sofatisch, die er auf diese Weise mit lautem Klirren gegen die Wand schmetterte. Hanns sprang erschrocken zur Seite. Das war das Letzte, was Scarlett von ihm sah. Sie wurde von Eleiza Plumm aus dem Raum gezerrt, während Chaos und Geschrei noch in vollem Gange waren. Pflichtbewusst sperrte Eleiza Plumm ihren Liebling in die Wäschekammer. Scarlett ließ es sich gefallen. Sie war plötzlich ganz besänftigt, denn sie dachte, das alte Ehepaar werde Hanns nun nie und nimmer mitnehmen. Aber da hatte sie sich getäuscht. Während Scarlett in der Wäschekammer ihre Zeit absaß und die Fliegen beobachtete, die am Fenster herumkrabbelten, packte Eleiza Plumm Hanns' Koffer und sagte ihm für immer Lebewohl.

Und noch etwas passierte, während Scarlett in der Wäschekammer saß: Die Leiterin des Waisenhauses nahm Kontakt zu einer Regierungsbehörde auf. Sie hatte schon oft darüber nachgedacht, aber im letzten Moment war sie immer davor zurückgeschreckt. Jetzt aber hatte sie endgültig die Nase voll. Immer, wenn der fischköpfigen Magd etwas nicht passte, häuften sich die Unglücke und Unfälle. Dass es dabei nicht mit rechten Dingen zuging, war schon lange klar. Aber musste man deswegen eine Angestellte, die sich sonst redliche Mühe gab, an die Regierung verpfeifen? Die Heimleiterin war hin- und hergerissen. Jetzt aber, nach diesem letzten unmöglichen Vorfall, musste eine

Entscheidung zugunsten der Kinder getroffen werden: Es war ein schlimmer Verdacht, aber die Regierung würde ihn sicher sorgfältig überprüfen. Und wenn er sich als richtig erwies – wenn Eleiza Plumm wirklich eine böse Cruda war – dann musste die Regierung darüber Bescheid wissen und Sicherheitsvorkehrungen treffen. So leid es der Leiterin für Eleiza Plumm auch tat.

Vielleicht gab es ja auch eine andere Erklärung für die Vorfälle. Die Regierung würde das untersuchen. Schließlich hieß es, böse Crudas gebe es schon lange nicht mehr. Die mächtigen, bösen Hexen, die nur Unheil zaubern konnten, waren angeblich verschwunden aus dieser Welt. Aber man munkelte, dass doch noch welche übrig waren. Vor allem hier, in Finsterpfahl. Crudas, die sich versteckten und tarnten, als Magd mit Fischkopf womöglich. Seit Jahren stand das Heim unter einem dunklen Stern und in letzter Zeit häuften sich die Seltsamkeiten, die sich nur durch böse Zauberei erklären ließen. Jetzt, an diesem Tag, musste ein Schlussstrich gezogen werden.

Als es dämmerte, schloss Eleiza Plumm die Tür zur Wäschekammer auf.

„Pass auf, Scarlett, ich muss verreisen", sagte sie. „Ich hab dir etwas unter dein Kopfkissen gelegt, das schaust du dir aber erst an, wenn ich weg bin. Hast du mich verstanden?"

Scarlett nickte.

„Warum musst du denn weg?"

„Mach dir keine Sorgen, meine Kleine."

Scarlett machte sich aber Sorgen, weil die Stimme von Eleiza Plumm so traurig klang.

„Sag mir, was los ist!"

Eleiza Plumm schüttelte den Kopf.

„Sag's mir! Sag's mir doch endlich!"

„Hast du heute nicht schon genug angestellt?", erwiderte Eleiza Plumm. „Geh jetzt zum Abendessen! Ich bin ja noch hier und nachher komme ich bei dir vorbei und sag dir Gute Nacht. Abgemacht?"

„Na gut", sagte Scarlett.

Aber Eleiza Plumm hatte gelogen. Der Wagen, in dem die Leute von der Regierung sie mitnahmen, fuhr fort, während Scarlett mit den anderen Kindern beim Abendessen saß. Und kurz bevor die

Kinder aufstehen durften, kam die Leiterin herein und sagte Folgendes:

„Meine lieben Kinder! Heute ist sehr viel passiert. Schönes und Trauriges. Unser Freund Hanns hat ein wunderbares neues Zuhause gefunden. Er ist jetzt unterwegs in den Süden und wird morgen in seinem eigenen Bett einschlafen."

Hier machte die Leiterin eine Pause und unter den Kindern gab es ein Murmeln, das sich schwer deuten ließ. War es Sehnsucht? Vereinzeltes Seufzen? Oder ein Raunen darüber, dass das eigene Bett von Hanns vielleicht nicht so toll war, wie die Leiterin ihnen Glauben machen wollte? Scarlett war das egal. Denn als sie hörte, dass Hanns nicht nur weg war, sondern auch noch mehr als eine Tagesreise entfernt leben würde – unerreichbar für sie – da zog es ihr den Boden unter den Füßen weg. Vom Gefühl her. In Wirklichkeit saß sie aber immer noch auf ein- und demselben Fleck, der gewohnte Boden war fest und hart, ebenso wie Scarletts Gesichtsausdruck. Sie verzog keine Miene und ihr Gesicht fühlte sich an wie Stein.

„Und nun zur schlechten Nachricht: Eleiza Plumm musste uns leider überraschend verlassen. Vielleicht kommt sie zurück, doch im Moment sieht es nicht so aus. Ich werde mich gleich morgen um Ersatz kümmern."

Ersatz? Für Scarlett gab es keinen Ersatz! Sie saß da, als wäre die Welt rund um sie herum untergegangen. Sie saß da, bis alle Kinder aus dem Raum gerannt waren. Sie blieb immer noch sitzen, als die Leiterin mit einem ärgerlichen Blick auf Scarlett alle Lichter löschte und die Tür schloss. Scarlett wartete im Dunkeln auf etwas, das sie wieder zum Laufen bringen würde, und es kam: Ihr fiel plötzlich ein, dass Eleiza Plumm von ihrem Kopfkissen gesprochen hatte. Von etwas, das darunter lag. Scarlett sprang auf und rannte in den Schlafsaal, um nachzusehen.

Im Schlafsaal war es dunkel, obwohl noch nicht alle Kinder schliefen. Scarlett hörte sie flüstern und kichern. Sie lief zu dem Stockbett, dessen oberes Bett sie belegte. Unten schlief keiner, weil niemand mit ihr in einem Bett schlafen wollte. Als sie die Hand unter ihr Kopfkissen schob, fand sie eine Blechdose. Sie kannte die Blechdose. Eleiza Plumm hatte darin immer selbst gebackene Kekse aufbewahrt, Kekse in Fischform. Und manchmal, wenn Scarlett besonders brav gewesen war, hatte sie so einen Keks bekommen.

Diesmal waren aber keine Kekse in der Dose. Scarlett fand es heraus, als sie sich mit der Dose in die Küche geschlichen hatte, wo niemand mehr war, aber noch ein kleines Feuer im Kamin brannte. In der Dose von Eleiza Plumm steckte ein Bündel mit Geld, sehr viel Geld für Scarlett, die in ihrem ganzen Leben nie mehr als ein paar Pfennige besessen hatte. Außerdem lag ein Brief darin, den Scarlett ins Mondlicht hielt, um Zeile für Zeile zu entziffern. Den Inhalt hatte Scarlett nie vergessen. Er lautete so:

Liebe Scarlett,
nimm dieses Geld und lauf noch heute Nacht davon. Lauf in den Süden, weit weg von Finsterpfahl. Pass gut auf dich auf. Die Leute könnten dich für eine gefährliche Person halten. Gib dir Mühe, einen braven Eindruck zu machen. So wie Hanns. Versprich mir das!
Deine treue Plummi

Scarlett fing an zu weinen. Plummi – so hatte sie Eleiza Plumm genannt, als sie noch ganz klein gewesen war. So richtig verstand Scarlett nicht, was passiert war, sie war ja auch erst acht oder neun Jahre alt (so genau konnte das keiner sagen). Aber sie wusste: Dieser Brief war ernst. Scarlett verbrannte den Brief im Feuer und klaute sich aus den Küchenschränken lauter Essensvorräte zusammen, die man gut mitnehmen konnte. Dann schlich sie zu ihrem Schrank, zog alles übereinander, was sie besaß, und lief zum Schuppen im Garten, wo sie sich versteckte. Dort verfütterte sie die Hälfte ihres Proviants an den alten Hund, zum Abschied. Später, als alle Lichter im Haus erloschen waren, sagte sie dem Hund Lebewohl und brach auf in den Süden. Sie ahnte nicht, wie schwierig und abenteuerlich die nächsten vier Jahre für sie werden sollten.

Kapitel 2

Verzauberung und Widerstand

Scarlett saß in der Bibliothek von Sumpfloch und schaute aus dem Fenster. Der Garten war tief verschneit. Der zugefrorene Teich mit den fluoreszierenden Seerosenblättern ließ sich genauso wenig unter dem Schnee erahnen wie die Gefräßigen Rosen oder die Ungenießbaren Äpfel. Der halbe Zaun war im Schnee verschwunden und der böse, schwarze Wald, der dahinter begann, verwischte im Schneegestöber zu einem harmlosen, grauen Streifen. Scarlett mochte das. Die unwirtliche Winterwelt da draußen kam ihr vor wie ein Schutzwall gegen alles, was ihren zerbrechlichen Frieden bedrohte. Hier in der Festung Sumpfloch war sie sicher, zumindest so lange, wie die Winterferien dauerten. Morgen sollten eigentlich die ersten Schüler zurückkommen, aber wegen des ungewöhnlich heftigen Schneefalls der letzten Tage erwartete man, dass die meisten ein paar Tage später eintrafen.

Eigentlich freute sich Scarlett darauf, ihre Freundinnen wiederzusehen: Die wilde Lisandra, die brave Maria und die kluge Thuna. Aber mit ihnen würden auch die Lehrer zurückkommen (und unter ihnen die Spione der Regierung), die anderen Schüler (die womöglich auch spionierten), die Schulstunden und die Schwierigkeiten. Scarlett würde wieder sehr aufpassen müssen, dass sie sich nicht durch böse Zauberei verriet. Denn wenn man herausfand, dass sie in Wirklichkeit eine Cruda war, dann würde sie abgeholt werden und für immer verschwinden. So wie damals Eleiza Plumm.

Dabei war Eleiza bestimmt keine Cruda gewesen. Sie hatte sich nur verhaften lassen, um Scarlett einen Vorsprung zu verschaffen, so viel hatte Scarlett inzwischen verstanden. Scarlett hatte alles getan, um diesen Vorsprung zu nutzen, aber die vier Jahre bis zu ihrer Ankunft in Sumpfloch waren alles andere als leicht gewesen. Da Scarlett ihr dunkles Geheimnis immer für sich behielt, hatte sie nie jemandem von ihrer Flucht und ihren Abenteuern erzählt. Doch in diesen Winterferien vertraute sie ihrem Lehrer Viego Vandalez die eine oder andere Geschichte aus dieser Zeit an. Denn Viego Vandalez war ein Halbvampir und damit ein Wesen, dem die meisten Menschen in Amuylett misstrauten. Wie Scarlett war auch er mit dunklen Fähigkeiten ausgestattet, die er nicht gebrauchen durfte, wenn er keinen Schaden anrichten wollte. So gruselig er auch aussehen mochte, Viegos Herz saß am rechten Fleck und er war überzeugt davon, dass Scarletts Herz das auch tat. Seit er ihr Geheimnis im letzten Schulhalbjahr herausgefunden hatte, war er zu ihrem stillen Beschützer geworden. Er brachte ihr bei, die böse Energie, die in ihr steckte, auf Umwege zu schicken, um indirekt doch noch etwas Gutes zu erreichen. Vor allem aber brachte er ihr bei, wie man sich tarnte und unkontrollierte Zaubereiausbrüche verhinderte. Scarlett hatte schon große Fortschritte gemacht, vor allem in den vier Wochen Ferien, in denen sie mit Viego fast jeden Tag geübt und Winterblut-Punsch getrunken hatte – einen heißen Beerensaft mit köstlichen, aber harmlosen Gewürzen.

Wenn sie so beisammen saßen und draußen die Schneeflocken leicht und still zu Boden wirbelten, fühlte sich Scarlett ermutigt, von der dunkelsten Zeit ihres Lebens zu erzählen. Dann wurden die schwarzen Ringe unter Viegos Augen noch schwärzer und die Augenfältchen noch tiefer und er schüttelte den Kopf angesichts dessen, was er da hörte. Aber er hatte versprochen, niemandem zu erzählen, was er von Scarlett erfuhr, und so biss er sich nur mit seinen schrecklichen Zähnen auf die Lippe und nickte düster.

„Ja, in diesem Land ist nicht alles so, wie es sein sollte", sagte er manchmal. „Leider können wir nur wenig dagegen tun."

Scarlett fand das weit weniger schlimm als ihr bevorzugter Lehrer. Denn sie kannte es nicht anders und für sie hatte sich alles im Leben zum Besseren gewendet, seit sie nach Sumpfloch gekommen war, der Schule, die in einem graugrünen Sumpf lag, umgeben von einem unwirtlichen, dunklen Wald. Offiziell hieß die Schule gar nicht Sumpfloch. Sie hieß „Allgemeine Schule für absonderliche Fähigkeiten". Ein sehr unpassender Name, war es doch eigentlich die Schule für fehlende Fähigkeiten und fehlendes Geld. Wer in diese Schule ging, war auf allen anderen Schulen des Landes nicht erwünscht. Nur in Finsterpfahl gab es angeblich noch eine Schule, in der es ebenso viele arme, unbegabte, böse, dumme und unerwünschte Kinder gab wie in Sumpfloch – wenn nicht noch mehr. Es hieß, wer es schaffte, aus Sumpfloch rausgeschmissen zu werden, würde noch im ‚Kostenlosen Internat von Finsterpfahl' unterkommen. Diese andere Schule musste die Hölle auf Erden sein. Während es in Sumpfloch gar nicht so schrecklich war, zumindest wenn man wie Scarlett Schlimmeres gewohnt gewesen war. Hier in Sumpfloch bekam Scarlett immer etwas zu essen, sie hatte ein eigenes Bett, genug zum Anziehen und lernte, wie sie eines Tages in der Welt zurechtkommen würde, obwohl sie eine böse Cruda war. Nur die Lehrer, die im Auftrag der Regierung hier herumschnüffelten und ihre Schüler aushorchten, die bereiteten Scarlett Sorge. So wie Estephaga Glazard, die Lehrerin für Heilmittelkunde mit den Reptilien-Augen und der hervorschnellenden, blauen Zunge.

„Du willst mir doch nicht erzählen, dass du das alles wirklich liest!", rief Gerald, der gerade in die Bibliothek gekommen war und nun vor Scarletts Tisch stand. Er zeigte auf die Stapel von Lexika, die sich dort türmten, so hoch, dass Scarlett fast dahinter verschwand.

„Was soll ich denn sonst damit machen? Sie essen?"

Scarletts Herz stotterte kurz. Warum, das wusste sie auch nicht so genau. Sie war nicht verliebt in Gerald. Ganz sicher nicht. Dafür gab es viele Gründe. Erstens: Er war irgendwie reich. Zwar war er nur der Sohn von Harold Winter, dem Geschichtslehrer, und Lehrer in Sumpfloch waren normalerweise nicht reich. Aber die Winters verhielten sich viel vornehmer als andere und Gerald hatte immer teure Anzüge an, nicht von der spießigen Sorte, sondern von der lässigen Sorte. Was zweitens auch ein Grund war, ihn zu verabscheuen: Denn er sah gut darin aus, so gut, dass bestimmt jedes Mädchen in Sumpfloch heimlich für ihn schwärmte. So etwas auch zu tun, lag weit unter Scarletts Würde. Drittens: Die teuren Anzüge kamen ja nicht aus dem Nichts. Es war anzunehmen, dass Papa Winter, der Geschichtslehrer, für irgendwelche Dienste bezahlt wurde. Es gab hier ja nicht nur Spione der Regierung, oh nein, es gab auch Spione von geldgierigen, zwielichtigen und verbrecherischen Organisationen, die im Heimlichen wirkten. Die bezahlten sicher besonders gut für Spionagedienste. Das erklärte auch, warum Gerald so ein teures Duftwasser verwendete, das nicht albern, sondern leider männlich duftete. Er hatte ihr den Namen gesagt und die Marke. Das war viertens. Denn wer gab damit an, dass er sich mit Duftwässerchen einparfümierte?

Fünftens: Er brachte sie immer durcheinander, als wäre sie ein blödes, normales, albernes Mädchen und nicht in Wirklichkeit eine gefährliche Cruda. Sechstens: Wenn sie ihn böse anstarrte, was andere Leute normalerweise in die Flucht schlug, lachte er sie nur aus. Siebtens: Er ließ sie nicht in Ruhe. Vom ersten Ferientag an waren sie sich ständig über den Weg gelaufen, was auch daran lag, dass um diese Zeit nicht mehr als vielleicht fünfzehn Leute in der Festung lebten. Da waren die Räume und Gänge schon sehr leer und man traf sich doch zumindest zu allen Mahlzeiten, um sicherzugehen, dass niemand in der Zwischenzeit verloren gegangen war. So etwas konnte in Sumpfloch nämlich passieren. Er hatte es aber nicht dabei belassen, ihr überall in die Quere zu kommen, sondern sie auch noch dazu überredet, mit ihm Bootsfahrten zu machen durch die unterirdischen Kanäle oder mit ihm Brettspiele zu spielen, abends im Hungersaal am Kaminfeuer.

Achtens: Etwas Schlimmes war eingetreten. Sie hatte sich daran gewöhnt, dass er ständig bei ihr aufkreuzte und sich nicht abschütteln ließ. Wie er über sie lachte und so tat, als würde er sie mögen. Seine Aufmerksamkeit und die ständigen Fragen, was sie früher gemacht hatte, bevor sie hierherkam. Sie beantwortete keine einzige davon, aber er verlor nicht das Interesse. Auch nicht die Geduld. Böse Worte und fiese Bemerkungen konnten ihn nicht verschrecken. Meine Güte, wie sollte Scarlett auf Dauer ohne so einen Menschen auskommen, wenn sie es erst mal für eine Selbstverständlichkeit hielt? Sie würde schlecht gelaunt und traurig werden, wenn er plötzlich aufhörte, sich in ihrer Nähe herumzudrücken. Nein, sie musste unbedingt verhindern, dass dieser Gerald wichtig für sie wurde. Noch wichtiger.

Es war neuntens ein Ärgernis oder ein Glück – so genau wusste sie es nicht – dass er nicht stotterte. Denn sie hatte sich immer einen Freund gewünscht, der stotterte, so wie Hanns es getan hatte. Wegen Hanns bevorzugte Scarlett auch blonde Haare, zumindest redete sie sich das ein. Auch wenn die dunklen, glatten Haare von Gerald sehr schön aussahen und die gleiche Farbe hatten wie seine warmen, braunen Augen, deren Blick sie immer leicht verunsicherte.

Zehntens: Sie konnte es sich auf keinen Fall leisten, sich zu verlieben. Sie wollte es auch nicht. Niemals.

„Morgen ist es mit dem Frieden vorbei", sagte Gerald jetzt, mit den Händen in den Hosentaschen seiner Anzughose. Dazu trug er einen grauen Rollkragenpulli aus echter Fulminwolle. Er hatte es natürlich nicht versäumt, diesen Umstand beim Frühstück zu erwähnen. Echte Fulminwolle von den seltenen Fulminschafen, die nur alle sieben Jahre Lämmer bekamen, was sie so wertvoll machte.

„Ist doch schön", sagte sie und guckte in das Buch, das aufgeschlagen vor ihr lag, in dem sie aber noch kein Wort gelesen hatte. „Endlich mal wieder andere Gesellschaft. Man geht sich doch schon sehr auf die Nerven, immer nur zu zweit."

„Ich hab etwas vor", sagte er, als hätte sie gerade keine spitze Bemerkung gemacht. „Etwas, das ich unbedingt in diesen Ferien hinbekommen wollte."

„Hm, dann hast du ja nicht mehr viel Zeit."

Scarlett starrte in das Buch und las angestrengt:

„Amuylett erwarb die Deselektionsrechte im Jahr 193 des zweiten Kinyptischen Reiches zu dem Zwecke des transmontanen Handels zwischen dem Oberen und dem Unteren Radial, einem Bündnis, dem neben der austrischen Dynastie auch noch die, die, die ..."

Scarlett konzentrierte sich, doch was sie da las, kam nie bei ihr an.

„Willst du nicht wissen, was ich mir vorgenommen habe?", fragte er und nahm ihre Antwort gleich vorweg. „Aber nein, natürlich möchtest du es nicht wissen. Und wenn du es wissen wolltest, würdest du es nie zugeben, kleine Hexe."

Noch ein Grund: Er nannte sie immer kleine Hexe. Wie geschmacklos das war, konnte er kaum ahnen. Aber selbst wenn sie keine böse Hexe gewesen wäre, hätte sie der Zusatz ‚klein' über alle Maßen gestört.

„Ganz richtig, großer Angeber. Aber so wie ich dich kenne, wirst du's mir ja sowieso erzählen. Sonst würdest du nicht hier rumstehen und die ganze Zeit quatschen, während ich versuche, etwas Sinnvolles in meinen Kopf zu bekommen."

„Nein, ich werd's dir nicht erzählen."

Sie seufzte betont laut.

„Ich werde es einfach tun", sagte er.

Bevor Scarlett wusste, wie ihr geschah, war Geralds gut duftender Kopf mit dem schönen glatten, braunen Haar zwischen ihr und dem Buch mit den Deselektionsrechten und gab ihr einen Kuss. So nennt man das wohl, wenn einer seine Lippen auf die Lippen von jemand anderem drückt und das auf viel zu nette Weise. Scarlett wurde starr vor Überraschung und Schreck und versuchte, es weder aufregend noch angenehm zu finden.

„Das war's schon", sagte er und gab wieder den Blick auf die Deselektionsrechte frei.

Und als wäre nichts gewesen, marschierte er wieder aus der Bibliothek hinaus, die Hände immer noch in den Taschen. Sie hasste ihn. Sie hasste ihn vor allem, weil sie ihn gleichzeitig mochte.

Ungefähr zur gleichen Zeit landete drei Kutschstunden von Sumpfloch entfernt ein Flugwurm in Quarzburg. Es war ein Polarflugwurm, der trotz Schneefall und klirrender Kälte von einem Ort zum anderen fliegen konnte, also ein Luxustransportmittel, vor allem in diesen Tagen. Die Leute zahlten zurzeit das Zwanzigfache der normalen Polarflugwurm-Miete, um mit einem der begehrten Transporttiere fliegen zu können.

Im Sitzkorb, der dem Flugwurm auf den Rücken geschnallt war, saßen zehn Gäste – vier mehr als eigentlich vorgesehen, aber bei der Kälte rückte man gerne zusammen (zumal diese Maßnahme auch den hohen Flugpreis drückte). Sie alle stiegen eilig aus, als die Treppe herausgeklappt wurde, nur einer blieb sitzen. Er zögerte, auszusteigen. Der Grund, weswegen er hier war, kam ihm wunderlich vor. Aber er hatte nun mal seine Unterstützung zugesagt und wollte doch zumindest versuchen, worum man ihn gebeten hatte. Der Flugwurmkutscher stand unten am Fuß der Treppe, sichtlich ungeduldig. Also raffte der letzte Fahrgast sein Gepäck zusammen und stieg die Treppe hinab, auf die in der kurzen Zeit schon eine Menge Schnee gefallen war.

„Auf ein Gutes, dann", sagte der Kutscher, als der junge, schmale Fahrgast an ihm vorbeiging.

„Da-danke", antwortete der. „Ihnen au-auch."

Kapitel 3

Beim fettigen Gichtknoten

Es dämmerte langsam und bald saß Scarlett in der Bibliothek im Dunkeln. Die Tage waren sehr kurz um diese Winterzeit, was die Abende besonders lang machte. Im Hungersaal (so wurde der Speisesaal in Sumpfloch genannt, obwohl man dort doch meistens irgendwie satt wurde) brannte in den kalten Monaten immer ein Feuer, da konnte man sich aufwärmen, wenn man wie Scarlett kein behagliches Zimmer hatte.

„Bist du wirklich sicher, dass ich dir für die Ferien kein Gästezimmer herrichten soll?", hatte die fürsorgliche Wanda Flabbi vor ihrer Abreise gefragt. „Die Zimmer bei euch da drüben sind nicht geheizt in den Ferien und sie sind dunkel und du wirst dort vollkommen alleine sein!"

„Das macht mir nichts aus", hatte Scarlett geantwortet.

Es machte ihr aber doch was aus. Am Anfang hatte es sie riesige Überwindung gekostet, am Abend vorm Schlafengehen den Weg durch die eiskalten, pechschwarzen Flure anzutreten, um das kleine Zimmer 773 unterm Dach aufzusuchen, wo sie während des letzten Schulhalbjahres mit ihren Freundinnen gewohnt hatte. Wanda Flabbi, die Hauswirtschafterin mit dem Krötenkopf, hatte es sich nicht nehmen lassen, Scarlett mindestens zehn dicke Decken in die Hand zu drücken, damit sie dort oben auch nicht fror. Es war keine Decke zu wenig gewesen, denn Scarlett brauchte alleine fünf der Decken, um alle möglichen Ritzen zu schließen und abzudämmen, durch die die klirrende Kälte ins Zimmer gekrochen kam. Es war aber auch ein besonders kalter Winter in diesem Jahr und die Köchin, die Scarlett jeden Abend im Hungersaal traf, munkelte, dass dies keine normalen Gründe habe.

„Komische Sachen sind hier passiert, in den letzten Monaten, das ahnst du wohl, Scarlett!", sagte die Köchin immer wieder.

Ja, Scarlett ahnte es nicht nur, sie wusste bestens Bescheid. Sie und ihre Freundinnen hatten schließlich mittendrin gesteckt in den komischen Sachen, aber das durfte die Köchin nicht wissen.

„Ich wette, da ist was Schlimmes im Gange", raunte die Köchin dann, „und Sumpfloch trifft's zuerst. Wir haben den meisten Schnee, nirgendwo sonst in Amuylett ist es so schlimm!"

Scarlett pflegte zu nicken und zu sagen:

„Ja, er ist besonders heftig, dieser Winter!"

Obwohl das eine Lüge war. Erfahrungsgemäß waren die Winter an den Orten, an denen sich Scarlett befand, immer besonders hart, kalt oder heftig. Womöglich hing es mit ihr und ihren unguten Kräften zusammen, aber vielleicht überschätzte sie da auch ihre Bedeutung.

Nun saß Scarlett jedenfalls in der Bibliothek und zündete sich eine magikalische Lampe an, damit sie hier nicht sinnlos im Dunkeln herumhockte. Doch das zarte, rosafarbene Licht änderte nichts daran, dass sie über ihre Bücher hinwegstarrte und etwas ganz anderes tat als lesen. Ihre Gedanken drehten sich im Kreis, ungefähr so: Er ist ein Spion, er will mich nur aushorchen, aber vielleicht mag er mich ja wirklich? Man kann doch nicht so lachen und jemanden so angucken, wenn man es kein bisschen ernst meint?

Andererseits gab es keine Erklärung für sein Verhalten, zumal sie ihn nie ermutigt hatte, nett zu ihr zu sein und sie zu mögen. Viel wahrscheinlicher war es doch, dass er, dem immer alle Mädchenherzen zuflogen, die Herausforderung liebte. Eine Kratzbürste wie Scarlett ließ sich nicht so leicht erobern, was sie interessant machte. Aber wenn ihr Herz erst einmal geschmolzen wäre (was niemals passieren durfte), dann wäre die Spannung dahin für den guten Gerald. Die volle Punktzahl im schwierigsten Spiel der Welt, super, und abgehakt wäre Scarlett. Natürlich, das war es: Er wollte sie weich klopfen und wenn es ihm gelänge, würde er begeistert in den Spiegel gucken, sich über den weichen Pulli aus Fulminwolle streicheln und das teure Duftwasser inhalieren, mit dem er sich immer einparfümierte, und zu sich selbst sagen:

‚Gerald, was bist du doch für ein cooler Typ! Selbst die Hexe mit dem Herzen aus Stein verfällt dir hoffnungslos!'

Nein – nein, so war er nicht. Er mochte ein bisschen angeben von Zeit zu Zeit, aber er war nicht in sich selbst verliebt. Scarlett musste ihn vor ihren eigenen Gedanken in Schutz nehmen. Was dazu führte, dass sie in eine verträumte Stimmung geriet, als könnte das tatsächlich was werden mit ihr und ihm. Sie sah vor ihrem geistigen Auge, wie sie ihren Kopf an Geralds Schulter lehnte und sich geborgen fühlte. Was natürlich eine vollkommen lächerliche Vorstellung war!

Sie knallte das Buch zu, in dem sie den ganzen Nachmittag nicht gelesen hatte, und griff nach der magikalischen Lampe, um die Bibliothek zu verlassen. Fragte sich nur, wohin. Im Hungersaal war sie nicht sicher, Gerald konnte jeden Moment dort auftauchen und sie in ihrer Verwirrtheit ertappen. Lieber zog sie sich in ihr kaltes Zimmer zurück, wo sie ganz bestimmt alleine wäre, und dort würde sie tun, was sie schon lange vorhatte: Sie wollte die schwere Kiste, in der uralte Teppiche und Vorhänge vor sich hin schimmelten, auf den Flur hinausschieben, sodass sie und ihre Freundinnen mehr Platz im Zimmer hätten, und danach wollte sie alle Möbel umstellen. Es war höchste Zeit: Das neue Schulhalbjahr begann ja schon morgen!

Die magikalische Lampe erlosch wie so oft, kaum dass Scarlett den Gebäudeteil mit den ungeraden Zimmernummern erreicht hatte. In diesem Teil der Festung war es am kältesten, feuchtesten und unheimlichsten, weil sich nämlich immer wieder kleine Geschöpfe aus dem Wald hier hereinschlichen, aber niemand dafür sorgte, dass sie wieder rausgeworfen wurden. Man erzählte sich die Geschichte von der Unhold-Familie, die irgendwo zwischen dem zweiten und dritten Stock in einem unauffindbaren Hohlraum hauste und mit Vorliebe die Bettdecken der Schüler klaute, in den Klos planschte, den Putz von den Wänden fraß und nachts in den Gängen Schädel-Bowling spielte (mit welchen Schädeln auch immer – man hörte sie nur, man sah sie nie, und deswegen war die Sache mit den Schädeln eher zweifelhaft). Nun hatte Scarlett keine Angst vor Unholden, schließlich gab es da einen, der im letzten Schulhalbjahr regelmäßig in ihrem Zimmer geschlafen hatte. Aber manchmal drückten sich hier auch Schatten herum, Geister oder Tiermenschen, die ihre menschliche Seite vergessen hatten, was durchaus gefährlich werden konnte. Unter Umständen. Meist waren sie einfach froh, wenn man sie in Ruhe ließ, und dafür hatte Scarlett großes Verständnis.

Mit ihrer Lampe, die nicht mehr leuchtete, stieg Scarlett in den sechsten Stock und weil sie sich mittlerweile gut auskannte, fand sie auch ohne Licht die Leiter, die unters Dach führte, dahin, wo sich das Zimmer 773 verbarg. Es war komisch mit der Dunkelheit, dachte Scarlett an diesem Abend. Wenn man sich in ihr auskannte, wenn man sie gründlich bewohnte, dann verlor sie ihren Schrecken. Sie verlieh Scarlett sogar eine gewisse Stärke: Denn in dieser Dunkelheit, die ihr vertraut war, war sie gegenüber denen, die

Licht brauchten, im Vorteil. Alles Fremde, was nicht hierhergehörte, offenbarte sich ihr, während sie selbst verborgen blieb. Was nichts daran änderte, dass es hier bitterkalt war. Kaum hatte Scarlett ihr Zimmer betreten, wickelte sie drei ihrer Bettdecken um sich herum und kletterte auf ihr Kopfkissen, um dort im Schneidersitz zu sitzen und nachzudenken.

Morgen würden die Öfen in diesem Teil der Festung wieder angeschmissen werden und eine komische surrende Hitze würde durch die Rohre flattern, so wie vor den Ferien. Dann wurden die Räume mit den ungeraden Nummern einigermaßen warm, wenn auch unregelmäßig. Dort, wo die Rohre verliefen, hielt man es kaum aus vor Hitze, und zwei Meter weiter war man den eisigsten Luftzügen ausgeliefert. Dank der Decken, mit denen Scarlett alle Ritzen verstopft hatte, zog es in diesem Zimmer gerade nicht. Scarlett mummelte sich ein und überlegte, wo sie jetzt das nötige Licht für ihre Umräumarbeiten herbekommen sollte. Da tat es plötzlich einen dumpfen Schlag und Scarlett, Königin der Nacht, Herrin der Dunkelheit, rutschte das Herz in die Hose.

‚Bumm', machte es. ‚Bumm, bumm!'

Das Geräusch kam aus allernächster Nähe. Ja, es klang so, als werfe sich etwas mit aller Macht gegen das Fenster, durch das Thuna im letzten Halbjahr immer hinaus aufs Dach geklettert war. Scarlett konnte aber nichts sehen, weil das ganze Fenster mit Decken zugehängt war.

‚BUMMMM!'

Was auch immer da draußen war und gegen das Fenster hämmerte, es wurde ungeduldig!

Scarlett nahm jetzt all ihren Mut zusammen – schließlich war sie eine böse Cruda, der man so schnell nichts antun konnte – und hüpfte eingewickelt, wie sie war, vom Bett, um die Decken vom Fenster zu reißen und zu gucken, was da draußen los war.

‚BUMM!'

Scarlett staunte nicht schlecht. Ein Tier, so groß wie das ganze Fenster, haute mit seinem Körpergewicht gegen die Scheibe. Dabei hüpfte es jedes Mal ein bisschen und flatterte mit Riesenflügeln, die im Fenster gar keinen Platz hatten, weswegen es fast hinunterpurzelte, aber immer wieder fing es sich und drückte sich gegen das Glas. In einem dieser Momente, als der große, kompakte Vogel fast vom Fensterbrett stürzte, erkannte Scarlett, dass es sich um eine riesige Eule handeln musste, einen Uhu wahrscheinlich.

Aber da es keine Uhus gab, die so sinnlose Sachen machten, konnte das kein echter Uhu sein. Schnell entriegelte Scarlett das Fenster und zog mit aller Macht am Griff, der festgefroren war. Endlich gab er nach und Fenster samt Vogel kamen Scarlett entgegen, zusammen mit einer Woge Schnee.

„Meine Güte!", rief Scarlett, weil der Schnee so kalt, der Vogel so riesig und die ganze Sache so verrückt war. „Lisandra, bist du das?"

Sie bekam keine Antwort. Der Uhu schlug nur mit seinen mächtigen Flügeln, was viel Krach und kalten Wind machte. Schnell schloss Scarlett wieder das Fenster und fing an zu lachen.

„Lissi, du Huhn, weißt du, was du mir für eine Angst eingejagt hast? Und jetzt sag nur, du weißt nicht, wie man sich zurückverwandelt! Lissi? Hörst du mich? Kannst du mich verstehen?"

Es war typisch. Jetzt hockte der Uhu still und machte keinen Mucks. Die Sache mit Lisandra war die: Sie war hoffnungslos unbegabt im Zaubern, ja, sie konnte es eigentlich überhaupt nicht. Was Lisandra wirklich gut konnte, war Rennen, Klettern und Mogeln. In der Schule glänzte sie durch katastrophale Leistungen, was auch daran lag, dass sie nie richtig Lesen und Schreiben gelernt hatte. Jetzt wollte es aber das Schicksal, dass Lisandra eine besondere Fähigkeit hatte. Denn sie stammte in Wirklichkeit aus einer anderen Welt, in der es fast keine Zauberei gab. Kinder, die aus solchen Welten stammten, wurden Erdenkinder genannt. Oder auch Erdlinge. Es kam nur sehr selten vor, dass sich ein Erdenkind nach Amuylett verirrte, aber wenn es passierte, dann erlangte dieses Erdenkind ein besonderes Talent. Es war zauberisch komplett unbegabt, vermochte aber etwas Außergewöhnliches. Bei Lisandra war es die Gabe, sich von einem Menschen in einen Vogel zu verwandeln. Das Blöde daran war: Lisandra, ungeübt im Zaubern, unruhig im Geist und von Natur aus wenig bedächtig, schaffte es einfach nicht, ihre Gabe zu kontrollieren. Meist gelang es ihr, mit Feuereifer die Verwandlung in einen Vogel voranzutreiben (was für ein Vogel, das war stets eine Überraschung), doch wenn es daran ging, sich zurückzuverwandeln, konnte sie nur hilflos darauf warten, dass ein Zufall eintrat, der bewirkte, was sie willentlich nicht bewirken konnte. Dieses Problem hatte sich schon vor den Ferien abgezeichnet – Scarlett war Zeugin mehrerer chaotischer

Verwandlungsversuche geworden – und offenbar hatte Lisandra in den letzten Wochen nichts dazugelernt.

Scarlett besann sich auf das, was sie von Viego Vandalez gelernt hatte. Wenn sie ihre eigenen Zauberkräfte sinnvoll einsetzen wollte, dann musste sie ihren Bestrebungen einen bösen Wunsch zugrunde legen. Anders ging es nicht. Sie dachte kurz nach und entschied sich dann, Lisandra diese wundervolle und prachtvolle Uhu-Gestalt nicht zu gönnen und sie in ihren menschlichen Zustand zurückzuholen, um sie dann gründlich verspotten zu können. Sie konzentrierte ihre Kräfte auf dieses böse Ziel und fand die richtige Stelle, in die sie mental treten musste, um Lisandra unsanft aus ihrer Vogelgestalt hinauszukicken.

„Uuuuuhuuuu ....ups!", rief Lisandra, als sie quer durch den Raum rollte und gegen den Wandschrank rumpelte. „Uuuuufff!"

Sichtlich erschöpft blieb Lisandra erst mal liegen, wo sie war. In der Dunkelheit konnte Scarlett nicht viel erkennen, sie erahnte nur Lisandras lockige Mähne auf dem Fußboden und ein Bein, das senkrecht nach oben zeigte und am Schrank lehnte.

„Beim fettigen Gichtknoten!", rief Lisandra jetzt. „Ich glaub, ich krieg gleich Hundebabys!"

„Wie bitte?", fragte Scarlett.

„Ach", sagte Lisandra, während ihr Bein langsam den Schrank runterrutschte und sie sich dem Geräusch nach auf die Seite drehte, um sich aufzurappeln. „Das sind die neuesten Sprüche vom Fettwanst Warzenmorgul. Gibt's hier auch Licht?"

„Gerade nicht. Die magikalischen Lampen gehen immer aus, wahrscheinlich ist es zu kalt hier. Und die normalen Kerzen sind irgendwie zu feucht, ich krieg sie meistens nicht an."

„Was?", fragte Lisandra, die aufgestanden war und nun anfing, wie ein Gummiball auf- und abzuspringen, um sich warm zu halten. „Du sitzt in dieser höllischen Kälte im Dunkeln?"

„Hier", sagte Scarlett und reichte Lisandra zwei ihrer Decken. „Damit geht's besser."

Lisandra wickelte sich ein und sprang immer noch auf und ab. Hatte sie vor einigen Minuten noch ganz müde und benommen gewirkt, so war sie jetzt in ihren Normalzustand zurückgekehrt.

„Hab ich das Abendessen verpasst?", fragte sie atemlos, während sie herumhüpfte. „Das wäre zu blöd, denn ich sterbe vor Hunger!"

„Nein, du kommst gerade rechtzeitig. Aber wie willst du den anderen erklären, dass du hier bist?"

„Ach ja – Mist."

Lisandras Gabe war ein Geheimnis. Ebenso wie Thunas und Marias Gaben, denn auch diese beiden stammten aus einer anderen Welt und hatten dafür ein besonderes Talent erhalten. Tatsächlich waren alle drei Mädchen miteinander zur selben Zeit aus derselben Welt entführt worden, was sie schicksalsmäßig miteinander verheddert hatte. Nur so ließ es sich erklären, dass diese drei Mädchen, die einander nicht gekannt hatten, am selben Schultag in Sumpfloch eingeschult worden waren und dann auch noch das gleiche Zimmer bezogen hatten. Das Dumme war: Ihre besonderen Talente machten diese drei Mädchen sehr wertvoll. Gerieten sie in die Macht der falschen Leute, würde es ihnen schlecht ergehen und nicht nur ihnen, sondern auch denen, gegen die ihre Kräfte verwendet würden. Im letzten Schulhalbjahr hatte eine uralte böse Cruda versucht, die drei Mädchen ausfindig zu machen und zu entführen. Die Cruda wurde besiegt und in die Flucht geschlagen, vorerst, und es war sogar gelungen, die Eigenart der drei Mädchen vor der Schulleitung und der Regierung zu verbergen. So sollte es bleiben, denn die wenigen Eingeweihten, darunter Viego Vandalez, hielten es für möglich, dass die Regierung unfaire Schritte gegen die Mädchen einleiten würde, wenn sie von dem Geheimnis erführe. So konnte es passieren, dass die Regierung beschloss, die Mädchen aus Sicherheitsgründen in Verwahrung zu nehmen. Was nichts anderes bedeutete, als dass man sie einsperren oder sogar dem Geheimdienst für Experimente zur Verfügung stellen würde.

„Sie werden wissen wollen, wie du hergekommen bist", sagte Scarlett jetzt. „Und Lissi, du siehst nicht gerade so aus, als könntest du dir einen privaten Polarflugwurm leisten!"

Darüber musste Lisandra sehr lachen. Nein, so sah sie nicht aus.

„Also gut. Dann schmuggle ich mich morgen in die offizielle Kutschbusladung aus Quarzburg. Kannst du mich bis dahin mit etwas Essbarem versorgen?"

„Ja, klar. Ich schleiche mich gleich in die Küche und denk mir für die Köchin eine gute Geschichte aus!"

„Aaah, du bist die Beste! Danke auch, dass du mich aus diesem Uhu-Kostüm befreit hast."

Scarlett merkte, wie sie wütend wurde, angesichts dieser Danksagung.

„Lissi, du bist so ein Idiot! So was darfst du echt nicht mehr machen! Ich hab's dir vor den Ferien ganz oft erklärt, aber du hast mir überhaupt nicht zugehört: Du musst langsam üben, und zwar immer mit jemandem, der auf dich aufpasst! Du musst lernen, die Kontrolle über deine Kraft zu bekommen, sonst bringst du dich damit noch um!"

„Ja, ja, ja", sagte Lisandra und ließ sich wie eine Mumie mit all ihren Decken aufs Bett fallen. „Aber ich hab's einfach nicht mehr ausgehalten! Dieser Morgul stinkt zum Himmel und ich ersticke dran! Ich weiß einfach nicht, wie meine Mama das aushält."

Scarletts Wut ebbte ab, als sie das hörte. Geldmorgule waren grässlich und schwer zu ertragen, das wusste sie leider aus eigener Erfahrung. Lisandras Ziehmutter musste für einen Geldmorgul arbeiten und hatte keine andere Wahl. Sie war ihm auf dreißig Jahre per Vertrag verpflichtet, so hatte es Lisandra erzählt. Darum ging Lisandra in diesen Ferien heim, obwohl sie viel lieber in Sumpfloch geblieben wäre oder die Einladung von Maria angenommen hätte. Aber sie wollte ihre Ziehmutter, der sie so viel verdankte, nicht im Stich lassen.

„Na gut", sagte Scarlett gnädig, „Ausnahme gewährt. Aber in Zukunft hörst du auf mich, ist das klar?"

„Gut, dass es so dunkel ist", erwiderte Lisandra wenig beeindruckt, „du siehst bestimmt zum Fürchten aus!"

Das tat Scarlett ganz sicher. Trotzdem hatte sich Lisandra noch nie vor Scarlett gefürchtet. Es war eigentlich ein Wunder, dass Scarlett drei Freundinnen gefunden hatte, die sich an Scarletts finsterer Art nicht störten. Selbst die ängstliche Maria sah keinen Grund, Scarlett gruselig zu finden. Es musste damit zusammenhängen, dass die drei Mädchen nicht aus dieser Welt stammten. Vielleicht hatte man in Amuylett ein unbewusstes Gefühl für die Bedrohung durch eine Cruda. Man spürte, dass da was Gefährliches war, ohne es recht zu begreifen. Aber Lisandra, Thuna und Maria spürten nichts davon. Und Gerald offensichtlich auch nicht.

„Du, ich komme mit bis zum Trophäensaal", sagte Lisandra, als Scarlett das Zimmer verlassen wollte. „Ich glaub, da ist es hübscher als hier."

„Auf jeden Fall funktionieren im Trophäensaal die magikalischen Lampen", überlegte Scarlett. „Aber du solltest dich in einen Schrank setzen, bevor du eine anzündest."

„Ich bin froh, wenn ich erst mal offiziell hier angekommen bin!", brummte Lisandra, als sie die Leiter in den sechsten Stock hinabkletterten. „Verstecken liegt mir nicht."

„Ich will dich ja nicht betrüben – aber es ist noch nicht sicher, ob der Kutschbus morgen überhaupt kommt. Heute hätte er's nicht durch den Schnee geschafft."

„Was soll das heißen?", fragte Lisandra.

„Das heißt, dass du dich womöglich noch länger verstecken musst. Und dass der Kutschbus vielleicht leer ist, weil niemand bis nach Quarzburg durchgekommen ist, sodass du dich nicht reinschmuggeln kannst wie geplant."

„Hm."

„Aber die Öfen werden sie morgen anmachen, dann hast du es wenigstens warm in unserem Zimmer."

„Immerhin. Hoffentlich hat es Geicko bis Quarzburg geschafft."

Geicko, das war der Junge, mit dem Lisandra im letzten Halbjahr viel Zeit verbracht hatte. Heimlich. Nicht mal ihren Freundinnen hatte sie davon erzählt, es kam erst heraus, nachdem Maria und Thuna entführt worden waren.

„Du hast es gut!", sagte Scarlett mit einem Seufzer aus tiefstem Herzen, als sie durch einen Flur im fünften Stock wanderten und dann die Treppe zum vierten hinabstiegen. „Geicko ist so arm und lumpig, dass du sicher sein kannst, dass er ehrlich zu dir ist. Es gibt keinen Grund, warum er dir seine Freundschaft nur vorspielen sollte."

Lisandra lachte.

„Du bist schräg, Scarlett! Wie kommst du denn auf so einen Blödsinn?"

Scarlett schwieg bis zum dritten Stockwerk, bevor sie den Mut fand, ihr Problem zu offenbaren.

„Es ist wegen Gerald", gestand sie. „Er hat mich heute geküsst."

„Der schöne Gerald? Oh!"

„Was hältst du davon?", fragte Scarlett. Sie wollte jetzt kein hohles Gerede hören, sondern eine erbarmungslose Einschätzung der Situation.

„Also …", begann Lisandra und schwieg dann erst mal.

Denn sie wusste Dinge über Gerald, die sie nicht erzählen durfte. Sie und Geicko hatten es Gerald hoch und heilig versprochen. Gerald war nämlich gar nicht der Sohn von Herrn Winter, dem Geschichtslehrer. Auch Gerald stammte in Wirklichkeit aus einer anderen Welt, nur dass er nicht entführt, sondern auf ganz anständige Weise von seinem Vater mitgenommen worden war, dem es offensichtlich möglich war, die Welten nach Belieben zu wechseln. In Amuylett besaß Geralds Vater ein Schloss und galt als Ritter, was Gerald besonders lustig fand, da es in der Welt, aus der er stammte, schon lange keine Ritter mehr gab. Herr Winter schließlich, der Geschichtslehrer von Sumpfloch, war eigentlich Geralds Privatlehrer. Als Geralds Vater vor vielen Jahren auf die Idee gekommen war, einen Spion aus der Familie in Sumpfloch zu postieren, hatte sich Herr Winter aus Treue (und weil er sehr gut bezahlt wurde) dazu bereit erklärt, als Lehrer nach Sumpfloch zu gehen und Gerald als seinen Sohn auszugeben.

All das hatte Gerald ausgeplaudert, als er mit Lisandra und Geicko unterwegs gewesen war, um Thuna und Maria zu befreien. Er vertraute darauf, dass die beiden ihr Wort hielten, das sie ihm gegeben hatten, und nun fühlte sich Lisandra sehr in der Zwickmühle. Schummeln, Mogeln, Lügen, all das bereitete ihr keine Schwierigkeiten. Aber ein Ehrenwort – darauf musste man sich verlassen können. Wenn ein Gauner einem anderen Gauner sein Ehrenwort gab, dann galt der Ausnahmezustand: Kein Mogeln, kein Betrügen oder alle Ehre und jede Vertrauenswürdigkeit wären dahin ...

„Was weißt du denn über Gerald?", fragte Lisandra nun. „Hat er dir von seiner Familie erzählt? Wo seine Mutter lebt und so was?"

„Sie starb, als er noch ganz klein war. Herr Winter hat ihn alleine aufgezogen. Deswegen hat er sich auch eine Stelle in einem Internat besorgt, damit Gerald gut aufgehoben ist. Eigentlich hätten sie es nicht nötig, in Sumpfloch zu sein, aber es war damals die einzige Schule, die so kurzfristig eine Stelle freihatte. Und als sie dann erst mal hier waren, hat es ihnen gefallen. Gerald findet es interessant und Herr Winter findet es wichtig, dass *so eine* Schule *mit solchen* Kindern gute Lehrer hat."

Aha. Gerald war also bei der Tarngeschichte geblieben. Seine Mutter war noch sehr lebendig, das wusste Lisandra. Denn Gerald hatte sich damals zu Hause einen Weißen Lindwurm ausgeliehen, eines der wunderbarsten und wertvollsten Geschöpfe, die es überhaupt in Amuylett gab. Und es war ihm folgender Satz herausgerutscht:

„Wenn ich diesen Lindwurm mit nur einer beschädigten Schuppe nach Hause bringe, dann redet meine Mutter für den Rest meines

Lebens kein einziges Wort mehr mit mir. Sie und dieser Lindwurm sind ganz dicke."

Lisandra dachte nach. Gerald küsste also Scarlett, aber er verschwieg ihr die Wahrheit. Was das wohl zu bedeuten hatte?

„Ich wäre ein bisschen vorsichtig mit ihm", sagte sie schließlich, als die beiden im Erdgeschoss angelangt waren. „Wir wissen nicht, was er wirklich hier will."

„So sehe ich das auch", sagte Scarlett nüchtern, wenn auch ein wenig enttäuscht, dass Lisandra genauso misstrauisch war wie sie selbst.

„Was nicht heißt, dass du ihn nicht küssen kannst, wenn es dir Spaß macht."

„Wer sagt, dass es mir Spaß macht?", entfuhr es Scarlett, als sei dies die abwegigste Idee der Welt. „Ich hab doch nicht mal zurückgeküsst!"

„Aber er lebt noch", stellte Lisandra fest. „Hast du ihn geschlagen oder gekratzt?"

„Nein."

„Dann hast du ihn wohl gern."

„Trophäensaal, hier sind wir", sagte Scarlett kurz angebunden und drückte Lisandra eine magikalische Lampe in die Hand. „Erst in einen Schrank setzen, dann anzünden. Ich beeile mich, damit du nicht verhungerst."

Und weg war sie. Lisandra brachte es nicht mal fertig, so schnell danke zu sagen, wie Scarlett verschwunden war. Ja, sie mochte Gerald, daran bestand kein Zweifel!

Der Trophäensaal sah bei Tageslicht sehr geplündert aus. Es wurde behauptet, dass in diesem weiträumigen Flur mit den riesigen Fenstern einmal die Schätze aller Burgherren ausgestellt worden waren. Also der mit Gold beschlagene Knüppel von Wargar dem Ungelenken oder die schmucken, zerbeulten Silberschilde, die er im Krieg gegen das Übersee-Reich Katlapudia erbeutet hatte. So Zeug eben, aber jetzt hing fast nichts mehr im Trophäensaal außer einem halb von Motten zerfressenen Teppich, zwei verbogenen Lanzen und einem Helm, der so schwer und riesig war, dass niemand ihn aufsetzen konnte, ohne zu taumeln und Kopfschmerzen zu bekommen. Außerdem war er hässlich. Ach ja, ein Einhorn, das dekorativ in einem Knochen steckte und auf eine hölzerne Plakette genagelt worden war, hing auch noch da.

Eine plumpe Fälschung, die schon vor mehreren Hundert Jahren das Original ersetzt hatte. Jetzt war also viel Platz in der riesigen Halle und den hatte Wanda Flabbi dazu genutzt, Riesenschränke aufzustellen, in denen sie frisch gewaschene Bettwäsche, Handtücher und Flickenteppiche aufbewahrte. Im Gegensatz zu dem Gebäudeteil mit den ungeraden Zimmernummern hatte der Trophäensaal, der mit dem Haupthaus verbunden war, ein trockenes, warmes und angenehmes Raumklima, in dem nichts schimmelte, vermoderte oder stockig wurde. Solche Orte waren in Sumpfloch Mangelware (denn die Festung stand ja in einem riesigen Sumpfgewässer).

Lisandra schlüpfte in einen Schrank, der nicht so vollgestopft war wie alle anderen, ließ die Tür einen Spalt offen, damit genug frische Luft hereinkam, und zündete die magikalische Lampe an, was schwierig für sie war. Denn die Technik solcher Lampen beruhte auf Magikalie und da Lisandra des Zauberns überhaupt nicht mächtig war, musste sie den entscheidenden Hebel ungefähr zwanzigmal umlegen, bis endlich das Licht anging. Dann war es geschafft und sie atmete auf.

Es dauerte kaum eine Viertelstunde, bis Scarlett mit einem riesigen Eimer voller Essen zurückkehrte. Zwar war es die gewohnt unansehnliche Kost der Sumpfloch-Küche mit Algensuppe, Nudeln in graugrüner Soße und hartem, trockenem Brot, doch Lisandra war hungrig und einfach nur froh, dem Geldmorgul entkommen zu sein, sodass es ihr vorkam, als hätte sie selten etwas Besseres gegessen. Auch Scarlett schlug zu. Es tat so gut, endlich mal wieder richtige Gesellschaft zu haben. Viego war großartig und Gerald hatte wirklich seine netten Seiten, aber eine richtige Freundin, der man nichts vormachen musste, war unschlagbar. Das hatte sie vermisst.

Wobei – dass sie Lisandra nichts vormachen musste, war ein bisschen gelogen. Niemand außer Viego Vandalez wusste, dass Scarlett eine Cruda war. Fast niemand. Scarlett wurde leicht mulmig zumute, als sie daran dachte, wie Berry, ihre fünfte Zimmergenossin, im letzten Halbjahr herausgefunden hatte, was mit Scarlett nicht stimmte. Und da Berry eine gewissenlose, berechnende Verräterin war (schließlich hatte sie auch Thuna und Maria an die uralte, böse Cruda verraten), war dieses Wissen um Scarletts Geheimnis keinesfalls gut aufgehoben. Das Einzige, was Scarlett beruhigte, war, dass Berry so eine Angst vor Scarletts Rache hatte, dass sie ihre Klappe halten würde. Hoffentlich. Außerdem würde Berry in diesem Halbjahr nicht nach Sumpfloch zurückkehren. Zum Glück.

„Hast du auch Briefe von Maria und Thuna bekommen?", fragte Lisandra kauend.

„Ja. Ich hab mich jedes Mal kaputtgelacht. Vor allem über die Sache mit dem Pony."

„Was für eine Sache?", fragte Lisandra.

„Du weißt doch, das mit dem Ritter, den Maria ihr Leben lang für ein Gespenst hielt, bis sie begriffen hat, dass sie ihn erst lebendig gemacht hat durch ihre ständigen Beschwörungen, er solle sie bitte nicht erschrecken …"

„Ja, sie hat ihm Leben eingesprochen, aber was hat das mit einem Pony zu tun?"

„Haben sie dir nicht geschrieben, wie dieser Ritter Thunas Pony geklaut hat, um damit in die große, weite Welt zu reiten? Hast du nicht gelesen, wie Maria darüber untröstlich war und gleich wollte, dass ihre Eltern ein neues Pony für Thuna kaufen? Und hat dir Thuna nicht geschrieben, wie unendlich erleichtert sie war, als das Pony weg war und sie keine Reitstunden mehr nehmen musste?"

„Ähm …"

„Lissi! Das müssen sie dir doch auch geschrieben haben!"

„Also … ich hab's versucht, diese Briefe zu lesen, aber Handschrift ist noch schwerer zu lesen als gedruckte Buchstaben. Und ich wollte es mir von niemandem vorlesen lassen, falls was Geheimes drinsteht. Über ihre Talente, von denen keiner etwas wissen darf, verstehst du? Ich hab ein paar Sätze gelesen, aber nicht die mit dem Ritter und dem Pony."

„Oh nein!", sagte Scarlett. „Du musst unbedingt Lesen und Schreiben lernen! Wie willst du denn die Schule schaffen?"

„In Sumpfloch fällt man nicht so leicht durch."

„Ja, jetzt im ersten Schuljahr nicht. Aber in drei Jahren kommst du damit nicht mehr durch!"

„Dann hab ich ja noch Zeit. Willst du deinen Klumpkuchen nicht?"

„Nein danke, ich hab vier Wochen lang Klumpkuchen zum Nachtisch gegessen, ich hab ihn satt."

Lisandra stopfte sich Scarletts Klumpkuchen in den Mund und war rundum glücklich. Dass sie nicht Lesen und Schreiben konnte, war ihr gerade egal. Auch Scarlett war froh. Sie saß außerhalb des

Schranks im Dunkeln und unterhielt sich mit Lisandra über die leicht geöffnete Schranktür.

„Weißt du was, Lissi?", sagte sie, als alles aufgegessen war und sie einfach nur dasaßen, um über alles Mögliche zu reden.

„Ja, Scarlett?"

„Sumpfloch ist ein Riesenglück für uns."

„Stimmt. Und wir haben noch fünfeinhalb Schuljahre übrig!"

„Aber nur, wenn du Lesen und Schreiben lernst ..."

Lisandra lachte hell und sorglos.

„Ich krieg das schon hin. Beim fettigen Gichtknoten! Ich werde so lange in dieser Schule bleiben, wie ich nur kann!"

Kapitel 4

Ein stiller, tiefer Typ

Alban von Montelago Fenestra war bestürzt.

„Was genau soll das heißen: Der Kutschbus ist nicht beheizt? Es sind drei Stunden bis zu Marias Schule – oder womöglich noch mehr bei diesen Wetterverhältnissen! Da können die Kinder doch nicht die ganze Zeit in einem unbeheizten Kutschbus sitzen und frieren!"

Der Kutscher tätschelte eins seiner kräftigen Kutschpferde und zuckte mit den Achseln.

„Guter Mann, Ihre Tochter muss ja nicht mitfahren. Mir ist das schnuppe."

„Das sollte Ihnen aber nicht schnuppe sein!", erklärte Alban freundlich, doch bestimmt. „All diese Kinder haben ein Recht darauf, gesund und munter an ihrer Schule anzukommen! Aber sie werden sich den Tod holen, wenn sie stundenlang der eiskalten Zugluft ausgesetzt sind! Sehen Sie, dort, das Fenster lässt sich nicht mal schließen! Da wird es die ganze Zeit reinpfeifen!"

Der Kutscher atmete einmal tief durch. Dann ließ er Alban von Montelago Fenestra stehen, wo er war, und warf die Tasche eines Neuankömmlings in den Gepäckkorb.

„Ihnen muss doch auch daran gelegen sein, dass Ihr Fuhrunternehmen einen guten Ruf genießt!", probierte es Alban noch einmal. „Wenn es die Runde macht, dass sich ein Kind in Ihrem Kutschbus eine schlimme Grippe zugezogen hat …"

„Papa, jetzt lass das doch!", sagte Maria und zupfte ihn zum wiederholten Mal am Ärmel seines Pelzmantels. „Es wird schon klappen! Ich werde auch nicht krank, versprochen!"

„Wenn ich das deiner Mutter erzähle, wird sie außer sich sein!"

„Dann erzähl es ihr nicht!", raunte Maria beschwörend.

Ihr war das alles schrecklich peinlich. Sie war mal wieder die Einzige, die mit vier Koffern nach Quarzburg gereist kam, während all die anderen armen Kinder, die mit ihnen an der Bushaltestelle standen, kleine Taschen mit kaputten Reißverschlüssen und abgewetzten Riemen mitbrachten. Auch Thunas Gepäck war armselig, auch wenn es sich die Montelago Fenestras nicht hatten nehmen lassen, Marias Freundin eine neue Reisetasche zu kaufen.

In Schlüsselblumengelb. Aber die Tasche war klein, denn Thunas Besitztümer waren sehr überschaubar.

„Machen Sie sich keine Sorgen, Herr Montelago Fenestra", kam Thuna ihrer Freundin zu Hilfe. „Es ist sicher nicht das erste Mal, dass ein Kutschbus durch den Schnee von Quarzburg nach Sumpfloch fährt. Bisher sind immer alle Schüler gesund angekommen!"

Bei dieser Beteuerung machte der Kutscher ein komisches Gesicht und wandte sich schnell ab. Der Graf sah es zum Glück nicht.

„Ja, Thuna, du wirst schon recht haben. Aber unser Täubchen hier ist nun mal sehr empfindlich, sie ist doch noch so klein und zart und muss zu Hause nie frieren!"

Maria lief rosarot an. Sie liebte ihren Vater über alles, ebenso wie ihre Mutter, aber solche Situationen trieben sie in den Wahnsinn. Sie schaute zur Seite und ihr Blick fiel geradewegs auf Geicko: den Jungen mit der dunklen Haut und den schwarzen Augen, der ihr zu Beginn des letzten Schuljahres den größten Schrecken eingejagt hatte. Denn er hatte Marias geliebten Stoffhasen Rackiné geklaut und ihm ein Ohr abgerissen. Jetzt hatte Geicko nicht vor, Maria zu beklauen oder ihr wehzutun. Es herrschte Waffenstillstand, schließlich war er ein sehr guter Freund von Lisandra. Aber er grinste übers ganze Gesicht und aus seinen pechschwarzen Augen sprangen Funken des Spotts.

„Papa, wir müssen jetzt einsteigen!", erklärte Maria, obwohl noch keins der ungefähr zwanzig Kinder eingestiegen war. „Du kannst schon gehen, wir sind gut versorgt!"

Alban von Montelago Fenestra blieb stehen, wo er war, und runzelte kräftig die Stirn.

„Täubchen, ich könnte dir noch deinen Pelz aus dem Gasthaus holen. In dem unbeheizten Bus kannst du ihn bittergut gebrauchen!"

„Ich will ihn nicht, wie oft soll ich das noch sagen! Niemand in Sumpfloch hat einen Pelz!"

Immerhin hatte es aufgehört zu schneien. Der Kutscher war zuversichtlich, dass sie Sumpfloch vor Einbruch der Dämmerung erreichen würden. Es war der einzige Kutschbus, der heute fuhr. Normalerweise waren sechs Busse zur Festung unterwegs, wenn die Schule wieder anfing, doch heute waren fünf Busse aus Mangel an Fahrgästen gestrichen worden.

„Papa, du musst nicht länger warten. Sieh zu, dass du bis zum Abend wieder bei Mama bist!"

„Aber ich muss dir doch zum Abschied winken!", sagte Alban so warmherzig zu seiner geliebten Adoptivtochter Maria, dass ihr das Herz ganz warm wurde und sie ihn noch einmal kräftig umarmte.

Thuna beobachtete es wohlwollend, aber mit einem kleinen Schmerz in der Brust. Als stecke da ein kalter, gefrorener Splitter, der sich bei solchen Gelegenheiten bewegte und sie peinigte. Sie hatte dieses komische Gefühl während der Ferien immer wieder gehabt. Jedes Mal, wenn sie sah, wie sehr Maria von ihren Eltern geliebt wurde und mit welcher Fürsorge und Begeisterung sie ihren Liebling verhätschelten und bewunderten, da wurde ihr so jämmerlich zumute. Es sprach für Maria, dass sie bei all der Aufmerksamkeit kein selbstverliebtes, dummes Schaf geworden war. Thuna hätte das womöglich passieren können. Aber vielleicht war Maria von Natur aus zu ängstlich und zu bescheiden, um sich für eine grandiose Person zu halten. Außerdem war sie wegen Unfähigkeit von sämtlichen guten Schulen geflogen. Das mochte auch dazu beigetragen haben, dass Maria sich selbst nicht überschätzte. Bei all dem Verdruss über ihre schulischen Leistungen konnte sich Maria immerhin einer Sache vollkommen sicher sein: Es gab zwei Menschen in dieser Welt, die sie mit jeder Faser ihres Herzens liebten und die ihr Leben für Maria gegeben hätten, wenn es nötig gewesen wäre. Das war es, was Thuna manchmal die Tränen in die Augen trieb. Sie wollte auch so sehr geliebt werden, wenigstens von einem einzigen Menschen. Aber es gab keinen. Thuna war in einem Waisenhaus aufgewachsen und es existierte kein Erwachsener, der sich auch nur ansatzweise für sie zuständig fühlte. Was nicht heißen sollte, dass sie Maria all die Liebe missgönnte. Sie freute sich für ihre Freundin, konnte es aber nicht lassen, ab und zu sehr traurig zu werden, weil sie in diesen Ferien erfuhr, dass ihr etwas fehlte. Es war ihr nie so deutlich zu Bewusstsein gekommen wie im Schloss Montelago Fenestra.

„Kommt wohl keiner mehr", brummte der Kutscher, nachdem er lange genug auf dem verschneiten Marktplatz von Quarzburg herumgeguckt hatte. „Alles einsteigen, Kinder, wir fahren los!"

Maria drückte ihr Gesicht noch einmal in den dicken Pelzmantel ihres Vaters und stieg dann erleichtert und bedrückt zugleich in den Kutschbus.

„Setz dich weit weg von dem kaputten Fenster!", rief ihr Alban hinterher.

Sie nickte und belegte für sich und Thuna einen Platz in der letzten Bank. Es dauerte nicht lange, bis alle Fahrgäste saßen, dann setzte sich der Kutschbus mit einem kräftigen Ruck und lautem Knarren in Bewegung. Alban von Montelago Fenestra winkte, als ob es einen Preis dafür gäbe, und Maria winkte zurück, bis sie ihn nicht mehr sehen konnte. Dann rückte sie nahe an Thuna heran, weil es wirklich kalt war, und so verbrachten die Freundinnen die lange Fahrt, die am Ende fast fünf Stunden dauerte. Hätten sie nicht zwischendurch immer wieder aussteigen und dem Kutscher beim Schneeschippen helfen müssen, dann wären sie am Ziel der Reise noch durchgefrorener gewesen als ohnehin schon.

„Lisandra!", rief Thuna begeistert, als sie gleich beim Aussteigen das Mädchen mit der zerzausten braunen Lockenmähne erblickte. „Wo kommst du denn her?"

„Ich war im Bus", sagte Lisandra mit einem kämpferischen Unterton in der Stimme. „Du hast mich gesehen. Klar?"

Thuna hielt kurz inne und nickte dann schnell.

„Ja, natürlich. Du warst im Bus und ich hab dich gesehen. Maria und Geicko auch?"

Geicko tauchte wie aufs Stichwort an Lisandras Seite auf und gab ihr einen herzlichen Knuff zur Begrüßung.

„Sie hat sich die ganze Zeit unter meinem Sitz versteckt", erklärte er mit breitem Grinsen. „Weil sie keine Fahrkarte hatte!"

„So war's!", rief Lisandra mit glühenden Wangen. „Hallo Geicko!"

Maria bekam diese Unterhaltung nicht mit. Sie musste vom Kutscher ihre vier Koffer in Empfang nehmen und fürchtete sich schon vor dem, was passieren würde, wenn der Kutschbus abgefahren war. Letztes Mal war sie bei ihrer Ankunft regelrecht überfallen worden: Alle Sumpfloch-Schüler hatten sich auf ihre Sachen gestürzt und erbeutet, was sie irgendwie kriegen konnten. Heute waren es immerhin nur zwanzig Schüler und drei davon waren ihre Freunde. Vielleicht ging die Sache glimpflich aus …

„Sollen wir dir beim Tragen helfen?", fragte Geicko.

So viel Höflichkeit war man von ihm nicht gewohnt. Aber er hatte immer noch ein schlechtes Gewissen wegen der Schlacht um Marias Sachen, bei der er sich beim letzten Mal eifrig beteiligt hatte.

„Oh …" Maria war sprachlos.

„Wir schleifen alle einen von diesen Monsterkoffern mit rein", sagte Lisandra. „Und dafür rückst du die versprochenen Süßigkeiten raus, ja?"

„Gut", sagte Maria. „Ich hab ganz viel mitgebracht. Wo kommst du eigentlich her, Lisandra?"

„Mann, bist du blind! Ich war doch die ganze Zeit im Bus!"

„Wirklich?"

Thuna und Geicko lachten.

„Wirklich", sagte Thuna. „Jetzt komm, sonst essen uns die anderen das ganze Abendessen weg!"

„Was für eine schreckliche Vorstellung!", rief Maria. „Schleimiger Eintopf mit Schimmelpilz-Klößen! Wie hab ich das vermisst …"

Sie schafften es tatsächlich, Marias ganzen Besitz in die Festung zu transportieren, ohne überfallen zu werden. Als dann auch noch Scarlett angerannt kam, um sie alle zu umarmen (alle bis auf Geicko), konnten sie Marias Sachen auch ohne Geickos Hilfe in das Gebäude mit den ungeraden Zimmernummern schleppen und von da in den siebten Stock.

„Tut mir so leid!", rief Maria immer wieder, wenn sie ihre Freundinnen stöhnen hörte. „Ihr könnt auch alles benutzen, was ich mitgebracht habe."

„Auch die magikalische Heizdecke?", fragte Thuna.

Lisandra und Scarlett lachten los, als sie das hörten.

„Du hast eine magikalische Heizdecke dabei? Im Ernst?"

„Was sollte ich denn machen?", fragte Maria hilflos. „Thuna, du weißt doch, wie meine Eltern sind. Erklär es ihnen!"

„Sie musste die Heizdecke mitnehmen", sagte Thuna, „das war der Handel. Sonst wären es zwei Koffer mehr geworden. Sie hat wirklich gekämpft, ich kann es bezeugen!"

„Deine Probleme möchte ich mal haben", meinte Lisandra. „Warum bin ich nicht als Baby in den Garten deiner Eltern gekrochen? Das Leben ist echt unfair."

Maria schaute sich gleich suchend im Zimmer um, als sie dort ankamen. In den Heizrohren surrte es und es war längst nicht mehr so kalt wie am Tag davor. Scarlett hatte die Decken aufgeräumt, mit denen sie alle Ritzen verstopft hatte, und die Lampe streikte auch nicht mehr. Eine braune, rostige Laterne baumelte von der Decke und tauchte alles in gelbliches Licht.

„Rackiné?", fragte Maria ins leere Zimmer. „Bist du hier irgendwo, Rackiné?"

Es kam keine Antwort. Der lebendige Stoffhase, den Maria schweren Herzens zurückgelassen hatte, als sie in die Ferien gefahren war, war nirgendwo zu sehen oder zu hören.

„Er ist in den ganzen vier Wochen nicht aufgekreuzt", erklärte Scarlett. „Wahrscheinlich lag zu viel Schnee. Er wird es sich mit seinem Unhold-Kumpel in irgendeiner Höhle bequem gemacht haben."

„Im bösen Wald", sagte Maria fast tonlos.

„Mach dir keine Sorgen", sagte Lisandra. „Er wird schon wieder auftauchen, wenn der Schnee schmilzt. Der Unhold wird gut auf ihn aufpassen."

Maria war nicht gerade überzeugt. Sie hockte sich auf ihr Bett und kämpfte mit den Tränen. Rackiné war ihr allerbester Freund seit Kindertagen. Aber irgendwie war er im letzten halben Jahr sehr erwachsen geworden. Wollte seine eigenen Wege gehen. Hoffentlich ging es ihm gut, hoffentlich war ihm nichts zugestoßen im bösen Winterwald.

„Mal sehen, ob wir eine neue Mitbewohnerin bekommen", sagte Thuna mit einem Blick auf das leere Bett, in dem Berry im letzten Halbjahr geschlafen hatte.

Scarlett verschränkte die Arme vor der Brust.

„Wenn sie bloß netter ist als die letzte."

„Dazu gehört nicht viel", stellte Lisandra fest. „Maria, ich warte auf meine Süßigkeiten!"

„Ach so", sagte Maria und packte geistesabwesend zwei große Taschen mit Lebkuchenbären, Ingwerbrezeln, Nusshexaedern, Pferdeäpfeln (aus Marzipan selbstverständlich) und Mohnschokolade aus.

Lisandra stöhnte vor Begeisterung, als Maria den Inhalt der Taschen auf ihrem Bett ausleerte, und Lisandra stöhnte noch viel mehr, als sie kurz darauf zum Abendessen in den Hungersaal gingen, denn da hatte Lisandra schon so viele Pferdeäpfel in sich hineingestopft, dass ihr Magen sich anfühlte, als wären es echte Pferdeäpfel gewesen.

Nicht nur aus Quarzburg war ein Kutschbus angekommen, auch aus verschiedenen anderen Richtungen hatten sich Schüler und Fahrzeuge nach Sumpfloch durchgeschlagen, sodass der

Hungersaal fast zur Hälfte gefüllt war, als die vier Mädchen dort eintrafen. Scarlett machte das ein bisschen schwermütig. Sie war daran gewöhnt, im kleinen Kreis zusammenzusitzen, mit Viego Vandalez, Gerald, Herrn Winter, der Köchin und dem schüchternen Hausmeister mit dem Schneckenkopf, der meist am Ende der Bank gesessen und Knobelaufgaben in seinem Rätselheft gelöst hatte. All diese Leute, die Scarlett vertraut geworden waren, fanden nun am anderen Ende des Saals zusammen, am Lehrertisch und am Tisch der Hausangstellten. Scarlett nahm da Platz, wo sie nun mal hingehörte: bei den Schülern. Bevor sie sich hinsetzte, warf sie noch einen kurzen Blick zum Lehrertisch hinüber und ihre Augen trafen auf die von Gerald. Er lächelte sie verschwörerisch an und bevor sie sich selbst daran hindern konnte, lächelte sie zurück.

Bevor die dampfenden Schüsseln mit dem undefinierbaren Inhalt aufgetragen wurden, stellte die Direktorin, die mehr einer Schildkröte ähnelte als einem Menschen, ihre elefantösen Vorderbeine auf einen Stuhl, um sich langsam daran aufzurichten. Von Perpetulja (einen Nachnamen hatte die Frau nicht) hieß es, sie sei sehr klug, gebildet, weise und alt. Eigentlich hätte sie ein viel höheres Amt bekleiden müssen als das einer Direktorin von Sumpfloch, doch sie war in den dunklen Zeiten der Tiermensch-Verfolgung geboren worden und als eine, die besonders schildkrötig aussah und kaum menschlich, war sie viele Jahrhunderte lang angefeindet worden. Man sagte sogar, sie habe sich an den dunkelsten Orten verstecken müssen, um zu überleben. Nun war dieses düstere Zeitalter längst vorbei und man hatte sie als kluges und weitsichtiges Wesen anerkannt. Alleine die Tatsache, dass sie quälend langsam sprach, verhinderte aber jede wissenschaftliche oder politische Karriere. Der Posten als Schulleiterin war alles, was man ihr zubilligte, doch glaubten einige, sie wirke hier und da im Geheimen und habe bedeutende Unterstützer.

All das hatte Scarlett in den Ferien von Gerald erfahren. Daher betrachtete sie die Schildkröten-Direktorin heute mit anderen Augen als noch im letzten Halbjahr. Zehn Minuten dauerte es, bis Perpetulja sie alle begrüßt und ihnen ein schönes Schuljahr gewünscht hatte. Sie erklärte außerdem, dass der Unterricht morgen wie üblich beginnen werde, auch wenn die Hälfte der Schüler noch fehle (und auch ein paar Lehrer, unter ihnen Estephaga Glazard, die normalerweise für Perpetulja sprach, was wesentlich angenehmer gewesen wäre). Das Lehrerpersonal werde auf diesen Umstand Rücksicht nehmen und keinen wichtigen Stoff durchnehmen.

Alle atmeten auf, als Perpetulja sich anschickte, wieder auf alle Viere zurückzufallen (auf diese Weise bewegte sie sich am liebsten fort), doch als schon eins der Vorderbeine in der Luft schwebte besann sie sich eines Besseren und öffnete noch einmal den krummen, olivgrünen Schlitz, der in ihrem kartoffelförmigen Kopf den Mund darstellte:

„Daaaa ... isssst ... noch ... eeee ... eeetwas ...", brachte sie hervor, dann machte sie eine ihrer ewig langen Verschnaufpausen, um endlich fortzufahren: „Wiiiir ... wiiiir haaaben einen neuuen Schüüüüü ... üüüler ... doooort ..."

Sie nickte in die Richtung, wo wohl der neue Schüler saß, und jemand, der sehr hungrig war, stieß den neuen Schüler an und zischte:

„Steh auf, lass dich begrüßen, damit wir's endlich hinter uns haben!"

Ein blonder Junge stand auf, hochgewachsen, schmal, mit einem ordentlichen, doch billigen Anzug und freundlichen, fast ängstlich-schüchternen grauen Augen.

„Dassss ... dassss ... iiiiisssst ... Hannnnnns. Willll ... kommmen ... innn ... Sumpf ...", pause, pause, pause, „ ... loch!"

Die Schüler klatschten höflich, Hanns errötete und machte einen Diener.

„Da-danke euch!", sagte er und setzte sich schnell wieder.

Nun war das Abendessen eröffnet. Und Scarletts Herz stand still.

Die Köchin hatte sich heute viel Mühe gegeben für die zurückgekehrten Schüler: Es gab drei Gänge in der gleichen graugrünen Farbe, doch Suppe, Auflauf und Kompott schmeckten durchaus unterschiedlich und gar nicht schlecht. Selbst Maria musste es zugeben, obwohl sie wie üblich versuchte zu essen, ohne das Essen dabei anzusehen. Lisandra erholte sich ganz schnell von ihrer Pferdeapfel-Vergiftung und aß mit großem Appetit. Als sie sah, dass Scarlett die Hälfte stehen ließ, bat sie um deren Schüsseln und bekam sie bereitwillig hingeschoben.

„Was ist los?", fragte Thuna. „Ist dir nicht gut?"

„Ach, ich bin nur ... ja, ich glaube, mit meinem Magen stimmt was nicht."

„Du Arme. Soll ich ein bisschen Brot für dich einpacken, falls du heute Nacht Hunger bekommst?"

„Mann, Thuna", rief Lisandra, „wir haben doch zwei Taschen voller Süßigkeiten!"

„Ich glaub nicht, dass Süßigkeiten gut für einen kranken Magen sind", erwiderte Thuna. „Außerdem bezweifle ich, dass wir morgen noch zwei Taschen Süßigkeiten haben. Eine hast du ja schon leer gegessen!"

„Du übertreibst. Welche blöden Fächer haben wir morgen? Ich hab mich noch nicht getraut, auf den Stundenplan zu gucken."

„Geheimkunde, Naturkreisläufe, Magikalische Physik, Geschichte", zählte Maria auf.

„Schneeschippen", fügte Scarlett hinzu. „Wir alle haben hier jeden Tag geschippt und Herr Winter konnte nicht oft genug sagen: Wenn wir wieder Schüler haben, werden sie zum Schneeschippen abkommandiert – dafür lass ich auch meinen Unterricht ausfallen, wenn es sein muss."

„Schneeschippen!", rief Maria. „Ich hab noch nie Schnee geschippt. Ist das schwer?"

„Du, Scarlett", sagte Lisandra nachdenklich, „dein Gerald ..."

„Er ist nicht *mein* Gerald!"

„Na gut, *der* Gerald, der ist doch ziemlich gut in der Schule, oder?"

„Ja, natürlich. Wie alle Lehrersöhne. Er war der Zweitbeste seines Jahrgangs, letztes Jahr. Nicht dass es mich interessiert, aber er reibt einem so was gerne unter die Nase, der Angeber."

„Hm."

Lisandra löffelte langsam Scarletts Kompott aus. Wie konnte das sein, dass Gerald so gut war? Wenn er auch aus einer Welt stammte, in der es keine Zauberei gab, musste sein Zaubertalent genauso unterentwickelt sein wie das von Lisandra, Thuna und Maria. Gut, er würde sicher fleißig lernen und im Gegensatz zu Lisandra konnte er bestimmt gut Lesen und Schreiben, aber alles, was mit Magie zu tun hatte: Tiersprache, Magikalische Physik, angewandte Zauberei (ein Fach, das Lisandra zum Glück erst im nächsten Jahr bekam) und Geheimkunde, darin musste er doch komplett versagen? Gab es vielleicht Tricks, die Gerald beherrschte und die man als Kind aus einer fremden Welt kennen sollte? Sie beschloss, ihn danach zu fragen.

Scarlett wagte es kaum, sich umzudrehen. Es wäre sehr auffällig gewesen, saß doch Hanns drei Tische weiter genau in ihrem Rücken. Wie oft hatte sie davon geträumt, ihn wiederzusehen. Ihm unverhofft über den Weg zu laufen, dem alten Freund, ihrem besten Freund, damit sie dort weitermachen konnten, wo sie vor vier Jahren aufgehört hatten! Tausendmal, vor allem vorm Schlafengehen, hatte sie davon geträumt, ihn an ihrer Seite zu haben, jemand, der sie verstand, der sie liebte, der mit ihr im Geheimen kämpfte, der ihr beistand, sie verteidigte und nie genug von ihr bekam. In ihrer Fantasie hatte er sich verändert. In ihrer Wunschvorstellung war er ein Held geworden, ein stotternder Held, der alles besser wusste als die anderen, auch wenn man es ihm nicht ansah, und der es auch nicht heraushängen ließ, weil er so bescheiden war.

Jetzt, da sie ihn so unerwartet wiedergesehen hatte, fühlte sie, dass der wirkliche Hanns nicht unbedingt der Hanns war, von dem sie geträumt hatte. Was nicht schlimm war! Er war ihr eben fremd geworden in den letzten Jahren, das war ja kein Wunder. Aber sie konnten wieder Freundschaft schließen, bestimmt würden sie das tun. Und immer noch war Hanns so brav und gutmütig wie früher, das sah sie ihm an.

Scarlett war sehr aufgeregt, deswegen konnte sie auch nichts essen. Ob er sie gleich erkennen würde? Ob er sich so freuen würde wie sie? Scarlett sehnte und fürchtete das Ende des Abendessens herbei. Dann kam es endlich, alle Schüler standen auf und strömten schwatzend auf den Ausgang des Hungersaals zu.

„Bin gleich wieder bei euch", sagte Scarlett und sprang so schnell auf, dass ihr Knie mit voller Wucht gegen das Tischbein knallte. „Auaaa ... geht ruhig schon vor!"

Hanns war schon immer ein bedächtiger Typ gewesen. Natürlich nahm er sich Zeit mit dem Aufstehen, stapelte schön sein Geschirr zusammen und sah sich um, wo er es denn hinräumen könnte. So konnte sich Scarlett zu ihm durchdrängeln und erreichte ihn, bevor er seinen Platz verlassen hatte.

„Das kannst du stehen lassen", sagte sie zu ihm, „hier wird abgeräumt!"

Hanns starrte sie erstaunt an.

„Kennst du mich noch?", rief sie. „Ich bin's, Scarlett!"

Sie strahlte ihn an und stellte fest, dass der hagere Hanns nun größer war als sie. Früher war es umgekehrt gewesen.

„Sca-scarlett!", wiederholte er und seine Augen weiteten sich. „Du-du bist auch hier?"

Scarlett hatte sich mehr Begeisterung erhofft. Aber gut, Hanns hatte überhaupt nicht mit ihrem Auftauchen gerechnet. Und seine Reaktionen waren schon immer verhalten gewesen, es sei denn, er ging ganz im Spiel auf, das sie spielten, und vergaß, schüchtern und vorsichtig zu sein. Dann hörte er übrigens auch mit Stottern auf.

„Ja, schon seit einem halben Jahr! Wie geht's dir? Wie waren die alten Leute zu dir? Leben sie noch?"

Scarlett wollte das alles unbedingt wissen, möglichst schnell, doch Hanns blieb erst mal stumm und starrte sie weiterhin an. Dann endlich öffnete er wieder den Mund.

„Da-das ist ja to-toll, dass du-du auch hier bist!"

Jetzt strahlte Hanns zurück, ganz ehrlich, aber einen Augenblick später wurde er schon wieder ernst.

„Wir kö-können ja mo-morgen reden", brachte er hervor. „Ich mu-muss jetzt auspa-packen."

Scarlett war etwas vor den Kopf gestoßen angesichts dieser Antwort, doch sie war bereit, Hanns so zu nehmen, wie er eben war. Umständlich und ordentlich und ... und ...

„Wu-wunderschön", sagte Hanns. „Du siehst wu-wunderschön aus!"

Damit hatte Scarlett nun nicht gerechnet. Sie wurde ganz verlegen und starrte schnell ins hinterste Eck des Hungersaals.

„Oh, äh, das ist nett, dass du sagst, Hanns. Du siehst aber auch gut aus."

„Tschü-tschüsss dann", sagte er und wandte sich ab, um den anderen Schülern hinterherzulaufen.

Scarlett sah ihm nach und konnte nicht umhin, enttäuscht zu sein. Dabei wusste sie doch zu gut, dass die Wirklichkeit nie so war, wie man sie sich in den Träumen ausmalte. Deswegen war sie ja auch die Wirklichkeit. Ein Vorteil der Wirklichkeit war, dass sie wirklich war. Es war keine Einbildung: Hanns war wirklich hier!

Als eine der Letzten verließ Scarlett den Hungersaal und als sie durch die Gänge spazierte, gedankenverloren, tauchte auf einmal Gerald neben ihr auf.

„Na, sehen wir heute wu-wunderschön aus?"

„Was fällt dir ein! Wie kannst du dich über Hanns lustig machen, nur weil er stottert?"

„Falls du's nicht bemerkt hast: Ich hab mich über *dich* lustig gemacht!"

Scarlett sah an Geralds Anzugärmel empor: Gerald war drei Jahre älter als sie (oder waren es nur zwei?) und einen Kopf größer. Sie fühlte sich aber gar nicht jünger oder kleiner als er. Auf unsichtbarer Ebene waren sie gleichauf, ebenbürtige Gegner, jedenfalls glaubte sie das.

„Er ist ein alter Freund von mir", erklärte sie.

„Ja, sah ganz so aus. Er konnte sich kaum einkriegen vor Freude, dich wiederzusehen."

„Es ist eben lange her und er hat nicht damit gerechnet. Außerdem lässt er sich seine Gefühle nicht so ansehen. Er ist ein stiller, tiefer Typ."

„Ach ja? Und was bin ich dann? Ein lauter, flacher Typ?"

„Sicher niemand, der seine beste Seite vor anderen verbirgt."

Gerald lachte.

„Tja, wozu auch?"

Während sie zusammen in Richtung Trophäensaal schlenderten, machte er Witze über das Essen, klagte über die rostbraune Farbe des Waschwassers auf seinem Stockwerk und erzählte von einem Mitschüler, der als Rechtshänder in die Ferien gegangen und als Linkshänder zurückgekehrt war, und niemand konnte sich erklären, warum das so war.

„Sag mal, kleine Hexe", meinte er schließlich, „was wird denn jetzt aus unseren gemütlichen Abenden am Kaminfeuer im Hungersaal? Hausmeister Schnecke hat sich verkrochen, die Köchin wohnt wieder im Angestellten-Trakt und wir beide müssen getrennt essen. Das kann doch nicht alles sein, was von unserem Winterglück übrigbleibt?"

„Was sollte denn deiner Ansicht nach übrig bleiben?"

„Na ja, wir könnten uns ab und zu an einem Ort treffen, wo uns nicht hundert Leute beobachten."

„So."

„Wir könnten morgen nach der Schule eine unterirdische Bootsfahrt machen."

„Hm …"

„Du sagst nicht Nein, das deute ich als Ja", sagte er. Mit dem Zeigefinger stupste er ihre Nase an und bevor sie ihn deswegen böse angucken konnte, bog er ab, denn sie hatten den Trophäensaal erreicht und Gerald hatte das Glück, nicht im Gebäudeteil mit den ungeraden Zimmernummern zu wohnen.

„Gute Nacht, kleine Hexe!"

„Gute Nacht, großer Angeber."

Dass Scarlett so ohne Weiteres einwilligte, sich heimlich mit ihm zu treffen, hatte zwei Gründe: Erstens hatte sie sich selbst schon Sorgen gemacht, dass ihre Winterfreundschaft einfach so wegschmelzen würde, wenn das Schuljahr wieder anfing. Und zweitens war sie verstört wegen Hanns. Es fühlte sich an, als hätte ihr der alte Freund eine Abfuhr verpasst, da konnte auch das spontane Kompliment, das er ihr gemacht hatte, nichts retten. Wenn man aber eine Abfuhr bekommt, dann tut es sehr gut, von einem Jungen wie Gerald zu einer unterirdischen Bootsfahrt eingeladen zu werden.

An diesem Abend hatten sich die Mädchen so viel zu erzählen, dass sie erst tief in der Nacht das Licht löschten. Maria gab noch einmal die Geschichte vom Ritter zum Besten, der sich Thunas Pony ausgeliehen hatte und seither nicht zurückgekehrt war.

„Ich hoffe nur, dass es ihm gut geht", sagte Maria. „Schließlich bin ich schuld daran."

„Weil du ihn lebendig gemacht hast?", fragte Lisandra. „Nein, was er mit seinem Leben anfängt, ist ganz allein seine Sache!"

„Ganz so einfach ist das nicht", sagte nun Thuna. „Ich fürchte, die Dinge, die Maria zum Leben erweckt, brauchen einige Zeit, bis sie Grips bekommen. Dieses dumme Strohpüppchen …"

„Kunibert!", unterbrach Maria. „Wir hatten beschlossen, ihn Kunibert zu nennen!"

„Also gut, Kunibert ist jetzt schon zehn Wochen alt und immer noch dumm wie … wie …"

„Stroh", sagte Scarlett.

„Weil er nun mal aus Stroh ist!", rief Lisandra lachend. „Was habt ihr denn erwartet?"

„Pssst", machte Maria. „Er könnte euch hören!"

„Als ob ihm das was ausmacht", sagte Thuna. „Er ist nämlich nicht nur dumm wie Stroh, sondern auch sehr schlicht gebastelt. Von Natur aus ein kleiner Trampel, ahnungslos und unbelehrbar."

„Du magst ihn wohl nicht besonders?", fragte Lisandra.

„Mal sehen, ob du ihn magst", antwortete Thuna.

„Dabei hab ich ihm in den Ferien ein Paar ordentliche Hände gebastelt", sagte Maria. „Er hat jetzt auch eine Nase und Augen."

„Ich habe Maria beschworen, ihm keinen Mund zu machen, aber das nutzt ja nichts, er redet trotzdem."

„Vergiss nicht, dass wir ihm unser Leben verdanken!"

Es war so. In der dunkelsten Stunde im Verlies der bösen Cruda hatte Maria das Strohpüppchen gebastelt und in Gedanken mit ihm gesprochen, sodass es lebendig geworden war. Denn das war Marias Gabe: Sie konnte Dinge lebendig machen. Thuna, deren besonderes Talent es war, in den Gedanken anderer Geschöpfe zu schwimmen, hatte sich dann in dem sehr leeren Strohpüppchen-Kopf damit abgemüht, das kleine Geschöpf zu lenken, was schließlich dazu geführt hatte, dass sie mithilfe des Strohpüppchens aus ihrem Gefängnis ausbrechen konnten. Doch streng genommen, überlegte Lisandra jetzt, hatten sie sich selbst geholfen und das Strohpüppchen war am Ende eben nur Stroh.

„Sehr lebendiges Stroh", sagte Thuna. „Lautes Stroh. Aber ich würde es nicht übers Herz bringen, ihn ins Feuer zu werfen, das wäre ja Mord."

Mord war das richtige Stichwort für Lisandra, um vom Geldmorgul zu erzählen. Sie hasste ihn so sehr und hatte sich schon verschiedene Methoden ausgedacht, wie sie ihn erledigen könnte. Allein, wie sie den Mord vertuschen und von sich ablenken könnte, darüber war sie sich noch nicht im Klaren, weswegen sie diese Aktion noch aufschieben musste.

„Lissi!", rief Maria aus. „Das meinst du hoffentlich nicht ernst?"

Die anderen lachten.

„Du weißt doch, dass Sumpfloch nur Verbrecher hervorbringt", sagte Lisandra. „Deine Eltern sollten sich darüber im Klaren sein!"

Scarlett war auffallend still an diesem Abend, nur ab und zu beteiligte sie sich an der Unterhaltung. Sie aß auch fast nichts von Marias Süßigkeiten, während die anderen kräftig zuschlugen. Lisandra glaubte zu wissen, woher Scarletts Magenverstimmung kam und sprach es irgendwann an:

„Nun sag es ihnen schon! Sonst denken sie noch, du wärst wirklich krank!"

„Was denn?", fragte Scarlett erschrocken.

„Na, das mit dem schönen Gerald. Du machst dir bestimmt Sorgen, dass er dich links liegen lässt, jetzt, wo die Ferien vorbei sind."

„Nein!", widersprach Scarlett, überlegte es sich dann aber anders. Da sie nicht von Hanns erzählen wollte, denn diese alte Freundschaft gehörte in einen besonderen und tief vergrabenen Teil ihres Lebens, bot sich Gerald als geeignete Ausrede an.

„Er lässt mich nicht links liegen, aber trotzdem beschäftigt es mich. Ich weiß nicht, woran ich mit ihm bin."

Thuna und Maria schauten sie verständnislos an.

„Woran du mit *was* bist?", fragte Maria schließlich, da Scarlett keine Anstalten machte, die Sache zu erklären.

„Er hat sie geküsst", sagte Lisandra.

„Oh!", riefen Thuna und Maria wie aus einem Mund.

„Es war ganz harmlos", beteuerte Scarlett. „Wahrscheinlich hat er das nur gemacht, um mich zu ärgern."

„Aber so ärgert man keine Mädchen, die man nicht mag!", stellte Thuna fest.

„War es gut?", fragte Maria.

„Schon", sagte Scarlett so leichthin wie möglich, doch sie merkte, wie ihr dabei das Blut in den Kopf stieg. Es war wohl besser gewesen, als sie zugeben wollte. Ein Glück, dass die Lampe an der Decke so funzelig war, sonst hätte man ihr die Verlegenheit noch deutlicher angesehen.

„Nun rede schon!", forderte Thuna sie auf. „Was habt ihr gemacht in den Ferien?"

Scarlett begann erst zögernd, dann zunehmend begeistert vom gemeinschaftlichen Schneeschippen zu erzählen, den abendlichen Spielen im Hungersaal vorm Kaminfeuer, den Spaziergängen im Schnee und den Erkundungstouren in tiefere Gewölbe, wo ihr Gerald eine Grotte gezeigt hatte, die wie eine Tropfsteinhöhle aussah. Man musste durch einen Wasserfall rudern, um hineinzugelangen. Zu dem Zweck hatten sie immer einen großen Regenschirm dabeigehabt.

„Das Gute an Gerald ist, dass er keine Angst vor mir hat", sagte Scarlett.

„So wie wir", erwiderte Lisandra.

„Ja", meinte Scarlett nachdenklich, „das stimmt. Ihr habt auch keine Angst vor mir."

Und wie Hanns, dachte sie. Der hatte früher auch keine Angst vor ihr gehabt.

Kapitel 5

Die zwölfte Inkarnation des heiligen Zahns

Die Nacht war kurz und nervenaufreibend. Denn nachdem sie gegen Mitternacht das Licht gelöscht hatten, fuhr das Strohpüppchen ungefähr stündlich in die Höhe und brüllte:
„Wo bin ich?!"
Gegen vier Uhr morgens verfrachteten sie das Strohpüppchen, das nun Kunibert heißen sollte, in den eiskalten Flur, eingewickelt in Marias magikalische Heizdecke. Jedoch nicht, um ihn warm zu halten (das Strohpüppchen war gegen Kälte unempfindlich), sondern aus Schallschutzgründen.

So kam es, dass sie am nächsten Morgen allesamt zu spät zum Frühstück kamen, was in Sumpfloch kein Vergehen ist. Es ist nur so, dass man als Spätankömmling mit bockelharten Brotresten und kalter Brühe vorlieb nehmen muss. Da sie aber alle noch sehr satt waren von den Unmengen Pfefferbären, Pferdeäpfeln und Nusshexaedern, die sie am Abend in sich reingestopft hatten, war das nicht so schlimm. Sie saßen vor ihren dampfenden Tassen und waren recht schweigsam. Selbst Lisandra, die normalerweise Mühe hatte, still zu sitzen, rührte sich nicht und hockte mit halb geschlossenen Augen da.

Scarlett hatte beim Eintreten in den Hungersaal nach Hanns Ausschau gehalten, doch sein Platz war leer. Das versetzte sie in Sorge. Hoffentlich war er nicht abgereist, krank geworden oder gleich am ersten Tag von einem der finsteren Waldungeheuer entführt worden. Das Wahrscheinlichste aber war, dass er am ersten Morgen verschlafen hatte. Dieser Gedanke beruhigte sie. Nach dem Frühstück wurde sie von Gerald abgefangen.

„Gut geschlafen?", fragte er.

„Nein. Und du?"

„Es ging so. Voll besetzte Fünfbettzimmer sind nicht mein Ding."

„Weil du verwöhnt bist. Als ich noch klein war, hab ich mit fünfzig Kindern in einem Raum geschlafen. Manchmal haben sich drei oder vier Kinder ein Bett geteilt."

„Das tut mir leid."

„Muss es nicht."

„Ach, übrigens, da wir gerade von bedauernswerten Kindern sprechen: Dein stiller, tiefer Freund, nach dem du dir im Hungersaal vergeblich die Augen ausgeguckt hast, stand heute Morgen bei den Müllkisten rum und hat sich in der Kälte die Beine in den Bauch gestanden."

„Hanns? Bist du sicher?"

„Ja. Vielleicht steht er da immer noch? Scheint wichtig gewesen zu sein, wenn er dafür das Frühstück sausen lässt."

„Dann sehe ich gleich mal nach ihm."

„Tu das, kleine Hexe. Bis später dann."

Er ging mit den anderen Schülern in Richtung der Schulräume und Scarlett schlug die entgegengesetzte Richtung ein. Sie lief durch den Angestellten-Trakt, durchquerte die Küche und trat in den Küchenhof hinaus. Sie hatte keine Jacke dabei und schlotterte gleich nach den ersten Schritten vor Kälte, doch die Neugier trieb sie weiter. Sie wollte unbedingt wissen, ob Hanns immer noch da draußen stand und was er dort machte. Sie durchquerte den verschneiten Küchengarten und umrundete den Geräteschuppen, sodass sie die riesigen dampfenden Kisten sehen konnte, in denen die Abfälle gelagert wurden, die man nicht an die Faulhunde verfüttern konnte.

Scarlett durchquerte den schmalen Gang zwischen zwei Behältern, schielte um die Ecke und – sah Hanns! Ungefähr fünfzig Meter von ihr entfernt stand er im Schutz eines Torbogens und sprach mit einem Hund. Es war ein dünner, weißer Hund mit einer länglichen Schnauze. Scarlett konnte ihn nicht so genau erkennen, weil es noch dämmrig war. Auch hörte sie den Hund weder bellen noch knurren, sie sah nur, wie Hanns sich zu ihm hinabbeugte und redete. Weil ihr so kalt war, versteckte sie sich nicht länger, sondern lief auf die beiden zu. Der Hund suchte gleich das Weite, kaum dass er Scarlett bemerkte. Sie sah gerade noch, wie er hinter dem Tor verschwand.

„Sca-carlett!", rief Hanns.

Ihm fiel auf, dass sie bibberte und schlotterte, und da zog er gleich seinen Mantel aus, um ihn über ihre Schultern zu hängen. Dabei sah er selbst ganz verfroren aus.

„Gehen wir schnell rein!", hauchte Scarlett in die eiskalte Luft und dann rannten sie fast zur Küche zurück.

„Gerald hat mir erzählt, dass du hier bist", sagte Scarlett entschuldigend, als sie wieder im Warmen waren. Sie gab ihm auch gleich den Mantel zurück, den er in seiner typischen Wohlerzogenheit zusammenlegte und sich säuberlich über den Arm hängte. „Ich wollte wenigstens kurz mit dir reden, bevor die Schule anfängt. Es gibt so viel, das ich wissen will! Wie bist du denn nach Sumpfloch gekommen? Mitten im Schuljahr?"

Hanns war viel gesprächiger als am gestrigen Abend. Er gab bereitwillig Antworten, während sie von der Küche zurück ins Haupthaus schlenderten. So erfuhr sie, dass er es bei den alten Leuten ganz gut gehabt hatte, aber sehr einsam gewesen war. Es hatte weit und breit keine anderen Kinder gegeben, ja, fast überhaupt keine Menschen, denn die beiden hatten in einem kleinen Haus auf dem Land gelebt. Hanns hatte geholfen, die Ziegen, Kühe und Schweine zu versorgen und das Gemüse und die Kartoffeln im Garten anzubauen. Er hatte auch für die Alten gekocht und geputzt.

„Sieh an!", sagte Scarlett. „Genauso hatte ich mir das vorgestellt!"

Aber sie waren sehr gut zu ihm gewesen. Leider waren sie auch immer sehr müde, gingen abends früh ins Bett und schliefen auch tagsüber häufig in ihren Lehnstühlen ein. Hanns konnte nur mit den Haustieren reden, die aber nicht zu der besonders sprachbegabten und geistreichen Sorte Tiere gehört hatten. Vor anderthalb Jahren war dann auf einmal eine Nichte aufgekreuzt, die sich darüber entsetzt gezeigt hatte, wie die alten Leute lebten. Hanns hatte sich alle Mühe gegeben, das Haus, den Garten und die Ställe instand zu halten, doch er hatte auch nur zwei Hände, deswegen war einiges kaputt und unaufgeräumt gewesen. Die empörte Nichte bestand darauf, die alten Leute zu sich in die Stadt zu holen und den Jungen notgedrungen auch. Dort besserte sich das Leben für Hanns. Er bewohnte mit den alten Leuten eine kleine, doch ordentliche Wohnung und wurde endlich zur Schule geschickt. Gegen früher hatte er kaum noch Arbeit im Haushalt zu erledigen, nur ein bisschen Kochen, Abwaschen, Putzen, Flicken und Wäsche waschen. Seinen alten Adoptiveltern tat die Wärme gut, die der Kohleofen verbreitete, und sie schliefen noch mehr als sonst. Doch mit dem Frieden war es vor vier Wochen plötzlich vorbei gewesen: Kaum dass die Papiere rechtskräftig geworden waren, in denen die alten Leute ihrer Nichte das kaputte Haus und ihr bisschen Land überschrieben hatten, hieß es, für Hanns sei kein Geld mehr übrig.

‚Sumpfloch ist eine ordentliche Schule und die Regierung kommt für alle Kosten auf', hatte die Nichte den Adoptiveltern erklärt. ‚Wir wären ja blöd, wenn wir hier das ganze Schulgeld rauswerfen und ihn durchfüttern, wenn er das woanders umsonst haben kann.'

Immer wieder versicherte die Nichte ihrer Tante, dass Hanns dort gut aufgehoben sei. Und dem Onkel versprach sie, dass Hanns bestimmt in den Ferien heimkommen dürfe. So wurde es also beschlossen und Hanns mitten im Schuljahr fortgeschickt. Hier war er nun und wenn er über diese Veränderung auch nicht glücklich war, so hatte sie doch immerhin dazu geführt, dass er Scarlett wiedergefunden hatte.

Scarlett war verwundert über das Verhalten der Nichte.

„Was will sie mit dem Land und dem Haus? Ist da irgendwas Wertvolles versteckt?"

„Nicht dass ich wüsste."

„Und was war das für ein Hund, mit dem du vorhin gesprochen hast?"

„Ich weiß ni-nicht", sagte Hanns, der im Laufe des Gesprächs fast zu stottern aufgehört hatte, doch jetzt wieder damit anfing. „Er wa-war auf einmal da. Hat wo-wohl gehofft, dass ich was zu essen für ihn habe."

„Magst du Hunde auch noch so gerne wie ich? Wir haben hier Hunde in Sumpfloch, die Faulhunde, aber die sollte man nicht anfassen, sonst hat man hinterher keine Hand mehr. Es wundert mich, dass sie den dünnen Hund durchgelassen haben ..."

Sie konnten nicht länger darüber sprechen, weil die Schulglocke läutete, und das hieß, dass sie schleunigst zur unterirdischen Anlegestelle rennen mussten, sonst würde das letzte Boot ohne sie ablegen.

Hanns war nicht weniger überrascht als all die anderen Schüler, die das erste Mal die unterirdischen Gewölbe von Sumpfloch betraten. Die meisten der Neuankömmlinge rechneten mit trostlosen Kerkern und waren zutiefst erleichtert, wenn sie die Kanäle erblickten. Es gab keine Flure oder Gänge, die die Schulräume miteinander verbanden, sondern man musste über das Sumpfwasser fahren, um sie zu erreichen. Zu diesem Zweck lagen lauter Ruderboote an einer Anlegestelle am Fuß der Kellertreppe. An den Wänden über dem Wasser waren magikalische Fackeln verankert, die ein Licht verströmten, das dem sonnigen Tageslicht ähnlich war, nur ein bisschen rosafarbener leuchtete. Dank dieser Beleuchtung rankten Pflanzen die alten Mauern empor und selbst jetzt im Winter blühten sie weiß und hellgrün. Das warme Sumpfwasser dampfte heute vor sich hin und man kam kaum auf die Idee, dass sich darin gefährliche Tiere verbergen könnten (obwohl das angeblich der Fall war). Jedenfalls boten die blühenden Mauern, die umrankten Säulen, das grüne Wasser und die lachenden und schwatzenden Schüler in den Booten einen Anblick, der Hanns sehr aufbaute. Er hörte auf, mit der Stirn zu runzeln und sagte:

„Schön!"

„Ja, vieles an Sumpfloch ist besser, als die Leute glauben."

„Aber nicht alles?"

Scarlett wunderte sich über die Frage, doch hielt es nicht für nötig zu antworten, da das letzte Boot ablegte und sie schnell einsteigen mussten. Es zeigte sich, dass Hanns ein anderes Ziel hatte als sie. Er kam in den zweiten Jahrgang von Sumpfloch, während Scarlett den ersten Jahrgang besuchte.

Die Stunde hatte schon begonnen, als Scarlett im Klassenzimmer eintraf.

„Wo warst du?", flüsterte Thuna, als Scarlett sich neben sie setzte.

„Oh, ich … ich hab mich nur unterhalten."

„Ach so", sagte Thuna. „Mit Gerald."

„Auch."

Itopia Schwund, die Lehrerin für Geheimkunde (eigentlich: Lehre vom Geheimen und Unsichtbaren) unterbrach ihre Rede und blickte streng in Scarletts und Thunas Richtung. Die beiden nickten schuldbewusst und schwiegen. Man gehorchte Itopia Schwund, das war ein ungeschriebenes Gesetz. Wahrscheinlich besaß sie einen magischen Gegenstand, der jedes andere Wesen dazu zwang, ihr widerspruchslos Folge zu leisten, was auch immer sie verlangte. Das Gute an Itopia Schwund aber war: Sie verlangte gar nichts Schlimmes.

Man begegnete ihr kaum in Sumpfloch, sie erschien nicht zu den Mahlzeiten, sie war nie in der Bibliothek, sie hielt sich nirgendwo auf, jedenfalls nicht sichtbar. Das Leben und Wirken von Itopia Schwund war so geheim und schwer zu begreifen wie ihr Fach. Nur wenn man eine Schulstunde bei ihr hatte, dann tauchte sie auf, nicht aus dem Sumpfwasser oder wie jeder normale Mensch, indem sie ein Boot benutzte und durch die Tür des Klassenzimmers trat, sondern sie war plötzlich da und verschwand wieder, wenn gerade keiner aufpasste.

Krotan Westbarsch hatte mal in einer seiner Unterrichtsstunden aus dem Nähkästchen geplaudert und behauptet, man solle Itopia Schwund diese Auftritte und Abgänge nicht so ohne Weiteres abnehmen. Die Frau sei sehr geschickt und könne einen durch Ablenkung und optische Effekte dazu bringen, an ihre Unsichtbarkeit zu glauben, aber in Wahrheit sei Frau Schwund so geheimnisvoll wie ein Kuchen ohne Konfitüre. Das Fach Geheimkunde sei sowieso verzichtbar, man könne es genauso gut auch Wichtigmacherkunde nennen. Dass Frau Schwund ihrerseits das von Herrn Westbarsch unterrichtete Fach Magikalische Physik nicht besonders schätzte, versteht sich in dem Zusammenhang von selbst.

Thuna, Maria und Lisandra hatten mit beiden Fächern große Probleme, denn ein wenig Zaubertalent war vonnöten, um Grundsätzliches zu verstehen und Übungen mit Erfolg zu bestehen. Was sie aber nicht daran hinderte, den Unterricht von Itopia Schwund viel mehr zu mögen als den von Krotan Westbarsch. Das lag an den Geschichten, die Frau Schwund zu erzählen wusste, allesamt geheimnisvoll, und auch heute enttäuschte sie ihre Schüler nicht.

„Wir wollen heute nichts Wichtiges durchnehmen, da noch ein paar Schüler fehlen", sagte Itopia Schwund. „Hat jemand von euch in den Ferien die Nachrichten verfolgt?"

Sie war eine kleine, zierliche Lehrerin, kaum größer als ihre Schüler. Wenn sie etwas erzählte, lief sie stramm vor der Tafel auf und ab. Ihren kleinen Kopf zierte eine Brille mit riesigen Gläsern, die aber nicht dazu dienten, besser zu sehen, sondern Unsichtbares zu sehen. Angeblich verhalf ihr die Brille zu einem besonderen Blick, doch jeder, der sich diese Brille schon mal heimlich aufgesetzt hatte (und das hatten schon sehr viele getan), hatten nichts anderes gesehen als sonst auch.

„Es gab nämlich", fuhr Itopia fort, „einen spektakulären Raub in Austrien. Dort, wo die Kronjuwelen des letzten Kinyptischen Reiches ausgestellt werden, wo man Reichtümer ohne Grenzen stehlen könnte, wenn man geschickt genug dazu wäre, wurde etwas entwendet: kein Diamant, keine goldene Krone, keine seltenen Perlen, nein, nur ein kleines Ding. Bei diesem kleinen Ding handelt es sich um den schmucklosen Korken einer Whiskyflasche."

Itopia Schwund machte eine Pause. Ein Teil der Schüler wusste Bescheid, sie hatten davon gehört, doch die meisten waren ahnungslos.

„Warum ausgerechnet ein Korken? Kann mir das jemand von euch sagen?"

„Es ist in Wirklichkeit ein Zahn!", rief Ponto Pirsch, der Klassenbeste (er hatte einen Schafskopf, aber das tat seiner Schlauheit keinen Abbruch). „Der Zahn von dem Riesen, der Amuylett erschuf! Der Zahn hat magische Kräfte!"

„Sehr richtig, Ponto. Dieser wertvolle, magische Zahn wird im Austrischen Museum für spektakuläre Schätze aufbewahrt. Die Korken-Gestalt war seine elfte Inkarnation. Denn ihr müsst wissen, dass der Zahn nicht einfach als Riesenzahn so herumliegt, sondern alle hundert Jahre seine Gestalt verändert."

Thuna gab einen erstaunten Laut von sich.

„Ja, Thuna?"

„Ich dachte nur …"

„Sprich dich aus, Thuna!"

„Nun, die Welt ist doch schon ein paar Milliarden Jahre alt. Wenn also dem Riesen nach der Erschaffung der Welt der Zahn ausgefallen ist und sich der Zahn alle hundert Jahre neu inkarniert hat, dann kann er sich unmöglich in der elften Inkarnation befinden. Denn dann wäre er ja erst 1100 Jahre alt."

„Siehst du, meine liebe Thuna", sagte Frau Schwund, „das ist der Grund, warum du in diesem Fach auf keinen grünen Zweig kommst. Mit Zahlen im mathematischen Sinne kommen wir hier nicht weiter. Stell dir einfach vor, dass die Zahlen symbolisch oder bildlich gemeint sind, um einem unsichtbaren Sachverhalt ein Gesicht zu geben."

„Hmmm, ja."

„Es gibt eine innere Logik und Wahrheit in der Schöpfungsgeschichte vom Riesen. Ebenso in der Anzahl der Inkarnationen des Zahns. Denn wir haben es mit einem rätselhaften, magischen und sogar heiligen Gegenstand zu tun. Man kann ihn nur verstehen und sein Geheimnis ergründen, wenn man die Überlieferung vollkommen ernst nimmt."

„Ja, gut", sagte Thuna schnell, in der Hoffnung, dass Frau Schwund endlich aufhörte, sie mit ihren riesigen Brillengläsern anzustarren.

„Was ist denn nun so magisch an dem Zahn?", fragte Lisandra, um Frau Schwund von Thuna abzulenken. „Was hat er für Kräfte?"

„Er macht unverletzbar", sagte Itopia Schwund würdevoll. „Wer ihn besitzt, kann nicht verwundet werden."

„Und wer hat ihn gestohlen?"

Jetzt lachte Frau Schwund.

„Da bist du nicht die Einzige, die das wissen möchte. Ein offenes Fenster ist der einzige Hinweis, den es auf die Diebe gibt. Alle magischen und technischen Sicherheitsvorkehrungen wurden geschickt außer Kraft gesetzt und wieder in Kraft gesetzt, nachdem der Korken entwendet worden war. Sie hinterließen sogar ein perfektes Trugbild im Museum, sodass der Diebstahl erst Tage später offenbar wurde."

„Aber Frau Schwund", rief Ponto Pirsch, „das Wichtigste haben Sie noch gar nicht erzählt!"

„Erzähl du es, Ponto!"

Der Junge mit dem Schafskopf saß immer in der ersten Reihe. Jetzt drehte er sich nach seinen Klassenkameraden um und erklärte:

„Der Whiskykorken wurde zwölf Tage vor seiner zwölften Inkarnation gestohlen! Mittlerweile muss die zwölfte Inkarnation eingetreten sein. Das heißt, niemand weiß, wie der Korken jetzt aussieht!"

Das war allerdings eine aufregende Sache: Der heilige Riesenzahn, der unverletzbar machte, war also irgendwo in dieser Welt, aber niemand wusste, wie er aussah. Außer den Dieben.

„Das war's dann wohl", sagte Lisandra. „Den findet keiner mehr!"

„Oh, wer wird denn gleich die Flinte ins Korn werfen wollen?", fragte Frau Schwund. „Natürlich wird man versuchen, die Spur des Korkens aufzunehmen: An seiner Wirkung wird man ihn erkennen, nicht an seinem Aussehen. Außerdem müssen mehrere Diebe an diesem Raub beteiligt gewesen sein. Die Beute wurde also entweder für eine hohe Summe verkauft, damit die Diebe das Geld unter sich aufteilen konnten, oder …"

Frau Schwund nahm ihre Brille ab und hielt sie ins Licht, um zu prüfen, ob sie sauber war.

„ … oder einer der Diebe hat sich den Zahn unter den Nagel gerissen und wird nun von seinen Kumpanen verfolgt. Die Versuchung muss groß gewesen sein. Vor allem unmittelbar vor der zwölften Inkarnation. Die Beute versteckt sich von selbst."

Sie holte ein Tuch aus ihrer Rocktasche und polierte die Gläser.

„Denn wer kann schon ahnen, was aus dem Korken geworden ist? Bevor der heilige Riesenzahn ein Whiskykorken wurde, war er ein Türgriff und davor ein Melkeimer. Er inkarnierte sich schon als Hammer, als Hustenbonbon, Fingerhut, Kamm, Kerzenständer, goldener Löffel, krummer Nagel und Gießkanne. Es gibt ganze Wälzer von wissenschaftlichen Abhandlungen darüber, welcher Zusammenhang zwischen den Inkarnationen bestehen könnte und Mutmaßungen darüber, wie die zwölfte Inkarnation aussehen könnte. Doch die traurige Wahrheit ist: Wir wissen nicht, wie der Zahn jetzt aussieht. Vermutlich ist er kein Hustenbonbon und kein Korken, aber das hilft uns nicht maßgeblich weiter. Das innere Auge ist jetzt gefragt."

Sie setzte ihre Brille wieder auf und lächelte die Klasse an.

„Ich bin zuversichtlich, dass der Zahn eines Tages wieder auftaucht. Verloren ist er jedenfalls nicht, denn der Besitzer wird ihn benutzen. Vielleicht ist das für den Zahn wesentlich schöner, als in Austrien in einer Vitrine ausgestellt zu sein. Man sagt magischen Gegenständen häufig einen Willen nach. Nun, vielleicht *wollte* der Zahn gestohlen werden. Seine Geschichte ist jetzt wieder wesentlich spannender geworden."

Den ganzen Tag über trudelten Schüler in Sumpfloch ein. Beim Mittagessen war auch Frau Eckzahn wieder anwesend, Lehrerin des Fachs „Freundschaft und Eintracht". Dabei hatte Lisandra so gehofft, dass Frau Eckzahn für immer im Schnee stecken geblieben wäre. Von allen Lehrern, die sie bisher kannte, mochte sie diese am wenigsten.

„Ach, die ist doch harmlos", sagte Scarlett. „So eine wie die Glazard macht mir mehr Angst."

„Sie hat alle Kinder geheilt, die letztes Jahr von der Rosenblatt-Schlange gebissen wurden", sagte Maria. „Und sie hat nach Berry geschaut, als die krank war. Frau Glazard ist vielleicht streng, aber sie macht Leute gesund. Davor muss man doch keine Angst haben."

Lisandra senkte die Stimme.

„Maria, hast du vergessen, wie uns die gute Estephaga Glazard letztes Jahr verhört hat? Scarlett und mich? Und wie sie uns hinterher einen Saft eingetrichtert hat, um die Erinnerung daran zu löschen? Meine Güte, wenn Geicko nicht an der Tür gelauscht hätte, dann wüssten wir jetzt nichts mehr davon!"

„Natürlich, Lissi, das weiß ich, aber sie hat es doch nicht böse gemeint. Sie hat sich nur für die Regierung umgehört."

Jetzt verdrehte sogar Thuna die Augen.

„Muss sie deswegen gleich das Gedächtnis ihrer Schüler löschen? Außerdem können wir nicht auf die Regierung zählen, wenn herauskommt, wer wir sind!"

„Psssst!", machte Scarlett. „Solche Gespräche sollten wir nicht beim Mittagessen führen."

Sie stocherten eine Weile schweigend in ihrem Eintopf herum, bis Maria fragte:

„Was macht ihr nach der letzten Stunde?"

„Ich gehe in die Bibliothek", sagte Thuna. „Ich möchte nachlesen, was es mit dem Riesen und seinem Zahn auf sich hat. Kommst du mit?"

Maria sah wenig begeistert aus.

„Also, ich werde mich mit Geicko im verlassenen Turm treffen", sagte Lisandra. „Ich fürchte, das ist nichts für dich, Maria."

„Ich hab auch schon eine Verabredung", sagte Scarlett entschuldigend.

Maria verzog das Gesicht.

„Geh doch mit Kunibert an die frische Luft", schlug Lisandra vor. „Erklär ihm, wo er ist, damit er heute Nacht nicht wieder danach fragt!"

„Der schläft im Flur", sagte Thuna. „Für den Rest des Schuljahrs!"

„Ach, ich wünschte, Rackiné würde wiederkommen", sagte Maria. „Ich vermisse ihn so sehr!"

Es gab noch jemanden, der sich erkundigte, was Scarlett denn so vorhatte. Das war Hanns, der an Scarletts Tisch trat, als alle anderen noch ihren Algenpudding-Nachtisch in sich hineinlöffelten. Hanns hatte seinen stehen lassen, anscheinend fühlte er sich noch nicht heimisch genug, um diese wabbelnde, graue Herausforderung zu meistern. So kam es, dass es jeder im Hungersaal sah, wie er zu Scarlett ging, sich zu ihr hinabbeugte und sie etwas fragte. Immerhin verstanden nur Scarletts

Freundinnen, worum es ging. Er bat Scarlett, ihr die Festung zu zeigen, da sie ihm noch sehr unübersichtlich vorkam. Damit brachte er seine alte Freundin in einige Verlegenheit.

„Ja, das … das mache ich gerne. Es geht nur … nur erst heute Abend. Vielleicht eine Stunde vorm Abendessen? Wäre das in Ordnung?"

Es war in Ordnung. Hanns strahlte.

„Wo-wo?"

„Wo wir uns treffen wollen? Vielleicht im Hof, an der Trümmersäule?"

„Gu-gut. Bis dann!"

Hanns verließ den Hungersaal und als er weg war, konnte es Scarlett nicht lassen, einen kurzen Blick Richtung Lehrertisch zu werfen, wo Gerald saß. Wie erwartet grinste er und deutete mit den Lippen ein Stottern an. Das war nun wirklich nicht nett von ihm und er konnte sich nicht wieder damit herausreden, dass er nur Scarlett verspottete und nicht Hanns. Andererseits war es ja tolerant von Gerald, über Scarlett zu lachen, schließlich traf sie eine Verabredung nach der anderen, was nicht besonders treu war. Wobei er ja auch keinen Anspruch auf sie hatte, schließlich waren sie kein Paar. Scarlett schüttelte ärgerlich (oder vielleicht nur hilflos) den Kopf und schlug sehr vehement mit dem Löffel auf ihr letztes Stück Pudding ein.

„Wer war denn das?"

„Noch ein Verehrer?"

„Der Arme stottert ja!"

Auf die Kommentare ihrer Freundinnen hätte Scarlett gerne verzichtet. Aber es waren nun mal ihre Freundinnen und die hatten ein Recht auf Information.

„Ich kenne ihn von früher."

„Wo früher?"

„Finsterpfahl."

„Du warst mal in Finsterpfahl?", riefen sie alle drei, fast wie aus einem Mund. „Hilfe, warum das denn?"

„Da bin ich nun mal gelandet, als Kind. Und Hanns auch. Später haben sich unsere Wege getrennt und gestern haben wir uns wiedergetroffen. So ist das."

„Ja, so ist das", äffte Lisandra Scarlett nach. „Ist ja auch sonst nichts weiter."

„Warum machst du immer so ein Geheimnis aus deiner Vergangenheit?", fragte Maria. „Uns kannst du doch alles erzählen."

„Nein, kann ich nicht!", sagte Scarlett, stand auf und ging. Sie wusste, das war unfair, aber sie wollte wenigstens ein paar Momente alleine sein, bevor die nächste Stunde anfing.

Kapitel 6

Heimlichkeiten

Nach der letzten Stunde ging Thuna wie angekündigt in die Bibliothek. Dieser Ort und der wunderschöne Garten, den man von den Fenstern aus sehen konnte, waren ihre Lieblingsplätze in Sumpfloch. In den Garten konnte sie gerade nicht gehen, er war tief verschneit, doch hinausschauen konnte sie, mit drei dicken Büchern vor sich auf dem Tisch. Thuna war in einem Waisenhaus aufgewachsen und hatte als wissbegieriges Mädchen immer darunter gelitten, dass sie so wenige Bücher zu lesen bekam. Jetzt, in Sumpfloch, konnte sie sich endlich satt essen. Es war so aufregend, mit ihrem wachen Geist von einem Buch in das nächste zu springen, einzutauchen, Geschichten zu hören, Gründe und Zusammenhänge zu erfahren, Bilder aufsteigen zu sehen vor ihrem inneren Auge, die ihr so viel erzählten von der Welt, den vielen Welten, dem Leben und seinen Geheimnissen. Es war Thuna ein Rätsel, warum nicht alle Kinder verrückt nach Büchern waren, so wie sie. Die meisten Schüler kamen nur in die Bibliothek, um ihre Hausaufgaben zu machen. Die einzige Mitschülerin, die wie Thuna ganze Nachmittage damit verbringen konnte, sich ein Buch nach dem anderen aus den Regalen zu holen und darin zu lesen, war Scarlett. Aber anders als Thuna tat sie es nicht mit Begeisterung, sondern mit einer Verbissenheit, die beängstigend war. Als seien finstere Mächte hinter ihr her, denen sie nur auf diese Weise entkommen konnte. Wenn Thuna fragte, warum sie so viel lese, pflegte Scarlett zu antworten, dass sie ihre Zeit nutzen müsse.

„Je mehr ich weiß, desto besser", sagte sie dann. „Ich habe keine Lust, nach der Schule in das gleiche Loch zurückzufallen, aus dem ich gekommen bin."

Doch heute tat Scarlett nichts dafür, ihrem Loch zu entkommen. Sie traf sich mit Gerald (man musste nicht magisch begabt sein, um das zu erraten) und das bedeutete, dass Thuna alleine an ihrem Tisch saß. Sehnsüchtig starrte sie in den Garten hinaus. Da draußen hatte sie im Sommer und Herbst ab und zu mit Lars gesprochen, dem Gärtnerjungen. Er war kein Schüler von Sumpfloch, sondern ging in Quarzburg zur Schule. Wenn er zum Gärtnern herkam, nahm er den Flugwurm. Aber jetzt im Winter flog kein öffentlicher

Flugwurm und im Garten gab es ja sowieso nichts zu tun. Mit einem leisen, kaum hörbaren Seufzer schlug Thuna eins der Bücher auf, die vor ihr lagen, und ging darin verloren. Nach ein paar Zeilen war Lars vergessen. Thuna tauchte ein in unzählige Legenden zur Weltentstehung, studierte das Kompendium magischer Gegenstände und forschte nach weiteren Zähnen des heiligen Riesen (er musste doch mehr als einen Zahn gehabt haben?), doch offensichtlich hatte nur einer der Zähne die Reise durch die Jahrhunderte angetreten, sich selbst inkarnierend, was Thuna in dem Glauben bestärkte, dass das Ding noch nie ein Zahn gewesen war. Aber was war es dann?

Lisandra und Geicko probierten unterdessen aus, wie es war, in einer baufälligen Ruine herumzuklettern, deren Bestandteile vereist, glitschig oder von einer bizarren Eiszapfenformation überzogen waren. Genau das Richtige für zwei Abenteurer, die besser hangeln, kriechen, klettern und rennen konnten als still sitzen und Buchstaben entziffern. Während ihrer halsbrecherischen Übungen tauschten sie sich über dies und das aus und Lisandra schilderte, welche Fortschritte sie bei ihren Vogel-Verwandlungen gemacht hatte. Nämlich gar keine.

„Jemand sollte dir Unterricht geben", sagte Geicko, da es selbst ihm einleuchtete, wie gefährlich das Ganze war. „Nicht dass du dich mal im falschen Moment zurückverwandelst."

„Oder gar nicht. Das letzte Mal musste mir Scarlett helfen."

„Das kann sie? Ihr könntet heimlich zusammen trainieren."

„Schon", sagte Lisandra. „Ja, ich muss sie mal fragen. Aber weißt du, sie hat gerade anderes um die Ohren."

„Diesen Hanns?"

„Hanns und Gerald. Stell dir vor, Gerald hat ihr nicht gesagt, dass sein echter Vater ein Ritter ist."

„Er wird seine Gründe haben."

„Du nimmst ihn immer in Schutz! Letztes Jahr hast du ihm auch blind vertraut. Das hätte schief gehen können."

„Er ist in Ordnung. Hast du ja gesehen!"

„Weil es ihm so gepasst hat. Aber wir wissen nicht, was er wirklich vorhat. Er und sein toller, reicher Ritter-Papa!"

Geicko legte nachdenklich den Kopf schräg (ungeachtet der Tatsache, dass er gerade auf einem schmalen Mauervorsprung stand und mit der einen Hand nach Halt suchte, um einen Meter höher eine Fensterbank zu erreichen).

„Ich weiß nicht viel von dem ganzen Kram, aber wenn Geralds Vater zu der Spinnenfrau gehört, die wir im Wald getroffen haben, und sie deine Freundinnen aus den Klauen der Cruda befreien wollten ..."

„Ja, aber wozu denn? Vielleicht nur, um unser Vertrauen zu gewinnen? Wer sagt denn, dass die nichts mit uns vorhaben? Sie gehören zu einer geheimen Organisation, das wissen wir. Erinnerst du dich, dass die Spinnenfrau verhaftet worden ist? Wer weiß, was die angestellt hat?"

„Ich hab's aber im Gefühl, dass sie nichts Schlechtes wollen."

„So ein Gefühl kann falsch sein."

Jetzt hatte Geicko eine geeignete Stelle gefunden, um sich festzukrallen, und das Ziel Fensterbank wurde in Angriff genommen.

„Außerdem stammt Gerald aus einer anderen Welt", sagte Lisandra. „Er müsste ein totaler Versager in Zauberei-Fächern sein. Ist er aber nicht."

„Sein Vater ist reich", sagte Geicko mit gequetschter Stimme, denn er musste sich gerade sehr anstrengen. „Der kann ihm jede Menge Technik zum Tricksen kaufen."

„Ach ja? Man kann Zeug kaufen, mit dem man Zauberei vortäuschen kann?"

„Das ist keine Täuschung. Diese Instrumente zaubern wirklich. Manche sind ganz einfach und andere sehr kompliziert. Das ist eine Kunst für sich. Eine teure Kunst."

„Ah ... so was will ich auch!"

Lisandra war so abgelenkt von diesem Wunsch, dass ihr Fuß abrutschte, als sie über einen selbst gebauten Holzsteg balancierte. Vielleicht lag es aber auch daran, dass der Holzsteg nur aus einer vereisten, unebenen Planke bestand. Jedenfalls rutschte sie aus und bekam dabei einen solchen Schrecken, dass es sie von einem Rutscher zum nächsten in eine Nebelkrähe verwandelte. Verdattert flatterte sie im baufälligen Turm umher, vor den Augen von Geicko, der das Schauspiel interessiert beobachtete. Einmal flog Lisandra gegen eine Wand (sie war noch nicht die Flugmeisterin in Person) und von dort rutschte sie unsanft Richtung Boden, wo sie schließlich sitzen blieb, genervt und frustriert, weil sie beim besten

Willen keine Ahnung hatte, wie sie wieder ein Mensch werden sollte.

„Soll ich Scarlett suchen?", fragte Geicko.

Aber Lisandra konnte nicht antworten. In Tiersprache war sie leider auch eine Niete.

Gerald wusste, wie man rudern musste, um in die entlegenen unterirdischen Gewölbe der Festung zu kommen. Er war ja auch schon zwei Jahre länger in Sumpfloch als Scarlett. Sie hatten eine kleine Lampe im Boot stehen und eine Thermoskanne dabei mit Blutpunsch und zwei Bechern. Diesen Punsch, gebraut nach einem Rezept von Viego Vandalez, hatten sie immer abends im Hungersaal getrunken, wenn sie dort etwas spielten. Er gehörte zum Winterferien-Ritual.

„Werden wir das Zeug auch noch im Sommer trinken?", fragte Scarlett, als Gerald die Ruder beiseite gelegt und die Thermoskanne geöffnet hatte.

„Wenn wir bis dahin nicht verstritten sind, vielleicht", antwortete er.

„Wie sollen wir uns verstreiten? Ich weiß gar nicht, was ich noch tun könnte, damit du sauer wirst. Ich hab schon alles versucht!"

Breites Grinsen.

„Gibst du mir deinen Becher?"

„Hier ist es so schön still", stellte Scarlett fest. „Es tropft und plätschert und sonst ist hier keine Menschenseele. Das ist schön."

„Ich bin eine Menschenseele."

„Außer uns, meine ich. An dich hab ich mich so gewöhnt, das stört nicht weiter."

„Scarlett, allmählich musst du aufpassen!", sagte er.

„Warum?"

„Das war für deine Verhältnisse fast eine Liebeserklärung: *Ich hab mich an dich gewöhnt, das stört nicht weiter* ..."

„Ach was", sagte Scarlett und nahm den gefüllten, dampfenden Becher, den er ihr reichte. „Ich meine das rein freundschaftlich."

„Natürlich."

Etwas, das keine Menschenseele war, schwamm irgendwo im Dunkeln durchs Wasser. Es störte sie beide nicht. Wenn es überhaupt etwas gab, das Scarlett störte, dann war es dieses Gefühl, dass sie sich wohlfühlte. So wohl, dass alles, was sie normalerweise an Kratzbürstigkeit aufbringen konnte, butterweich wurde und nicht mehr zur Abschreckung taugte. Wie sollte das weitergehen? Sie konnte einem wie Gerald unmöglich vertrauen. Vertrauen in dem Sinne, dass sie sich auf ihn verließ und ihn brauchte, um glücklich zu sein. Seit Hanns und Eleiza Plumm aus Scarletts Leben verschwunden waren, hatte sie so etwas nicht mehr gemacht: Sich auf einen Menschen, den sie liebte, verlassen. Es führte zu nichts als Tränen und Verlust und Schmerzen. Denn nichts dauerte ewig.

„Hanns und ich, wir waren als Kinder im gleichen Waisenhaus", sagte sie. „Er war der Einzige, der mit mir befreundet sein wollte."

„Das spricht für ihn", erwiderte Gerald.

„Ja, er kommt mit allen gut aus. Er ist immer so nett und höflich. Deswegen wurde er auch adoptiert. Danach haben wir uns nie wiedergesehen. Bis gestern."

„Wieso habt ihr euch nicht geschrieben?"

„Ich wusste ja nicht, wo er ist", sagte Scarlett ausweichend. „Außerdem konnten wir noch nicht besonders gut schreiben. Wir waren ja erst acht oder so."

„Der konnte bestimmt mit acht schon schreiben wie ein Weltmeister", sagte Gerald. „Warum hat er dir nie geschrieben, er wusste doch, wo du bist?"

Scarlett schüttelte den Kopf.

„Nein, wusste er nicht."

Das Licht im Boot flackerte.

„Sag mal, hast du von diesem Korken gehört, der gestohlen wurde?", fragte Scarlett.

„Natürlich. Es stand doch in allen Zeitungen!"

„Ich hab keine Zeitung gelesen."

„Stimmt, du liest lieber Lexika."

„Und was denkst du? Ist der Riesenzahn jetzt eine Wäscheklammer oder ein Nachttopf?"

„Nachttopf wäre gut", sagte Gerald unerwartet ernst. „Dann könnte ihn der Dieb nicht bei sich tragen. Je größer und auffälliger, desto besser. Eine Wäscheklammer kann er die ganze Zeit in seiner Westentasche verstecken und niemand sieht es."

„Warum gönnst du dem Dieb nicht seinen Wunderzahn?", fragte Scarlett. „Frau Schwund meinte, der Korken-Hammer-Melkeimer hat sich danach gesehnt, endlich mal wieder rauszukommen aus dem Museum."

„Ich wünsche dem Korken-Hammer-Melkeimer eine ganz tolle, aufregende Zukunft! Aber in den falschen Händen kann er für dich und mich sehr gefährlich werden."

„Warum?"

„Diese Cruda zum Beispiel …"

Bei dem Wort zog sich in Scarlett alles zusammen. Sie gab sich alle Mühe, unbeteiligt auszusehen, tat es aber so krampfhaft, dass es ihm auffallen musste.

„Ja, was ist mit der?"

„Sie ist abgehauen, wie du ja weißt, aber sie wird irgendwann zurückkommen. Sie hatte Pläne mit Thuna und Maria, und diese Pläne hat sie bestimmt nicht aufgegeben. Wenn jemand wie diese uralte, sehr mächtige Cruda einen Gegenstand in die Finger kriegt wie diesen blöden Zahn, dann wird sie unbesiegbar sein. Wenn sie nur ein Gierhals wäre, der sich in irgendeinem kleinen Land verschanzt, die Unterwelt um sich schart und ein paar Ränke schmiedet, wäre das egal. Aber diese Hexe will etwas ganz anderes!"

„Was denn?"

„Das behält sie schön für sich. Tatsache ist, dass sie quer durch alle Welten spazieren kann und überweltliche Pläne hat. Schlimme Pläne, nach allem, was sie bis jetzt schon angestellt hat."

„Das denkst du oder das weißt du?"

„Das denken Leute, von denen ich glaube, dass sie's wissen."

„Wer?"

Er schaute sie an und lächelte spöttisch.

„Du hast deine Geheimnisse und ich habe meine!"

Scarlett atmete tief durch und ließ dann wie ergeben die Schultern hängen.

„Ist ja auch egal. Reden wir lieber nicht drüber. Ich kann ja sowieso nicht verhindern, dass sie wieder herkommt."

Er nickte nachdenklich.

„Du, Gerald?"

„Hm?"

„Was willst du eigentlich von mir?"

„Ich mag dich, das weißt du doch."

„Mich mögen nur sehr wenige Leute", stellte sie in einem Anfall von Aufrichtigkeit fest.

„Ja, ich weiß", sagte er. „Du bist ihnen nicht geheuer."

„Aber warum bin ich dann dir geheuer? Und Hanns?"

„Also, wenn du mich fragst …", begann er und dann redete er einfach nicht weiter, sondern grinste sie fast schadenfroh an.

„Nun sag schon!"

„Möchtest du eigentlich noch mal geküsst werden?"

„Nur, wenn du weiterredest!", sagte sie und tappte damit schneller in die Falle, als sie denken konnte. „Nein, nein, du hast mich reingelegt! Natürlich will ich nicht geküsst werden …"

Aber da war es schon zu spät. Er beugte sich vor und gab ihr einen sanften Blutpunsch-Kuss, der in jeder Hinsicht gut schmeckte. Viel zu gut. Sie küsste sogar zurück, das heißt, sie spitzte kurz dir Lippen, um es sich dann ganz schnell anders zu überlegen und den Kopf wieder zurückzuziehen.

„Also, du wolltest noch was sagen!"

„Ich wollte sagen, dass er eher verängstigt aussieht, wenn er mit dir spricht."

„Ach, er hat Angst vor mir? Warum will er dann, dass ich ihm die Festung zeige?"

„Wer soll sie ihm denn sonst zeigen? Er kennt ja keinen Menschen hier."

„Nein, keinen Menschen", murmelte Scarlett und dachte an den komischen Hund, mit dem Hanns am Morgen gesprochen hatte.

„Aber wenn er erst mal begriffen hat, dass du ihm aus der Hand frisst", sagte Gerald, „dann wird der ängstliche Blick schon weichen."

„Mach dich nicht immer über ihn lustig!"

„Mache ich doch gar nicht."

„Doch, tust du."

„Wie könnte ich, wenn ich dadurch in deiner Achtung sinke?"

Er lachte auf diese unbekümmerte Art, die Scarlett so gut tat, und sie lachte auch. Ihr Lachen schreckte ein paar Fledermäuse auf, die an der Gewölbedecke vor sich hingedöst hatten. Mit ihrem plötzlichen Geflatter wirbelten sie die Luft auf und sorgten für einen feucht-kalten Windstoß, der Scarlett kleine Schauer über die Haut jagte.

Maria hatte keine Lust, sich mit Kunibert zu beschäftigen. Das Strohpüppchen stellte immer nur laute, dumme Fragen und begriff fast gar nichts von dem, was man ihm erklärte. Kunibert war das genaue Gegenteil von Rackiné, dem Stoffhasen, und manchmal konnte Maria gar nicht verstehen, warum zwei Wesen, denen sie auf ahnungslose Weise Leben eingesprochen hatte, so unterschiedlich sein konnten!

Es war vielleicht nicht ganz gerecht, Rackiné und Kunibert miteinander zu vergleichen, denn Rackiné war ein teurer, austrischer Stoffhase, den Maria zum fünften Geburtstag (bzw. Ankunftstag) geschenkt bekommen hatte, während Kunibert in nur einer Nacht aus Stroh gebastelt worden war. Jahrelang hatte Rackiné Maria begleitet, in jede Schule, von der sie geflogen war, und immer hatte sie ihm ihre heimlichsten Gedanken erzählt und ihn in ihrem Bett schlafen lassen. Und erst im letzten Halbjahr hatte er zu sprechen angefangen. Früher hatte er zwar auch schon gesprochen, aber nur in Marias Gedanken, und sie hatte seine Worte für ihre Einbildung gehalten. Was Maria wirklich schmerzte, war, dass Rackiné nicht wenigstens in der Festung aufgetaucht war, um sie zu begrüßen. Wenn er sie so liebte wie sie ihn, dann würde er sie doch sehen wollen! Es gab nur zwei Erklärungen für Rackinés Ausbleiben: Entweder wollte er sie nicht mehr sehen oder es war ihm etwas zugestoßen.

Vorsichtshalber beschloss Maria, sich in dem Gebäude mit den ungeraden Zimmernummern umzusehen. Es war das Haus, das dem Wald am nächsten lag und in dem es zahlreiche Ritzen, kaputte Fenster und andere Durchlässe gab, durch die sich Waldwesen ins Innere schleichen konnten. Vor allem im Erdgeschoss und den leer stehenden Räumen nach hinten hinaus wollte sie suchen. Nicht dass Rackiné verletzt oder krank dort lag, ohne dass sich jemand um ihn kümmerte.

Maria war natürlich bewusst, dass sie gerade an diesen dunklen Orten auf Unholde oder andere Waldwesen treffen könnte, doch sie nahm an, dass diese Geschöpfe sie in Ruhe ließen, wenn sie sie auch in Ruhe ließ. Manchmal war Maria wirklich sehr einfältig. Immerhin nahm sie zwei Lampen mit, damit sie ausreichend Licht hatte, falls eine von beiden versagte. So schlich sie durch einen verwahrlosten Raum nach dem anderen, leuchtete in alle Ecken und schreckte dabei so manchen Schatten auf.

„Entschuldigung", hauchte sie dann und lief schnell weiter.

Womit sie überhaupt nicht gerechnet hatte, waren menschliche Feinde. Dabei hätte sie es besser wissen müssen. Sie hatte schon oft von der Bande gehört, einem Trupp von älteren Schülern, die gerne die Gänge unsicher machten und einzelne Verirrte in Angst und Schrecken versetzten. Lorren Krug, ein Schüler aus dem fünften

Jahrgang, war ihr Anführer. Seine Untaten und die der Bande hatten sich längst bis zu den Lehrern herumgesprochen, doch etwas wirklich Schlimmes konnte man Lorren Krug nie nachweisen, sei es, weil die Opfer aus Angst vor seiner Rache schwiegen oder weil sie den Lehrern nicht glaubhaft genug versichern konnten, dass wirklich Lorren Krug der Übeltäter gewesen war. Wenn man Lorren Krugs Angebereien glauben wollte, dann gingen auch einige der verschwundenen Schüler von Sumpfloch auf das Konto der Bande, und verschwundene Schüler können ja bekanntlich nichts mehr zur Aufklärung eines Falls beitragen. Aber vielleicht schmückte sich Lorren Krug in diesem Fall auch nur mit fremden Verbrechen.

Maria hätte also um die Gefahr wissen müssen, hatte aber nur Rackiné im Kopf und ihre beiden Lampen, die eine nach der anderen ausgingen, kurz hintereinander. Plötzlich stand Maria im Dunkeln und beschloss, sich eine neue Lampe zu holen. Sie irrte ein wenig umher, war aber zuversichtlich, dass sie den Weg zurück finden würde, auch ohne Licht, als sie völlig unvorbereitet in eine höchst ungemütliche Situation geriet. Und zwar stieß sie im Dunkeln ausgerechnet mit einem Mitglied der Bande zusammen, das – was an sich schon genügt hätte, um Maria zu schockieren – abseits von den anderen in einer Ecke stand, um in die Finsternis zu pinkeln. Maria sah nichts, sie hörte nur ein merkwürdiges Plätschern, dann machte es RUMMS, da sie gegen den Pinkler stieß, und das Plätschern brach abrupt ab (es machte nur noch einmal plitsch .... plitsch ...). Maria war so überrascht, dass sie nicht sofort wegrannte, und auch der Pinkler war verdutzt. Er gab ein Mittelding aus Grunzen und Räuspern von sich, woraus Maria schloss, dass sie mit etwas Lebendigem zusammengestoßen war.

„Ähm ... Verzeihung", sagte sie und wollte sich nun umdrehen und verschwinden, doch angesichts ihrer leisen, schüchternen Stimme fand der unsichtbare Pinkler seinen Mut wieder und packte Maria am Arm.

„Halt mal!", rief er so laut, dass es der Rest der Bande hörte und neugierig aus einer angrenzenden Finsternis in Marias Finsternis herüberkam. Es war wirklich sehr dunkel, denn in diesem Raum gab es kein Fenster, zumindest keins, das irgendein Licht gespendet hätte. Kalt war es außerdem, vor allem Marias Herz fühlte sich schlagartig eiskalt an, gefroren und im Schockzustand, als sie begriff, wem sie da in die Arme gelaufen war.

„Och, das arme Ding!", rief eine höhnische Stimme an Marias linkem Ohr. „Hat sich verlaufen."

„Uh, uh, da können einem ganz schlimme Dinge passieren, wenn man sich so doof verlaufen tut!"

„Muss das beschissen sein, wenn man weiß, dass man das Tageslicht nie mehr wiedersieht!"

Sie zogen an Marias Ärmeln, sie boxten und kniffen sie und bewegten sich dabei wohl im Kreis herum, denn die Stimmen blieben nie an einem Ort.

„Was machen wir denn jetzt mit unserem Spielzeug?"

„Für meinen Geschmack quietscht es zu wenig. Ich würde es gerne mal laut quietschen hören!"

„Ja, sie soll kreischen und dann halten wir ihr den Mund zu!"

„Die Frage ist doch", meldete sich der Anführer Lorren Krug zu Wort, „ob wir etwas von ihr übrig lassen wollen oder nicht. Wie heißt du, Opfer, und in welche Klasse gehst du?"

Maria schwieg. Ihr war klar, dass sie verloren hatte, wenn die Bande herausfand, dass sie das reiche Mädchen mit den vielen Koffern war.

„Hey, ich hab dich was gefragt!", rief Lorren Krug und versetzte ihr einen so kräftigen Stoß in den Magen, dass Maria aufschrie und sich krümmte.

„Bis jetzt ist sie langweilig", meinte einer. „Kommt, wir hängen sie kopfüber an die Decke und gucken, was sie dann für Geräusche macht!"

Dieser Vorschlag wurde nicht diskutiert, sondern gleich in Angriff genommen. Jemand packte Maria am Fußgelenk und zerrte so heftig daran, dass sie das Gleichgewicht verlor und stürzte. Sie kam nicht mal dazu, einen Schmerzensschrei loszuwerden, denn das, worauf sie fiel, war so gruselig und merkwürdig und erschreckend, dass ihr der Schrei im Hals stecken blieb. Sie fiel nämlich auf einen weichen, wuselnden Teppich aus krabbelnden Körpern.

Marias Verhältnis zu Spinnen war nach einem halben Jahr in Sumpfloch einigermaßen entspannt. Einigermaßen bedeutete: Kleine Spinnen fand sie in Ordnung. Große Spinnen versuchte sie zu ignorieren und nicht zu sehen. Sehr große, pelzige Spinnen, die versehentlich über sie krabbelten, verursachten bei ihr Lähmungserscheinungen und anschließende Würgeattacken, wenn die Gefahr vorüber war. In diesem akuten Fall war die Gefahr alles andere als vorüber. Mindestens dreißig sehr große, pelzige Spinnen mit prall gefüllten, fetten Leibern krabbelten über, unter, neben und um Maria herum. Maria verfiel also in ihren Zustand der Lähmung, während sich rund um sie herum ein markerschütterndes Gekreische und Geschrei erhob. Denn Bande hin oder her, eine Monsterspinnenattacke im Dunkeln kann auch den tapfersten Fiesling aus dem Konzept bringen. Mit einer Stimme, die entfernt an das Geschrei eines Babys mit Blähungen erinnerte, krähte Lorren Krug:

„Scheiße, was ist denn daaaaaas?"

Es waren Spinnen, die zubissen, wenn man ihnen blöd kam. Und natürlich kam man den Spinnen blöd, wenn man zappelte und trampelte und sich schüttelte und im Dunkeln herumrannte, um die Viecher loszuwerden. Nur Maria wurde nicht gebissen, denn die war ja gelähmt. Vor Schreck und vor Staunen.

„Verdammte ... KAAAAAACKEEEE!"

Das Spielzeug war vergessen. Die Bande kämpfte, schlug um sich und floh, einer nach dem anderen. Dabei flogen sie übereinander, schlugen sich Köpfe, Knie und Hände auf und fluchten und jammerten, dass man es bestimmt bis in den Trophäensaal hörte.

Maria blieb die ganze Zeit liegen, wo sie war. Das Gute an ihren Lähmungserscheinungen war, dass sie halfen. Die Spinnen überquerten sie und setzten ihre geheimnisvollen Wege jenseits von Maria fort, sodass bald nichts mehr auf ihr krabbelte, und die Lähmung allmählich nachließ. Kaum konnte sich Maria wieder bewegen, setzte das Würgen ein. So hockte sie auf ihren Knien, hustete und würgte und kämpfte gegen den Impuls an, sich zu übergeben. Irgendwann war auch das geschafft und es kehrte Ruhe ein. Ruhe in der Schwärze ohne Bande, ohne Spinnen und ohne Gefahr. Das Einzige, was noch an das vergangene Spektakel erinnerte, war der Geruch von Jungenpisse, der den feucht-kühlen Moderduft der verlassenen Räume durchzog.

„Ha-hast du dir we-weh getan?"

Maria fuhr zusammen. Da war eine Stimme unmittelbar neben ihr. Eine Stimme, die stotterte.

„Hanns?"

„Ich hab hier was ge-hehört. Du hast so ko-komisch gewürgt!"

„Was machst du hier?", fragte Maria, immer noch auf dem Boden hockend.

„Ich ha-hab mich wohl verlaufen. Und du-du?"

„Ach, ich … hab nur was gesucht."

„Was de-denn?"

„Nicht so wichtig."

Maria kam mühsam auf die Beine. Der Schrecken saß ihr immer noch in den Gliedern, aber sie konnte sich jetzt nicht damit beschäftigen. Erst wenn sie im Hellen und in Sicherheit wäre, würde sie sich erlauben, über die Bande nachzudenken und das, was mit ihr hätte passieren können.

„Dann suchen wir jetzt besser den Ausgang", sagte sie. „Hier ist es nämlich nicht ganz ungefährlich."

„Ja, gu-gut."

„Zu doof, dass meine Lampen ausgegangen sind."

Im gleichen Moment leuchtete der helle, warme Schein einer magikalischen Taschenlampe auf.

„Oh!", rief Maria.

Hanns hielt die Taschenlampe in der Hand, als sähe er sie heute zum ersten Mal, und es fehlte nur noch, dass er sich stotternd dafür bedankte, dass Maria ihn auf die ungewöhnliche Idee gebracht hatte, sie anzuschalten.

„Die Spinnen waren nicht von dir, oder?"

„We-welche Spinnen?"

„Ach, diese haarigen Dinger, wegen denen ich so würgen musste!"

„Nein, nein!", rief Hanns. „Da-das da-darfst du nicht denken, ich würde di-dich nie mit Spinnen erschre-schre-schrecken!"

Wenn das gespielt war, dann war es gut gespielt. Aber die Spinnen konnten doch nicht zufällig hier aufgetaucht sein, genau im richtigen Moment. Und wie wahrscheinlich war es, dass ein neuer Schüler in diesen abgelegenen Räumen herumgeisterte, im Dunkeln, um dann kurz nach der Spinnen-Attacke rein zufällig in Erscheinung zu treten? Maria verstand es nicht, aber eigentlich war es ja auch egal. Wenn Hanns die Spinnen geschickt hatte, dann gehörte er zu den Guten. Und wenn er sie nicht geschickt hatte, dann gab es eben ein Rätsel mehr auf dieser Welt, das Maria nicht lösen konnte. Das war ja nichts Neues.

„Wo-wo müssen wir lang?", fragte Hanns und ließ die Taschenlampe in alle Richtungen kreisen. Als suche er gar nicht den Ausgang, sondern etwas anderes.

Da! Maria sah es kurz, dann floh es aus dem Lichtkreis: ein Prachtstück von Spinne mit glänzendem Fell und einem großen, runden Körper.

„Gehen wir schnell", sagte sie. „Dort, durch die Tür!"

Kapitel 7

Die Eingeweide der Zeit

Es war schon dunkel, als Scarlett in den verschneiten Innenhof stapfte, um Hanns an der Trümmersäule zu treffen. Die Trümmersäule war ein Überbleibsel aus der Zeit, als Sumpfloch gegen Ende des letzten Kinyptischen Reiches als Gefängnis für die Rebellen gedient hatte. In Massen hatte man die Aufrührer hier eingesperrt, bis das Kinyptische Reich fiel und die Gefangenen befreit wurden. In Erinnerung an die Schlacht um Sumpfloch (denn die letzten Getreuen des Kinyptischen Kaisers wollten die Gefangenen nicht ziehen lassen und daher wurde hier noch einmal heftig gekämpft) errichtete man aus den Trümmern der halb zerstörten Festung eine Säule, die so krumm und schief war, dass sie nur durch einen immensen Aufwand an Zauberkraft bis heute stehen geblieben war. Man erachtete sie als Kulturdenkmal und auch als Grabstein, hieß es doch, dass unter ihr der berühmte General Kreutz-Fortmann begraben sei, der den letzten Getreuen des Kaisers zu Hilfe eilte, um dann von den befreiten Rebellen geköpft und unter eben dieser Trümmersäule verscharrt zu werden. General Kreutz-Fortmann ging als Ungeheuer in die Geschichte ein, so vieles hatte er in den letzten Jahren des Kinyptischen Reiches verbrochen. Dummerweise war der Mann auch mit einer gewissen Genialität ausgestattet gewesen, was einige irregeleitete Seelen seit Jahrhunderten dazu verleitete, heimlich zu diesem Grab zu pilgern und es mit fragwürdigen Objekten zu schmücken. Man hatte schon erwogen, den Zauberei-Aufwand zur Aufrechterhaltung der Säule einzustellen, sodass sie schließlich und endlich umkippen und verschwinden würde, doch andererseits galt die Errichtung der Säule nun mal als Geburtsstunde der gegenwärtigen Republik. Man fürchtete die symbolische Bedeutung, die der Fall der Trümmersäule haben könnte. Außerdem fürchtete man Kreutz-Fortmanns Geist. Das war vielleicht der schwerwiegendere Grund, warum die hässliche Säule noch stand.

An diesem späten Nachmittag war sie jedenfalls nicht ganz so hässlich wie sonst, denn sie war von Schnee bedeckt und ragte aus den Schneebergen im Hof wie ein schiefer Baum. Um den Baum herum wanderte Hanns, immer und immer wieder, wobei er die

Säule interessiert betrachtete. Ab und zu blieb er stehen, verdrehte den Kopf, und ging wieder weiter. Scarlett sah sich das eine Weile an, dann stiefelte sie durch den Schnee zur Säule hinüber.

„Hallo Hanns!"

„Hallo", sagte er, ohne sie anzusehen. Er blieb stehen und verdrehte wieder den Kopf, die Säule anstarrend. „Das ist unglaublich!"

Er stotterte nicht. Er war also in seinem Element.

„Was ist unglaublich?"

„Na, diese Schichten von Zauberei! Es sind so viele, hundert, tausend, ich weiß nicht … Manche sind brüchig vom Alter, halb zerrissen, sind aber eine Verbindung mit neueren Zaubern eingegangen. Das sieht eigenartig aus!"

„Du kannst die Zauber *sehen*?"

„Ja, manche Leute können das. Man muss aber den Kopf so drehen und ein bisschen zur Seite gucken und dann hinschielen. Im Dunkeln sieht man es besser als am Tag!"

„Ach, ist das so?"

„Ja, das ist so! Stimmt es eigentlich, dass General Kreutz-Fortmann spuken würde, wenn all diese Zauber nicht wären?"

Scarlett starrte die Säule an. Sie kannte zwar die damit zusammenhängenden Geschichten, hatte aber nie darüber nachgedacht.

„Keine Ahnung. Er wäre kein netter Geist, oder?"

„Nein, aber ein spannender."

Hanns hörte auf, die Säule anzustarren und wandte seinen Blick Scarlett zu.

„Sumpfloch ist ein Ort mit Geschichte", sagte er, „das mag ich an dieser Festung."

Scarlett zuckte mit den Achseln.

„Das Blöde an Orten mit so viel Geschichte ist, dass sie mit der Zeit baufällig werden", sagte Scarlett. „Sie haben keine moderne Heizung, feuchte Mauern, verstopfte Kamine, rostige Wasserleitungen, kaputte Fenster, nasse Keller und jede Menge tote und lebendige Untermieter."

„Tote Untermieter, das ist das richtige Stichwort!" Hanns holte einen Zettel aus seiner Manteltasche hervor. „Weißt du, wo der sprechende Brunnen ist?"

„Er spricht gar nicht, er gluckert nur. Und an regnerischen Tagen stinkt er. Es heißt, da sickert was aus der undichten Jauchegrube rein."

„Trotzdem würde ich ihn gerne sehen! Wenn du nichts dagegen hast, Scarlett."

Scarlett hatte nichts dagegen. Auch wenn sie die Begeisterung von Hanns nicht teilen konnte. Früher, als Kinder, hatten sie die gleichen Dinge lustig oder interessant gefunden. Aber dieser Brunnen zum Beispiel, aus dem nur noch ein grünes Rinnsal trielte, war weder schön noch aufregend. Einfach ein Becken in der Wand mit einer Art Wasserhahn ohne Griff.

Als Scarlett und Hanns nach einer kurzen Wanderung durch Sumpflochs Flure am Brunnen eintrafen, stank er immerhin nicht. Ab und zu gluckste es aus der Tiefe der Abwasserleitung in den Brunnen hinauf. Wenn man gutwillig war, konnte man es als männliches Rülpsen verstehen. Mehr nicht. Dass es sich hierbei um die Stimme eines in den Kerkern der Festung zu Tode gekommenen Meermannes handelte, konnte Hanns doch nicht im Ernst glauben?

„Wenn du jeden Tag hier vorbeikommst und dir an regnerischen Tagen die Nase zuhältst, weil es so stinkt, wirst du den Brunnen nicht mehr so toll finden", sagte sie.

„Scarlett, du musst die Augen aufmachen!", sagte er. „Hier gibt es mehr zu sehen, als man auf den ersten Blick meint!"

„Was denn?"

„Geschichte. Vergangenheit. Die Eingeweide der Zeit!"

„Wo genau kann man das sehen?"

„In dir drin musst du es sehen", sagte er und schaute Scarlett aufmerksam an. „Das innere Auge sieht es!"

„Frau Schwund wird ihre helle Freude an dir haben", sagte sie, um ihn zu veralbern, doch gleichzeitig musste sie seinen Blick erwidern, sie konnte gar nicht anders. Das Grau seiner Augen trat auf einmal schärfer hervor und die Schwärze der Pupillen öffnete sich wie ein Tunnel. Es lag so eine intensive Kraft in diesem aufgeladenen Blick, als könne Hanns mit den Augen zaubern, wenn er wollte. Dann plötzlich war es vorbei. Scarlett konnte nicht genau sagen, was vorbei war, aber sie fühlte sich losgelassen und Hanns' Augen sahen wieder ganz normal aus.

„Du willst es nur nicht sehen", sagte er zu ihr. „Es ist dir zu anstrengend. Das ist typisch. Es hat dich auch nie interessiert, wie aus Kaulquappen Frösche werden."

„Sie schwimmen rum, kriegen Arme und Beine und springen irgendwann an Land."

„Siehst du? Dass sie sich verwandeln, dass sie zu atmen anfangen und plötzlich Luft brauchen, um zu überleben, darüber machst du dir keine Gedanken. Solche Verwandlungen sind das Geheimnis des Lebens."

Scarlett nickte, um ihren guten Willen zu zeigen.

„Gibt es sonst noch Sehenswürdigkeiten, die du gerne bestaunen möchtest?"

Hanns kramte seinen Zettel hervor.

„Der Stachel des Schwarzen Lindwurms ..."

„... ist nur ein Stück Eisen, das aus dem Boden ragt."

„Zeigst du es mir?"

„Es ist das Überbleibsel eines Kerkers, der in die Luft geflogen ist. Bei der Explosion ist das Metall zersplittert und schwarz geworden. Das ist alles. So steht es sogar im Lexikon."

„Ich weiß. Aber die Explosion fand vor fünfhundert Jahren statt und wurde von einem Zauberer des Unbeugsamen Ordens verübt. Das muss ich mir ansehen!"

„Hast du ein Licht?"

Hanns zeigte ihr seine magikalische Taschenlampe.

„Also gut. Wir müssen ein Stück mit dem Boot fahren, um dahinzukommen."

Ohne die Bootsfahrten mit Gerald hätte Scarlett nicht gewusst, wie man zum Stachel des Schwarzen Lindwurms ruderte. Sie kam sich ein bisschen wie eine Verräterin vor, als sie mit Hanns durch die unterirdischen Kanäle glitt, die normalerweise Gerald gehörten. Gerald und ihr. Aber sie hatte ja auch nicht vor, Hanns zu küssen. Eigentlich war es erstaunlich, wie vertraut sie und Hanns schon wieder miteinander umgingen. Scarlett fühlte sich überhaupt nicht unbehaglich, das Dunkel der nächtlichen Kanäle mit einem Jungen zu durchqueren, der ihr gestern noch sehr fremd vorgekommen war. Wenn man wusste (und Scarlett wusste es), wie schwer sie normalerweise Freundschaften schloss, wie misstrauisch und verschlossen sie auf jede Form von Annäherung reagierte, dann war das hier mehr als bemerkenswert. Aber auch Hanns hatte schnell Vertrauen zu ihr gefasst. Während dieser Verabredung hatte er bisher kein einziges Mal gestottert.

In diesem unterirdischen Teil der Festung brannten um diese Zeit keine magikalischen Fackeln. Alleine die Taschenlampe, die Hanns bei sich hatte, spendete ein bisschen Licht. Dort, wo der Stachel aus dem Boden ragte, legten sie an und stiegen aus. Hanns studierte den Stachel eingehend, beleuchtete ihn von allen Seiten, verdrehte wieder den Kopf, um Zauber zu sehen, die Scarlett nicht sehen konnte, und dann ruderten sie zurück, gerade noch rechtzeitig zum Abendessen. Ohne es abgesprochen zu haben, gingen sie getrennte Wege, kaum dass sie den unterirdischen Teil der Festung hinter sich gelassen hatten. Scarlett war das sehr recht, denn was sollten die anderen denken, wenn sie zusammen mit Hanns im Hungersaal aufkreuzte? Doch Scarlett hatte den Hungersaal noch nicht erreicht, da sprang ihr Geicko in den Weg und zwang sie, stehen zu bleiben.

„Hast du einen Moment Zeit?"

Er hob einen Sack hoch, den er fest zuhielt. In dem Sack flatterte und zappelte es verdächtig.

„Oh nein! Ist es das, was ich denke?"

Er nickte. Seine schwarzen Augen sahen ehrlich besorgt aus.

„Warum macht sie das?", fragte Scarlett so leise wie möglich. „Ich hab ihr gesagt, sie soll nicht ohne mich üben."

„Es war ein Versehen. Sie hätte sich sonst das Genick gebrochen."

Scarlett verdrehte die Augen.

„Warum macht ihr dauernd Sachen, bei denen man sich das Genick brechen kann?"

Diese Frage ließ Geicko unbeantwortet. Er hielt Scarlett nur ungeduldig den Sack unter die Nase.

„Na, dann gib her", sagte sie.

Es war gar nicht so leicht, den Sack festzuhalten. Der Vogel, der darin steckte, hatte eine unbändige Energie. Geicko warf Scarlett und dem Sack noch einen letzten prüfenden Blick zu, dann verschwand er mit den anderen Schülern im Hungersaal. Scarlett aber schlüpfte mit dem widerspenstigen Sack in eine ausgediente Spiegelfonkammer. (Das sind Kammern, in denen man mithilfe eines großen Spiegels Kontakt zu weit entfernten Menschen aufnehmen kann – also so etwas Ähnliches wie eine Telefonzelle. Nur dass so große Spiegelfone in Amuylett längst aus der Mode gekommen waren, da man inzwischen handliche Taschenspiegel verwendete. Darum war auch diese Kammer nicht mehr in Funktion, sie diente aber den Schülern dazu, sich heimlich zu küssen, die Haare zu kämmen oder einen Pickelabdeckzauber zu erneuern, bevor sie den Hungersaal betraten.) In der Kammer entließ Scarlett den tobenden Vogel aus seinem Sack und gab ihm in bewährter Manier einen bösartigen mentalen Tritt, der ihn aus seiner Vogelgestalt hinauskatapultierte. Scarlett war dabei etwas zu schwungvoll vorgegangen, denn Lisandra krachte mit einem solchen Schlag gegen die Wand, dass die ganze Kammer hin- und herwackelte.

„Auaaa!", rief sie. „Willst du mich umbringen?"

„Das Gleiche könnte ich dich auch fragen. Komm, ich hab Hunger!"

Mit diesen Worten verließ Scarlett die Kammer und Lisandra humpelte hinterher.

„Wusstest du, dass es Leute gibt, die Zauber *sehen* können?", fragte Scarlett.

„Nein, woher denn? Ist mir auch egal. Wozu soll ich was sehen, was ich sowieso nicht kann?"

„Oh, schlechte Laune?"

Lisandra holte Scarlett auf einem Bein hüpfend ein.

„Hey, du hast mich gerade krankenhausreif gezaubert und außerdem habe ich den halben Nachmittag als Vogel in einem Sack verbracht! Wie kommst du darauf, dass *ich* schlechte Laune habe?"

Sie kamen als Letzte in den Hungersaal und Lisandra tat ihr Bestes, um manierlich mit beiden Beinen aufzutreten. Dabei musste sie die Zähne zusammenbeißen. Scarlett bekam fast ein schlechtes Gewissen. Das nächste Mal musste sie Lisandra vorsichtiger zurückverwandeln. Kaum saßen sie am Tisch, fing Thuna an, wie ein Wasserfall zu reden.

„Ihr könnt euch gar nicht vorstellen, was ich heute alles gelesen habe! Es ist so interessant! Wusstet ihr, dass dieser Riese, der die Welt erschaffen und seinen Zahn verloren hat, verliebt gewesen ist? Seine große Liebe war Lichtblut, die Urmutter aller Feen! Sie hat ihn auch geliebt, aber ihr Bruder Torck, der Gewittergott, konnte den Riesen nicht ausstehen. Er hat Lichtblut verboten, den Riesen zu treffen, und deswegen …"

„Warum?" fragte Scarlett.

„Weiß ich nicht, das stand nicht in meinem Buch. Ich nehme an, er war eifersüchtig."

„Ich meine, warum hat sie sich das gefallen lassen?"

„Vielleicht, weil sie ihren Bruder mochte? Jedenfalls hat der Riese eine Welt geschaffen, nämlich Amuylett, die er als schimmligen

Laib Brot tarnte, damit der Gewittergott nichts merkte. In dieser Welt hat sich der Riese heimlich mit Lichtblut getroffen."

„Auf einem verschimmelten Brot?", fragte Lisandra entgeistert.

„Die Welt sah doch nur so aus. Für einen Gott! Nehmt doch nicht alles so wörtlich. Eines Tages kam aber der Gewittergott seiner Schwester auf die Schliche. Er folgte ihr nach Amuylett, das damals noch ganz anders hieß, und erwischte das Liebespaar. Daraufhin verprügelte er den Riesen und schlug ihm besagten Zahn aus!"

„Was für ein jähzorniger Typ!", rief Lisandra.

„Er ist Gewittergott", sagte Scarlett, „da muss man aufbrausend sein! Oder kannst du dir ein sanftmütiges Weichei vorstellen, das Blitze schickt?"

„Die Urmutter der Feen, Lichtblut, war stinksauer auf den Gewittergott", erzählte Thuna. „Sie verbot ihm, Amuylett jemals wieder zu betreten. Den verwundeten Riesen heilte sie mit einem Verband aus einem zusammengerollten Regenbogen. Sie krönte ihn zum ersten König von Amuylett und die beiden lebten einige Jahrhunderte glücklich zusammen. Dann aber schickte der beleidigte Torck seine Töchter nach Amuylett, Halbgöttinnen des Zorns. Sie führten viele Kriege mit dem Riesen, die sich über Jahrtausende hinzogen. Am Ende wurden Torcks Töchter besiegt, doch hatten diese Töchter mit einigen Menschen Kinder bekommen. Und die Kinder dieser Kinder brachten die ersten bösen Crudas auf die Welt. Auch heute noch kann es sein, dass Crudas unter den Nachkommen Torcks geboren werden, doch sie sind sehr selten geworden. So die Legende. Es gibt aber noch mehr Geschichten zu dem Riesenzahn und wie der Riese ihn verloren haben könnte."

„Was ist los, Maria?", fragte Lisandra. „Schmeckt dir das Essen nicht?"

Maria hatte sich noch mit keinem Wort an der Unterhaltung beteiligt und tatsächlich stocherte sie in ihrer Sumpfgemüsepastete herum, ohne davon zu essen.

„Ach, ich bin nur ..."

Weiter kam sie nicht, denn in diesem Moment öffnete sich die Tür zum Hungersaal und Wanda Flabbi trat mit einer Schülerin ein. Das Mädchen hatte lange, blonde Haare, verheulte Augen und trug eine rosa Strickjacke. Wanda Flabbi führte das Mädchen direkt zum Tisch von Scarlett, Lisandra, Thuna und Maria.

„Sie ist gerade angekommen", sagte Wanda Flabbi und legte dem Mädchen schützend den Arm um die Schulter. „Sie muss eine schreckliche Reise gehabt haben, das Kind ist ganz durcheinander. Ihr kümmert euch doch um sie, nicht wahr?"

Thuna war die Einzige, die den Mund aufbekam.

„Ja … ja natürlich, Frau Flabbi."

Die anderen starrten das verheulte Mädchen an und das Mädchen starrte zurück. Es war Berry.

Kapitel 8

Die abtrünnigen Reiche

Es gab kein Mädchen, das sie weniger gerne in ihre Mitte aufgenommen hätten. Es war, als ob ein stinkendes Stück Käse ins Innere einer fruchtig-frischen Erdbeertorte gedrückt worden wäre und entsprechend herzlich war der Empfang, den sie Berry bereiteten. Lisandra rümpfte offensichtlich die Nase, Marias Mundwinkel rutschten in die Tiefe, Thuna runzelte skeptisch die Stirn und Scarlett verlor die Kontrolle über ihre bösen Kräfte. So geschah es, dass ein übel riechender Saugmolch seinen Kopf aus der Suppe steckte, die Berry gebracht wurde, nachdem sie sich an den Tisch gesetzt hatte. Glitschig, wie er war, machte er einen gewaltigen Sprung in die Höhe und landete auf Berrys rosa Strickjacke. Maria schrie auf, im Gegensatz zu Berry, die es doch eigentlich betraf. Berry betrachtete nur den schleimig-grünen Saugmolch, der da auf ihrer nagelneuen Jacke klebte und unterdrückte ein tränenreiches Schluchzen. Dann hob sie die Hand, nahm den Molch zwischen Daumen und Zeigefinger und zog ihn wie ein klebriges Stück Kaugummi langsam von sich weg. Irgendwann löste sich der letzte Saugnapf-Fuß des Molchs schnalzend von der rosa Strickjacke und Berry konnte den Molch auf den Boden des Hungersaals setzen, wo er neuerlich festklebte und schmollte. Ab und zu ließ er eine Stinkwolke los, doch angesichts der angespannten Stimmung bei Tisch war das das kleinste Unglück.

Noch vor einem halben Jahr waren sie alle Freunde gewesen. Fast alle. Scarlett hatte schon immer ihre Probleme gehabt mit der gefälligen, braven, strebsamen Berry aus verarmtem reichen Hause. Aber sie hatte sich bemüht, nicht unfreundlich zu sein und Frieden mit Berry zu halten, bis zu dem Tag, an dem sie herausgefunden hatte, dass Berry eine Spionin war, die keine Skrupel hatte, ihre Freundinnen zu verraten. Über ein verbotenes Spiegelfon hatte Berry zu der uralten, gemeinen Cruda Kontakt aufgenommen und ihr Thunas und Marias Namen genannt, woraufhin beide Mädchen entführt worden waren. Außerdem hatte Berry die Wahrheit über Scarlett herausgefunden: dass sie auch eine Cruda war, die versuchte, unerkannt zu bleiben. Daraufhin hatte Berry Scarlett erpresst. Würde Scarlett Berry etwas antun, würde die Wahrheit ans Licht kommen! Zu diesem Zweck hatte Berry Briefe versteckt, in denen Scarletts Geheimnis enthüllt wurde. Auf diese Weise herrschte Waffenstillstand zwischen Berry und Scarlett. Berry wahrte Scarletts Geheimnis und Scarlett ließ Berry ungestraft davonkommen. In einer ähnlichen Klemme steckten Thuna und Maria. Berry wusste, dass sie aus einer anderen Welt stammten und daher eine besondere Gabe hatten. Wenn sie wollten, dass Berry es nicht ausplauderte, mussten sie Berrys Verrat für sich behalten. Nur von Lisandras Gabe wusste Berry nichts. Noch nichts. Es würde sich aber nicht lange verheimlichen lassen, wenn sie im selben Zimmer wohnten. Diese Berry in ihrer rosa Strickjacke hatte sie alle in der Hand. Die besten Voraussetzungen für eine innige Freundschaft ....

„Was heulst du so?", fragte Scarlett, die als Erste ihre Sprache wiedergefunden hatte. „War der Kutschbus so unbequem?"

Berry antwortete nicht. Ab und zu schluchzte sie, weil es sich beim besten Willen nicht unterdrücken ließ, und tupfte sich mit einem ziemlich durchnässten Spitzentaschentuch die Augen trocken. Die Suppe, aus der der Molch gesprungen war, rührte sie nicht an, und von ihrer Sumpfgemüsepastete aß sie eine halbe Gabel voll. Noch bevor der Nachtisch aufgetragen wurde, stand sie auf und ging ohne ein Wort.

„Ich dachte, sie hätte sich auf unsere Kosten freigekauft?", fragte Lisandra, als sie weg war. „Vor den Ferien hieß es, ihr Vater habe eine große Erbschaft gemacht!"

„Tolle Erbschaft", sagte Thuna. „Aber wir leben noch und die Cruda musste fliehen, vielleicht hat sie ja die ausgezahlte Belohnung wieder einkassiert?"

„Sie wird Berry einen neuen Auftrag erteilt haben", sagte Scarlett zornig. „Miststück!"

„Wen meinst du?", fragte Maria. „Berry oder die Cruda?"

„Ich fasse es nicht!", rief Lisandra. „Sollen wir jetzt Tag und Nacht mit der falschen Ratte zusammen sein? Das kann doch nicht wahr sein!"

„Das Schlimme ist, dass wir sie wirklich für unsere Freundin gehalten haben", sagte Thuna. „Während sie uns ausgehorcht und dann ausgeliefert hat."

Thuna traten die Tränen in die Augen, als sie an das Verlies dachte, in dem sie alleine gehockt hatte, nachdem sie von

Höllenhunden verschleppt worden war. Sie war so verzweifelt und hoffnungslos gewesen, sie hatte gefroren und Angst gehabt und sich schrecklich einsam gefühlt. Thuna war eine sehr gutmütige Person, die gerne an das Gute im Menschen glaubte, doch so etwas konnte sie nicht verzeihen. Niemals.

„Es bleibt uns wohl nicht anderes übrig, als sie zu ertragen", sagte Scarlett. „Spaß macht ihr das Ganze bestimmt nicht. Oder hattet ihr den Eindruck, dass sie sich gut amüsiert?"

Lisandra lachte finster.

„Nein, sie wirkte unpässlich. Und von mir aus kann sie's bleiben!"

Wer geglaubt hatte, der Winter werde nun allmählich ausklingen, wurde in den kommenden Wochen eines Besseren belehrt. Es brach die reinste Eiszeit an, die Außentemperaturen erreichten einen Tiefstrekord seit Einführung des Wetterkalenders vor zweihundertdreiundvierzig Jahren. Den Schülern wurde verboten, die Festung zu verlassen, da man fürchtete, sie könnten sich außerhalb den Tod holen, indem sie sich verliefen und erfroren oder von einem extrem hungrigen Faulhund angegriffen wurden. Das marode Heizsystem vom Sumpfloch stieß an seine Grenzen. Einmal am Tag wurde es schrecklich heiß, zu anderen Tageszeiten versagte die Heizung fast komplett und es wurde bitterkalt. Hier und da brach ein Dach unter den Schneemassen ein, so auch im Trophäensaal, der daraufhin nicht mehr warm wurde, obwohl das Dach notdürftig ausgebessert worden war. An der Spitze der Einhornfälschung bildete sich ein Eiszapfen, der Tag für Tag länger wurde.

Ein Glück war, dass die Sümpfe von Sumpfloch von Natur aus warmes Wasser hatten. Selbst im Winter hätte man (wenn man lebensmüde gewesen wäre) darin baden können, ohne zu frieren, da die Sümpfe mit verschiedenen heißen Quellen verbunden waren, deren Ursprung man tief im bösen Wald vermutete. Auf diese Weise herrschte in den unterirdischen Schulräumen von Sumpfloch die angenehmste Temperatur. Das Wasser muffelte nur stärker als sonst und die empfindlicheren Schüler hatten mit einer unterschwelligen Übelkeit während des Unterrichts zu kämpfen.

Unterkühlte Zeiten herrschten auch im Zimmer 773 im Gebäude der ungeraden Zimmernummern. Erst einmal war es kalt, da die Wärme, die durch die Heizrohre pollerte, längst nicht mehr so warm war, wenn sie im siebten Stock ankam. Die Mädchen zogen alle Kleidung an, die sie hatten, sobald sie sich in ihrem Raum aufhielten. Außerdem verkrochen sie sich unter Schrankladungen von Decken und Daunenbetten, die ihnen die besorgte Wanda Flabbi zur Verfügung gestellt hatte.

Zum anderen war die Stimmung hier oben häufig frostig. Wann immer Berry sich in der Nähe ihrer Zimmergenossinnen aufhielt, herrschte eisiges Schweigen. Seit Berrys Ankunft hatte es zwischen den Mädchen höchstens drei Wortwechsel gegeben und die betrafen rein praktische Fragen, zum Beispiel, ob es Berry für nötig halte, dass man ihr einen Platz im Wandschrank für ihre Sachen freiräume oder ob sie es vorziehe, aus ihrem Koffer zu leben. Berry beteuerte, sie haben keinen Platz im Wandschrank nötig. Sie komme sehr gut mit ihrem Koffer aus, danke.

Kunibert wurde aus seiner magikalischen Heizdecke ausgewickelt, da man dieses Wunderwerk der Technik benötigte, um die Betten aufzuwärmen. Die Mädchen steckten die Decke abwechselnd in jedes Bett, bevor sie sich schlafen legten. In jedes Bett außer Berrys selbstverständlich. Dem Strohpüppchen wurde in einem Hohlraum in der Mauer eine Heimstatt eingerichtet, die sie mit den Taschen auspolsterten, in denen mal Süßigkeiten gesteckt hatten. Das Gute war, dass man den Hohlraum mit einem passenden Stein so verschließen konnte, dass Kunibert fast nicht mehr zu hören war, wenn er nachts auf die Idee kam, Fragen in die Welt hinauszuschreien. Dem Strohpüppchen gefiel sein neues Heim. Kunibert war richtig stolz darauf, sodass auch Marias Gewissen beruhigt war, nachdem sie ihn so selbstsüchtig der Heizdecke beraubt hatte.

Trotz Eiszeit nahm das Schuljahr seinen gewohnten Lauf. Morgens drückten die Mädchen die Schulbank und paukten Geschichte, Magikalische Physik oder Naturkreisläufe, mehr oder minder erfolgreich. Berry war die Einzige aus Zimmer 773, die konstant gute Noten schrieb und regelmäßig von den Lehrern gelobt wurde. Sie machte immer ihre Hausaufgaben und ließ andere Schüler bereitwillig abschreiben, ein Service, auf den Lisandra zähneknirschend verzichtete. Wenn Berry morgens nach dem Frühstück von ihren Klassenkameraden umringt wurde mit der Bitte, ihnen ihre Schulhefte auszuleihen, tat sie dies ohne sichtlichen Stolz oder Genugtuung. Sie verteilte fast emotionslos den Inhalt ihrer Schultasche und bekam ihn mit Flecken und Eselsohren vor jeder Stunde zurück. Und wenn mal eins ihrer Hefte verloren ging, weil es aus Versehen im Kanal landete oder von zwei Streithähnen im Eifer des Gefechts entzweigerissen wurde, regte sie sich nicht auf, sondern schrieb ein neues Heft voll. Das brachte ihr den Respekt der ganzen Klasse ein – nur nicht den ihrer Zimmergenossinnen.

Thuna glänzte in allen Fächern, die kein Zaubertalent erforderten. Alles, was man durch Wissen, Lernen, Verstehen und Nachdenken erreichen konnte, stand ihr offen. Doch wie sollte sie magikalische Gleichungen aufstellen, wenn es da einen Faktor m gab, den man nach Gefühl bestimmen musste? Thuna wusste theoretisch, dass man zu diesem Zweck den Gehalt an magikalischem Fluidum abhängig von Zeit, Ort, Raum und Persönlichkeit aus der Gegenwart herausfühlte und dann einer passenden Maßeinheit zuordnete. Doch wie sollte Thuna das anstellen, wenn sie magikalisches Fluidum einfach nicht wahrnehmen konnte? Sie sah es nicht, sie fühlte es nicht, sie hatte es nicht, es floss nicht in ihren Adern. Das war die traurige Wahrheit.

Ihre einzige Rettung – zumindest was den Unterricht betraf – war ihre Fähigkeit, in den Gedanken anderer Menschen zu schwimmen. Obwohl sie es normalerweise vermied, sich in fremde Köpfe einzuschmuggeln, machte sie in Magikalische Physik eine Ausnahme. Sie spionierte aus, wie ihre Mitschüler den Faktor m ansetzten und wählte dann einen vergleichbaren Wert mit kleiner Abweichung. Ab und zu unternahm sie auch einen Ausflug in Krotan Westbarschs Geist, in dem es vor Zahlen und Formeln nur so wimmelte. Er musste in einer ganz eigenen, abstrakten Welt leben und Thuna beneidete ihn nicht darum.

Scarlett lernte wie eine Verrückte, ließ es sich aber nach Möglichkeit nicht anmerken. Sie wollte so viel wissen wie möglich, damit sie eines Tages, wenn sie mal wieder auf der Flucht wäre, besser zurechtkam als in den vier Jahren zwischen Waisenhaus und Sumpfloch. Darum legte sie einen Wissensdurst an den Tag, der mit Thunas vergleichbar war. Doch es war kein fröhlicher, neugieriger Wissensdurst wie bei ihrer Freundin, sondern er nährte sich von Furcht. Scarlett bemühte sich, nicht aufzufallen. Sie schrieb mittelmäßige Arbeiten, gab absichtlich falsche Antworten, wenn sie von Lehrern etwas gefragt wurde und strengte sich an, im Fach Naturkreisläufe besonders schlechte Leistungen zu erbringen.

Viego Vandalez hatte ihr diese Strategie nahegelegt, damit er ihr Nachhilfestunden geben konnte. Natürlich dienten die Nachhilfestunden nicht dazu, Scarletts Noten zu verbessern, sondern ihr beizubringen, mit ihren bösen Zauberkräften besonnen umzugehen. Auf diese Weise hatte Scarlett gelernt, ihre Kräfte auf ungefährliche Weise zu entladen, wenn sie in ihr aufstiegen. Früher hatte sie unkontrolliert Schaden angerichtet, jetzt lenkte sie ihre Energie auf möglichst harmlose Ziele um. Das klappte immer besser, doch Viego war längst nicht zufrieden.

„Es reicht nicht, wenn es *meistens* klappt", sagte er heute wieder und sah im winterlichen Zwielicht seines Arbeitszimmers zum Fürchten aus. „Es muss *immer* klappen. Du bekommst keine zweite Chance, wenn du dich einmal verrätst!"

Scarlett machte den Mund auf, um etwas zu sagen, doch er fuhr fort, bevor sie einen Ton herausgebracht hatte.

„Außerdem sehe ich Tag für Tag, wie deine Kräfte wachsen. Viel zu schnell wachsen sie. Du kommst gar nicht mehr mit! Du musst dafür sorgen, dass sie dich nicht überwältigen, indem du sie regelmäßig abbaust. Leider muss ich beobachten, dass du das schleifen lässt. Stattdessen treibst du dich mit lauter Jungs in der Festung herum und gibst ihnen Gelegenheit, dich zu enttarnen!"

Scarlett war erstaunt, dass er darüber Bescheid wusste. Andererseits hätte sie es wissen müssen. Viego Vandalez hatte seine scharfen Augen und Ohren überall.

„Es ist doch nur ...", setzte sie an.

Er ließ sie nicht ausreden.

„Versteh mich nicht falsch, Scarlett! Ich gönne dir deine Freunde. Du bist ein kluges Mädchen und ich traue dir durchaus zu, dass du mit deinen Freundinnen zurechtkommst und in ihrer Gegenwart nicht die Kontrolle verlierst. Aber mit Jungen ist das was anderes. Liebe und Kontrolle sind zwei komplett unterschiedliche Dinge. Verliebtheit, Eifersucht, Liebeskummer und Herzschmerz führen zu Selbstverblendung, Irrtümern und Gefühlsattacken, die eine Cruda unter allen Umständen vermeiden muss. Ich meine es nicht böse, Scarlett, glaub mir das."

Scarlett verstand es schon. Sie wusste es ja selbst nur zu gut, dass ihre Treffen mit Gerald ihr Leben schwieriger und gefährlicher machten. Aber sollte sie deswegen damit aufhören? Das konnte sie ja gar nicht!

„Sie sagen doch immer, dass man die Wirklichkeit so nehmen muss, wie sie ist", sagte Scarlett tapfer. „Ich fürchte, in meinem Fall ist die Wirklichkeit so, dass ich Gerald Winter sehr gerne mag. Aber ich gebe mir alle Mühe, ihm nichts zu zeigen oder zu verraten. Und wegen Hanns brauchen Sie sich keine Sorgen zu machen. Er ist nur ein Freund. Wir waren im gleichen Waisenhaus, als wir klein waren. Das ist alles."

„Sieht Hanns das genauso?"

„Warum? Wie meinen Sie das?"

„Es geht nicht nur darum, wen du magst, Scarlett. Es geht auch darum, wer dich mag!"

Scarlett sah zum Fenster hinaus. Schnee, Schnee, Schnee, das war alles, was sie sah.

„Hast du dir jemals überlegt", sagte Viego, „was ein Mensch anrichten kann, den du zurückgewiesen hast? Wozu verletzter Stolz oder ein gebrochenes Herz führen können? Du musst vermeiden, dass die Menschen Rechnungen mit dir offen haben. Entschuldige, dass ich meine Nase so neugierig in dein Leben stecke, aber wenn mich mein Eindruck nicht täuscht, verbringst du viel Zeit mit Hanns, ohne ihn darüber aufzuklären, dass du genauso viel Zeit mit Gerald verbringst!"

„Weil er nur ein Freund ist!", widersprach Scarlett heftiger als zuvor.

„Ärgere dich nicht über das, was ich dir rate", sagte Viego, „sondern denk darüber nach."

„Ich werde nachdenken, gut. Aber ich kann Gerald nicht die Freundschaft kündigen!"

Viego lehnte sich in seinem Ohrensessel zurück und ließ die Hände mit den langen, knotigen Fingern sinken. Gerade hatte er noch damit gestikuliert. Immer, wenn Viego etwas sagte, das ihm besonders wichtig war, fing er an, mit seinen Fingern in der Luft herumzufahren. Scarlett kannte das schon. Nun hatte er sich beruhigt und musterte Scarlett mit einem Blick, der wahrscheinlich jedem anderen Menschen das Blut in den Adern gefrieren ließ. Aber sie hatte keine Angst. Zwei dunkle Wesen verstehen einander und sie wusste, dass sie Viego sehr am Herzen lag.

„Um die Geschichte mit Gerald mache ich mir keine so großen Sorgen", sagte er jetzt. „Das ist ein vernünftiger Junge, der eine Niederlage verkraften würde. Ich wünschte nur, du könntest dich auf diese eine Schwäche beschränken."

Scarlett schwieg, darum kam Viego auf ein anderes Thema zu sprechen.

„Du hast vermutlich noch keine Fortschritte gemacht in der wichtigen Sache?"

Die wichtige Sache war wahnsinnig wichtig, wenn man Viego Vandalez Glauben schenkte. Aber Scarlett machte keine Fortschritte. Sie sollte herausfinden, wo ihr wunder Punkt saß. Jedes magische Wesen hatte so einen. Es lag in der Natur des magikalischen Fluidums, dass es immer eine Antikraft gab, die das Fluidum außer Kraft setzte. Im Fall einer bösen Cruda hieß das: Sie war verwundbar. Eine der schlimmsten Crudas der Geschichte – sie hatte viele Namen gehabt, aber man kannte sie hauptsächlich als DIE MALIZIOSA – war an ihrer Verwundbarkeit zugrunde gegangen. Sie verlor nämlich all ihre Zauberkraft, sobald sie etwas aß und verdaute. Sie gewöhnte sich an, nur einmal in der Woche etwas zu essen, doch in dieser Zeitspanne zwischen Mahlzeit und Toilettengang war sie kraftlos und des Zauberns nicht fähig. Sie hatte Vorkehrungen getroffen, verschanzte sich jedes Mal in ihrer Festung mit ihren Getreuen, doch einer dieser Getreuen war es, der sich schließlich gegen sie auflehnte und sie ermordete. Aus Eifersucht, hieß es. Genau in dem Moment, als sie sich eine Gabel mit dunkelrotem Kirschkompott in den Mund geschoben und dieses genüsslich zu lutschen begonnen hatte, stach er zu.

Doch Scarlett konnte so viel Kirschkompott essen, wie sie wollte, es tat ihren bösen Kräften keinen Abbruch. Es musste etwas anderes sein, das sie wehrlos macht, doch sie hatte keine Ahnung, was es war. Viego lag ihr in den Ohren, dass sie es unbedingt so schnell wie möglich herausfinden musste, doch Scarlett verdrängte dieses Problem sehr gerne.

„Ich hab mir schon hundertmal den Kopf zerbrochen", sagte Scarlett zu ihrer Verteidigung. „Aber ich kann mich an keine Situation erinnern, in der ich jemals gemerkt hätte, dass ich keine Kraft habe!"

„Vielleicht merkst du es ja gar nicht, das ist das Tückische."

Viego sah sie an, faltete die Hände und gab einen leisen Seufzer von sich.

„Wir werden dieser Frage mit mehr Aufwand auf den Grund gehen müssen. Ich lasse mir etwas einfallen."

Scarlett zog die Augenbrauen zusammen.

„Muss das sein?"

Die Mundwinkel des Halbvampirs wanderten auseinander und die langen Schneidezähne kamen zum Vorschein – es war Viegos gruselige Art zu lächeln.

„Wenn ich dich nicht zu deinem Besten quäle, wer tut es dann?", sagte er. „Aber genug für heute, ich möchte ja nicht, dass du zu spät zu deinen zahlreichen Verabredungen kommst."

Scarlett erwiderte sein Lächeln mit einem für ihre Verhältnisse freundlichen Strahlen. Dann stand sie auf und verließ ohne ein weiteres Wort das düstere Studierzimmer ihres Lieblingslehrers.

Maria ging zur Schule, seit sie fünf Jahre alt war, und vom ersten Tag an lag eine Art Fluch auf ihr: Sie brachte immer nur schlechte Noten nach Hause, in ihrem Kopf blieb scheinbar nichts hängen und manche Lehrer wurden angesichts ihrer Unfähigkeit so wütend, dass sie sich weigerten, sie noch länger zu unterrichten. Dabei war Maria alles andere als dumm. Das Rätsel ihrer schlechten Leistungen lag auch nicht allein in ihrer fehlenden Zauberkraft begründet. Es war vielmehr so, als wollte man einen Schwamm nass machen, der zuvor mit einem Trockenzauber belegt worden war. Sie war verträumt und abgelenkt und wenn sie von einem Lehrer etwas gefragt wurde, was sie eigentlich wusste, dann fand sie in ihrem Gehirn nicht die richtige Schublade. Ihr Wissen war unauffindbar, sobald es geprüft wurde. Im normalen Leben bewegte sie sich mit schlafwandlerischer Sicherheit durch das Chaos in ihrem Kopf. Sie fand alles, was sie suchte. Doch wenn jemand sie zur Ordnung rief, vor allem ein Lehrer, der etwas von ihr erwartete, fand sie nichts mehr. Anfangs hatte sie das noch sehr betrübt, doch mit jedem Schulwechsel und jedem Privatlehrer, der entnervt das Handtuch warf, war sie sorgloser geworden. Sie hatte sich damit abgefunden, dass sie schlechte Noten schrieb, weil sie es nicht ändern konnte. Ihr Kraut-und-Rüben-Gehirn ließ nichts anderes zu.

Thuna sah das anders. Sie vermutete, dass es gerade das Chaos in Marias Kopf war, das es ihr erlaubte, Dingen Leben einzuhauchen. So kam sie auf die Idee, dass Maria eine andere Technik anwenden müsste, um erfolgreich zu sein: Statt verzweifelt in ihrem unaufgeräumten Gehirn zu wühlen, wenn sie ein bestimmtes Wissen brauchte, sollte sie das Gegenteil probieren. Zum Beispiel abwarten, bis das Wissen von alleine bei ihr vorbeikam. Oder es rufen. Oder ein imaginäres Lebewesen losschicken, um ihr das

Gesuchte zu holen. Maria fand diese Ideen komisch, probierte aber eine nach der anderen aus. Der Erfolg war spärlich, doch als Maria in ihren Gedanken einem kleinen Affen in Uniform den Auftrag erteilte, die Namen der abtrünnigen Reiche anzuschleppen (Herr Winter, der Geschichtslehrer, wollte das nämlich unbedingt von ihr wissen), da passierte etwas Erstaunliches: Der Affe kam mit einem dicken Wälzer in goldenem Einband zurück (all das passierte in Marias Fantasie – ich hoffe, du kannst es dir vorstellen) und schlug vor Marias innerem Auge die erste Seite auf. Was Maria sah, war leider nicht die riesige Landkarte von Amuylett mit den angrenzenden Reichen, sondern der Stadtplan einer Stadt namens Augsburg. Von so einer Stadt hatte sie noch nie gehört und überhaupt sah der Plan so seltsam aus, dass sie daran zweifelte, ob es sich überhaupt um einen Plan handelte und nicht um das Strickmuster einer Greisin mit Sehstörungen.

„Ich höre, Maria?"

Herr Winter wurde ungeduldig und deutete ihren Gesichtsausdruck als betont unwillige Grimasse.

„Also ... die abtrünnigen Reiche ... die ..."

Verzweifelt wartete Maria darauf, dass der Affe in ihren Gedanken irgendwas tat: Umblättern oder noch ein Buch holen oder etwas buchstabieren. Aber der kleine Affe in Uniform zeigte nur auf ein grünes Viereck im Strickmuster von Augsburg, als gäbe es da etwas unerhört Wichtiges zu sehen.

„Einen Moment, Herr Winter ...", sagte Maria hilflos und schaute sich das grüne Viereck ganz genau an. Sie entdeckte aber nur das Wort ‚Spielplatz' und wusste doch ganz genau, dass kein einziges der abtrünnigen Reiche so hieß.

Thuna saß die ganze Zeit neben Maria und wartete gespannt darauf, ob ihr jüngster Ratschlag, den sie Maria gegeben hatte, irgendeine Wirkung zeigte. Doch Marias Stirn legte sich mehr und mehr in Falten und sie starrte so entgeistert auf das Pult vor sich, dass Thuna sich gezwungen fühlte, ein Blatt Papier von ihrem Heft zu schieben und mit dem Finger unauffällig auf ein Wort zu deuten, das da geschrieben stand.

Maria merkte nichts davon, aber Herr Winter sah es natürlich sofort.

„Thuna, ich weiß, dass Maria lesen kann, danke. Gerade hätte ich gerne gewusst, ob Maria sich die Namen der abtrünnigen Reiche *merken* kann!"

Maria merkte, dass über sie gesprochen wurde, und schaute von ihrem Pult auf.

„Und sie kann es offensichtlich nicht", fuhr Herr Winter fort. „Leider wieder eine Sechs, Maria. Was ist bloß los mit dir?"

Die Frage hatte Maria schon so oft gehört, dass sich ihr Hirn automatisch in den Ruhemodus schaltete, sobald sie diese Frage hörte. Ihre Gedanken schweiften ab, wieder einmal zu Rackiné, wie so oft in letzter Zeit.

„Wer möchte mir denn nun weiterhelfen?", fragte Herr Winter. „Geicko, die abtrünnigen Reiche, bitte!"

Geicko schaute wie ertappt auf. Denn er hatte die ganze Zeit mit Lisandra Blicke ausgetauscht, die sich auf ihr neues Armband bezogen. Das Armband war ein schlichter, verbogener Reif, der seine besten Tage schon hinter sich hatte, und Lisandra drehte und wendete ihn die ganze Zeit vor Geickos Augen, als wolle sie ihm was Wichtiges mitteilen. Er verstand aber nicht, was. Nun riss er sich zusammen und vergegenwärtigte sich die große Landkarte von Amuylett, die in der letzten Stunde das Gewölbe des Klassenzimmers geziert hatte. Herr Winter hatte sie mit einem Schütteln seines Handgelenks dorthin gezaubert und Geicko hatte sich alles genau eingeprägt. Geholfen hatte ihm dabei ein blau gepunkteter Salamander, der vom südlichen Zipfel Amuyletts aus kreuz und quer gehuscht war, dabei die Hauptstadt Tolois im Westen gestreift hatte und schließlich ganz im Norden in Finsterpfahl über einem Türrahmen sitzen geblieben war, um in eine schläfrige Starre zu fallen.

Dass Herr Winter die ganze Gewölbedecke in Anspruch nehmen musste, um Amuylett abzubilden, lag daran, dass dieses Reich sehr, sehr groß war. Im Laufe der Jahrtausende hatte es sich einen Kontinent nach dem anderen einverleibt und bedeckte nun fast die ganze Erde, weswegen inzwischen die ganze Welt so hieß wie das Land, nämlich Amuylett. Die kleinen wenigen anderen Länder, die es noch gab, wurden von Amuylett geduldet. Sie waren offiziell als „die abtrünnigen Reiche" bekannt, weil sie die gut gemeinten Übernahmeversuche durch Amuylett immer wieder vereitelt hatten. Es gab sechs dieser Reiche, letzte Bastionen der Unabhängigkeit, die ihre Existenz der Macht von Zauberern und Hexen verdankten. Geicko hegte eine gewisse Bewunderung für diese Reiche, die Amuylett dauerhaft trotzten, und daher hatte er sich die Namen gut eingeprägt:

„Fischlapp und Hornfall im Süden, Gorginster im Westen, Taitulpan im Osten und im Norden die Reiche Fortinbrack und Nachtlingen."

„Sehr gut, Geicko! Und welches dieser Reiche verdient unsere besondere Aufmerksamkeit?"

„Das Reich Fortinbrack, weil es das mächtigste und größte der abtrünnigen Reiche ist."

„Denn es liegt wo?"

„Jenseits der Meerenge von Finsterpfahl. Es bedeckt die gesamte nördliche Polkappe."

„Eine glatte Eins, Geicko", sagte Herr Winter und notierte die Note in seinem Notizbuch.

Geicko errötete. Er hatte nicht den Streber spielen wollen, es war nur so, dass ihn diese Reiche wirklich sehr interessierten. Als Herr Winter nun eine Karte von Fortinbrack an die Wand zauberte und von Grindgürtel erzählte, dem Zauberer, der Fortinbrack regierte, vergaß Geicko seine Verlegenheit und nahm das neue Wissen bis in die kleinste Einzelheit in sich auf. Er konnte zwar nicht gut lesen und schreiben, aber Geickos Gedächtnis war wie Klebstoff: Alles, was er sich bildlich vorstellen konnte, blieb darin hängen.

Nach der Schule erfuhr Geicko dann auch, was es mit Lisandras Armreif auf sich hatte. Dieses alte und schon etwas heruntergekommene Schmuckstück zog magikalisches Fluidum an und speicherte es. Nicht viel, es war nur eine unauffällige Dosis, aber für den Anfang genug. So hatte es Gerald ausgedrückt, von dem Lisandra das aus Metall geflochtene Armband bekommen hatte. Jetzt musste Lisandra lernen, das Fluidum zu benutzen. Sie hatte Gerald versprochen, Geicko dabei um Hilfe zu bitten. Geicko war schließlich ein normaler Schüler mit ein wenig Zaubertalent.

„Warum schenkt dir Gerald so ein Ding?", fragte Geicko, als er mit Lisandra im Kutsch-Schuppen herumsaß (im baufälligen Turm war es gerade zu kalt) und das Armband von allen Seiten betrachtete. „Was hat er davon?"

„Er hat davon, dass ich Scarlett nicht erzähle, wer er wirklich ist."

Geicko hob überrascht die dunklen Augenbrauen.

„Du lässt dich bestechen?"

Lisandra hob die Schultern.

„Warum nicht? Du hast doch gesagt, er gehört zu den Guten!"

„Aber wenn er es für nötig hält, dir was zu schenken, nur damit du die Klappe hältst …"

„Na ja", sagte Lisandra zögernd, „es war eher so, dass ich ihm vorgeschlagen habe, mir so etwas hier zu besorgen." Sie schaute verzückt auf den Armreif, den ihr Geicko gerade zurückgegeben hatte. „Du hattest nämlich recht: Gerald ist genauso eine Niete im Zaubern wie ich, aber er hat alles Mögliche, um es auszugleichen. Nicht nur so ein schäbiges Armband. Er kann magikalisches Fluidum messen, anziehen, benutzen und speichern. Mit Uhren, Stiften, Manschettenknöpfen, Gürtelschnallen und allem möglichen anderen Kram. Im Vergleich dazu bin ich eine sehr bescheidene Betrügerin!"

„Nur, weil du es dir nicht leisten kannst", sagte Geicko spöttisch. „Weißt du, wie deine Augen funkeln, wenn du von dem ganzen Zeug sprichst?"

„Ist ja auch ungerecht. Sein Ritter-Papa hat Geld und Einfluss, der besorgt ihm Fluidum-Spielzeug bis zum Abwinken. Und ich? Ich kann Gerald nur beiläufig darauf ansprechen, dass er meine Freundin nach Strich und Faden belügt, und ich mich frage, warum ich ihr das nicht erzählen sollte."

Geicko schnappte nach Luft.

„Du hast ihn erpresst?"

„Nein! Ich habe ihm nur vor Augen geführt, dass ich mich wesentlich besser tarnen könnte, wenn ich so ein magikalisches Speicherding hätte. Gerald will doch, dass wir uns tarnen! Außerdem hatte ich das Gefühl, dass er meinen Wunsch lustig fand. Er war nicht sauer oder skeptisch oder so. Nur wenn es darum geht, was Scarlett wissen darf und was nicht, dann wird er nervös."

„Und warum darf Scarlett die Wahrheit nicht wissen?"

„Weiß nicht. Er sagt, er hat seine Gründe und will es ihr bei einer passenden Gelegenheit erzählen. Demnächst."

Geicko schwieg und dachte nach. Er war wirklich der Meinung gewesen, dass Gerald und sein Vater vertrauenswürdig waren. Aber eigentlich wusste Geicko nicht viel über die beiden. Nur dass Gerald und sein Vater aus einer anderen Welt kamen und geheime Verbindungen hatten.

„Hat er denn auch ein Talent? Eine Gabe, die sonst niemand hat? So wie Thuna, Maria und du?"

Lisandra lachte.

„Ja, das hat er wohl! Er behauptet, es wäre was ganz Blödes, das kein Mensch braucht. Er hat sich geweigert, mir zu sagen, was es ist."

„Wenn das stimmt, gefällt es mir", sagte Geicko. „Denn das hieße, dass selbst so einer wie Gerald mal Pech hat."

Obwohl es wegen der Kälte verboten war, ins Freie zu gehen, schien es Hanns sehr oft zu tun. Scarlett erkannte es daran, wie dick er sich immer anzog und wie bläulich angelaufen seine Haut war, wenn er zu ihren Verabredungen kam. Einmal rieb er sich wie verrückt die Finger, in denen kaum noch Leben war, weil sie so kalt geworden waren.

„Was machst du bloß da draußen?", fragte Scarlett.

Damit er sich aufwärmen konnte, gingen sie in die Heizräume, die im Winter als Trockenräume für gewaschene Wäsche dienten. Hier standen Dutzende von Öfen, die warme Luft ins Hauptgebäude pusteten, und an ellenlangen Wäscheleinen hingen Bettbezüge, Handtücher und lange Unterhosen in allen Größen und Farben zum Trocknen. Obwohl es hier unten bullig warm war, bibberte Hanns noch lange vor sich hin. Sie drehten Wäschekörbe um und setzten sich darauf. Dann holte Hanns Kekse aus seiner Jacke, die er von seiner Zieh-Oma geschickt bekommen hatte. Es waren sehr leckere Kekse, buttrige, dicke Krümelkekse, die ein wenig, aber genau richtig nach angebranntem Karamell schmeckten.

Hanns hatte keine Lust, Scarletts Frage zu beantworten. Er tat so, als hätte er sie gar nicht gehört. Stattdessen redete er über seine neuesten historischen Entdeckungen. Scarlett bemühte sich, seine Schilderungen über Sumpflochs Vergangenheit spannend zu finden, aber es wiederholte sich zu viel und eigentlich war es ihr egal, ob Sumpfloch dreimal oder zehnmal als Gefängnis benutzt worden war und wer vor dreizehnhundert Jahren über die Sümpfe geherrscht und welchen Gebäudeteil angelegt, abgerissen oder befestigt hatte. Hanns konnte nicht genug darüber lesen und suchte leidenschaftlich im Inneren von Sumpfloch nach Spuren dessen, was er gelesen hatte. Ein toter Graben, eine verrottete Falltür, eiserne Verankerungen in der Wand, verschüttete Kerkerräume – all das ließ Hanns' Herz höher schlagen. Er suchte nach geheimen Zimmern, doppelten Böden, versteckten Gängen und verbuddelten Kisten. Scarlett begleitete ihn nur ungern auf seine Expeditionen, was ganz einfach daran lag, dass sie eine Menge Geheimgänge, Verstecke und verborgen Zimmer längst kannte. Gerald hatte sie ihr gezeigt. Sie wollte Hanns nicht verraten, wo all diese geheimen Orte waren, das wäre Verrat an Gerald gewesen. Aber so zu tun, als würde sie vergeblich nach Orten suchen, die sie nicht finden wollte, das war ihr auch zu blöd.

Hanns hatte sich erstaunlich schnell in Sumpfloch eingelebt. Schon am dritten Tag ließ er sich zum Klassensprecher wählen, nachdem der amtierende Klassensprecher beim Klauen erwischt worden war und seinen Posten hatte abgeben müssen. Scarlett erklärte Hanns, dass sich viele Klassensprecher in Sumpfloch auf diese Weise freikauften. Sie inszenierten einen großen Schummel, ließen sich erwischen und wurden daraufhin aus dem ungeliebten Amt gefeuert. Wer wollte denn schon freiwillig Klassensprecher sein? Entweder bekam man von den Schülern eins auf die Mütze oder von den Lehrern, meistens aber von beiden. In der Regel wurden Klassensprecher sowieso nicht gewählt, sondern von den Lehrern dazu verdonnert, weil niemand so blöd war, sich als Kandidat aufstellen zu lassen. Und dann kam Hanns, ließ sich freiwillig aufstellen, und freute sich auch noch, dass er die Wahl gewann. Scarlett konnte es kaum fassen.

Hanns hatte ihr daraufhin im Brustton der Überzeugung erklärt, er werde bestimmt ein guter Klassensprecher sein, und Scarlett hatte dieses Selbstvertrauen für absolut weltfremd gehalten. Mittlerweile musste sie zugeben, dass Hanns recht behalten hatte. Obwohl er stotterte und immer so höflich und korrekt war, nahmen ihn seine Mitschüler vollkommen ernst. Er wurde nicht gehänselt, nicht herausgefordert, nicht geschnitten. Wenn er in einem Streit vermitteln musste, gelang es ihm, Frieden herbeizuführen, ohne laut zu werden oder jemanden zurechtzuweisen. Er fand Lösungen, mit denen alle glücklich waren, selbst die Lehrer. Bei alldem wirkte Hanns so zurückhaltend und untertänig, dass niemand einen Grund fand, ihn zu beneiden, zu hassen oder ihm die Anerkennung zu verweigern. Es war beeindruckend.

An drei Nachmittagen in der Woche half Hanns in der Bibliothek aus. Der Zwerg, der die Bibliothek leitete, schwärmte von seinem fleißigen Helfer in den höchsten Tönen. Und weil Hanns so verständig, sauber und ordentlich war, durfte er auch in den abgeschlossenen Raum mit den wertvollen alten Büchern gehen. Hier studierte er Abend für Abend historische Schinken und wenn er dann die hundertste Gefängnisgeschichte entdeckt hatte, bekam Scarlett sie bestimmt am nächsten Tag zu hören.

In seinem Zimmer, das auch im Gebäude der ungeraden Zimmernummern lag, hatte Hanns einige Umbauten vorgenommen, die von seinen Zimmergenossen sehr geschätzt und von allen Nachbarn bewundert wurden: Beheizte Kleiderstangen, Leselampen mit magikalischem Dimmer und Vorhänge, die unangenehme Geräusche verschluckten, waren nur einige der Dinge, die Hanns mit einfachen Mitteln und viel Geschick installierte. Selbstverständlich legte er auch in dem einen oder anderen Nachbarzimmer Hand an, wenn er darum gebeten wurde.

All diese Gefälligkeiten waren Hanns nicht der Rede wert. Dass Scarlett überhaupt darüber Bescheid wusste, verdankte sie dem gesprächigen Gerald. Der wusste immer eine Geschichte über Hanns zu erzählen und Scarlett hörte sich Hanns' Heldentaten gerne an. Doch ganz gleich, ob Hanns ein Froschmädchen vor Frau Eckzahns Austrocknungszauber gerettet hatte oder in den Toiletten, die so oft verstopft waren, einen Gestank aufsaugenden Ventilator befestigt hatte, Scarlett fühlte nie so etwas wie stolze Bewunderung in sich aufsteigen. Hanns gehörte zu ihr, weil er schon immer ihr bester Freund gewesen war. Aber dass sie ihn toll gefunden hätte, dass ihr Herz schneller schlug, wenn sie ihn traf, oder dass sie nachts vorm Einschlafen zu viele Gedanken an ihn verschwendet hätte – das passierte nie. Gerald schien das zu wissen. Warum sonst hätte er ihr diese Geschichten erzählen sollen? Gerald war geradezu verdächtig uneifersüchtig. Er wusste, dass Scarlett mit Hanns genauso viel Zeit verbrachte wie mit ihm. Machte es ihm etwas aus? Nein! Manchmal fragte sich Scarlett, ob sie deswegen besorgt sein musste. Als sie jetzt mit Hanns zusammen im Trockenraum saß und Kekse aß, fragte sie sich das schon wieder. Sie war wohl geistig etwas abgeschweift, denn der plötzliche Eifer, mit dem ihr Hanns eine Frage stellte, schreckte sie auf und machte ihr klar, dass sie gar nicht wusste, wovon er sprach.

„Geht es dir nicht auch manchmal so?", fragte er bewegt.

Er deutete ihren überraschten Blick und ihr Schweigen als nachdenkliche Zustimmung. Vermutlich. Denn nun fuhr er fort, als hätte sie genickt und deutlich „Ja!" gesagt.

„Wir beide sind schon immer ganz anders gewesen als der Rest! Deswegen sind wir damals Freunde gewesen und sind es immer noch. Trotz der Jahre, in denen wir gar nichts voneinander gehört und gewusst haben."

Scarlett atmete beruhigt ein und aus. Sie hatte wieder den Anschluss gefunden.

„Ja, da ist was dran", sagte sie und fügte in Gedanken hinzu: Dass wir Freunde sind, merkt man auch daran, dass du gar nicht mehr stotterst, wenn du mit mir sprichst.

„Hast du dir nie überlegt, ob das Schicksal ist?", fragte Hanns. „Dass ausgerechnet wir beide uns als Kinder begegnet sind? Wahrscheinlich waren wir wie Magneten, die sich unbewusst angezogen haben. Unsere Kräfte ergänzen sich und zusammen sind wir besonders stark!"

Jetzt kam Scarlett nicht mehr mit. Was wollte er ihr eigentlich sagen?

„Du solltest wissen, wo du hingehörst, wenn es mal hart auf hart kommt!", erklärte er.

Scarlett ließ eingeschüchtert ihren Keks sinken, den sie in der Hand hielt. Denn Hanns hatte wieder diesen Blick. Er hatte ihn nur selten. Immer, wenn er etwas Wichtiges sagte, etwas, das ihn sehr bewegte, dann schien sich sein Blick zu verselbstständigen. Die grauen Augen sahen dann schärfer aus als sonst und sie taten etwas, das sich schwer beschreiben ließ. Sie griffen nach der Wirklichkeit. In diesem Fall griffen sie nach etwas, das sich unmittelbar unter Scarletts Nase befand. Es war ihr unheimlich, weil sie nicht verstand, was da vor sich ging.

„Wie meinst du das?", fragte sie. „Worauf willst du hinaus?"

„Wenn nun ... sagen wir mal, ein Erdbeben käme, das Sumpfloch verschluckt, und du müsstest in irgendeine Richtung davonrennen – kannst du dir das vorstellen?"

„Hm ... ja, vielleicht."

„Aber du musst dich entscheiden: Wenn du einmal losgerannt bist, kannst du nicht mehr umdrehen! Auf der einen Seite siehst du all diese Menschen, die so anders sind als du. Die nie begreifen werden, wie du wirklich bist. Auf der anderen Seite siehst du mich, deinen ältesten Freund, der genau weiß, was in dir steckt! Wohin würdest du rennen?"

Scarlett war es auf einmal viel zu heiß im Trockenraum mit den vielen Öfen. Ihr Gesicht glühte.

„Würdest du zu mir rennen?", fragte er. „Oder zu den anderen?"

„Es wird kein Erdbeben geben", sagte sie.

„Das ist doch nur ein Bild, Scarlett!"

„Schon verstanden. Aber was willst du? Mir Angst machen? Ich mag das nicht!"

Sie sagte es so ärgerlich, dass Hanns sofort aufhörte, sie anzustarren. Er guckte weg und sagte leise in Richtung der trocknenden Unterhosen:

„Verzeih mir, Scarlett, ich wollte dich nicht erschrecken!"

„Schon gut", sagte sie versöhnlich, obwohl es gar nicht gut war. Er hatte sie wirklich erschreckt mit seinen komischen Fragen und sie wurde den Eindruck nicht los, dass das alles mehr zu bedeuten hatte, als Hanns jetzt zugeben wollte.

„Ich wollte dich nicht so überrumpeln", sagte er. „Vielleicht brauchst du noch ein bisschen Zeit."

„Zeit wofür?"

„Um zu verstehen. Mich zu verstehen. Nimm es mir bitte nicht übel! Du bist doch die beste Freundin, die ich jemals hatte."

Scarlett nickte. Ja, natürlich. Sie waren Freunde und es gab keinen Grund, Hanns zu misstrauen. Was nichts daran änderte, dass sie ihm ihre wahren Gefühle vorenthielt: Denn wenn es tatsächlich ein Erdbeben gäbe und sie sähe eine Gruppe von Menschen, die aus Viego, Gerald, Thuna, Maria und Lisandra bestünde, dann würde sie zu diesen Menschen rennen und zu niemandem sonst. Hanns war unwichtig dagegen. Sie spürte es deutlich und wollte doch mit allen Mitteln verhindern, dass er das herausfand. Denn es tat ihr leid.

„Außerdem", sagte er, „bist du der einzige Mensch in meinem Alter, den ich bewundere! Die anderen lassen sich so leicht beeinflussen. Du nicht. Das habe ich schon immer an dir gemocht. In dieser Herde von Schafen bist du der einzige andere Wolf. Ein schöner, stolzer Wolf, den mir das Schicksal geschickt hat."

Am nächsten Tag wurde es schlagartig wärmer und das Tauwetter setzte ein.

Kapitel 9

Schneeschmelze

Thuna gab sich wirklich Mühe, die Gedanken ihrer Mitschüler nicht zu sehen. Aber wenn man im Geist anderer Wesen schwimmen kann und nicht aufpasst, dann kann es schon mal passieren, dass man seine Nase in Angelegenheiten steckt, die einen nichts angehen. So erging es Thuna mit Berry. Immer mal wieder rannte Thuna aus Versehen in Berrys Innenleben hinein und dann war es, als ob jemand einen kalten Eimer Wasser über ihr ausschüttete. Thuna zog sich dann schnell zurück, doch was sie sah, ließ sie vergessen, dass sie Berry grollte.

Denn Berry war unglücklich. In ihrem Inneren kämpfte Berry mit feindlichen Stürmen und klammen Fluten unguter Gefühle. Da gab es kaum eine Insel oder einen Ort der Geborgenheit, an dem sich Berry ausruhen konnte. Allenfalls einen nassen Stein oder Felsen, an den sie sich klammerte, um nicht unterzugehen. Anfangs dachte Thuna, Berry leide unter der Feindseligkeit ihrer ehemaligen Freundinnen. Aber mit der Zeit glaubte Thuna zu erkennen, dass das nur Nebensache war. Berry kämpfte einen ganz anderen aussichtslosen Kampf, der so anstrengend und ermüdend war, dass sie die Kälte ihrer Zimmergenossinnen kaum wahrnahm. Nachdem Thuna das einmal begriffen hatte, empfand sie Mitleid und das große Bedürfnis, Berry irgendwie zu helfen. Thuna konnte nicht zusehen, wenn andere Menschen litten, das war schon immer so gewesen. Daher passte sie einen Moment ab, als sie und Berry alleine an einem Tisch in der Bibliothek saßen, um Hausaufgaben zu machen, und sprach sie an.

„Was ist los mit dir, Berry? Ich dachte, deinen Eltern geht es wieder besser."

Berry sah überrascht von ihrem Heft auf.

„Ja, es geht auch besser", antwortete sie, starrte Thuna eine Weile an und guckte dann wieder auf die Zeilen, die sie gerade geschrieben hatte.

„Aber ..."

„Was aber?", fragte Berry drohend, ohne aufzusehen. „Thuna, ich weiß, du kannst in den Gedanken anderer Leute herumspionieren, aber ich rate dir, das bei mir nicht zu tun!"

„Ich spioniere nicht herum!", verteidigte sich Thuna. „Es kommt mir nur so vor, als ob du große Sorgen hättest und niemanden hast, mit dem du darüber reden kannst!"

Berry legte ihren Stift beiseite und faltete die Hände auf ihrem Heft. Dann hob sie den Kopf und ließ den Blick unauffällig über die Tische der Bibliothek schweifen. Es waren nicht viele Schüler da und sie saßen weit weg.

„Ja, Sorgen habe ich schon", sagte sie leise, fast flüsternd. „Aber ich kann nicht darüber reden."

„Warum nicht?", fragte Thuna, nun ebenfalls im Flüsterton.

„Weil ... weil ich es versprochen habe. Es handelt sich um persönliche Angelegenheiten meiner Eltern. Ich muss alleine damit zurechtkommen."

„Ich würde es nicht weitererzählen. Manchmal tut es gut, wenn einem jemand zuhört."

„Nein, das geht nicht", sagte Berry entschieden. „Aber danke, dass du gefragt hast. Ich weiß das zu schätzen."

Berry nahm ihren Stift wieder auf und schlug ein Buch auf, das neben ihr lag. Das Gespräch war beendet. Thuna widerstand der Versuchung, in Berrys Gedanken zu blinzeln. Sie riss sich los und schaute wieder in ihre eigenen Bücher. Dabei versuchte sie sich zu erinnern, wie es gewesen war, als sie im Gefängnis der Cruda gesessen hatte, verraten von Berry. Aber die Erinnerung war verblasst, während ihr Berrys Kummer sehr gegenwärtig war.

Es war ungewohnt, aber schön, dass neuerdings von morgens bis abends die Sonne schien. Es war warm, doch an Ausflüge ins Freie war immer noch nicht zu denken. Denn die Massen von Schnee wurden weich und nass und stürzten in Lawinen von Dächern, Türmen und Mauern. Am Boden bildeten sich riesige Pfützen, ganze Seen in Tälern aus Schneematsch. Jenseits der Mauern hörte man es rauschen, weil sich das Tauwasser seine Wege suchte, und die Kanäle zwischen den unterirdischen Unterrichtsräumen füllten sich bedenklich. Der Wasserpegel stieg höher und höher und es entwickelte sich eine Strömung, die die Lenkung der Boote erschwerte.

Der Himmel über der Festung war dunkelblau, tief und leuchtend. Er tauchte die Festung, den bösen Wald, das schmelzende Weiß der Schneemassen und die dampfenden, graugrünen Sümpfe in ein Licht, das alles schön aussehen ließ.

Vergessen war die Düsternis der Wintertage und das Bedürfnis nach heißem Blutpunsch. Gerald und Scarlett hatten aufgehört, ihn zu brauen. Jetzt, da die Tage heller wurden, stellten sie fest, dass ihre Freundschaft Bestand hatte. Es war kein Trugbild der Wintergeister gewesen, sondern ein standhaftes Pflänzchen, das sich anschickte, Blüten zu treiben. Nur so war es zu erklären, dass Scarlett aufhörte, mit ihrer inneren Stimme zu ringen und Berührungen auszuweichen. Sie genoss es, neben Gerald auf einer Treppe in der Sonne zu sitzen, seine Hand zu fassen und ihren Kopf auf seine Schulter zu legen. Diese Nähe durchspülte sie mit den angenehmsten Gefühlen. Manchmal schloss sie die Augen und konnte es kaum glauben: Sie war verliebt und der begehrteste Junge Sumpflochs war einfach da, ohne etwas zu verlangen oder zu erwarten. Nebenbei brachte er sie zum Lachen. Noch nie in ihrem Leben hatte Scarlett so viel zu lachen gehabt.

Lisandra ließ sich Zeit, bis sie ihren Freundinnen verriet, was es mit ihrem neuen Armband auf sich hatte. Eigentlich platzte sie vor Mitteilungsbedürfnis, doch sie fürchtete, dass Scarlett zu gründlich nachfragen könnte. An einem sonnigen Mittag im Hungersaal, bei einer Orgie aus graugrünem Kartoffelbrei, hielt sie es aber nicht mehr länger aus und brach ihr Schweigen.
„Ich hab es gefunden", erzählte Lisandra, als sie das Armband vor den Augen ihrer Freundinnen in die Höhe hielt, „in der Ruine, ihr wisst schon."
„Was wissen wir?", fragte Maria.
„Na, im baufälligen Turm, wo Geicko und ich uns immer treffen."
„Ach, komm", sagte Thuna, „du hast es doch bestimmt beim Kartenspielen gewonnen!"
„Ja", meinte Maria, während sie mit ihrer Gabel Berge und Täler aus Kartoffelbrei modellierte, „weil du mal wieder geschummelt hast."
Lisandra überlegte kurz, dann meinte sie:
„Klingt das wahrscheinlicher?"
Thuna und Maria nickten gleichzeitig.
„Okay, ich hab's gewonnen."
„Von wem?", fragte Scarlett.
„Sage ich nicht. Jetzt muss ich nur noch herausfinden, wie ich es benutzen kann. Es speichert nämlich magikalisches Fluidum!"

Das war eine tolle Neuigkeit. Maria und Thuna starrten das Armband an, mit Sehnsucht im Blick.

„Was könntest du damit anstellen?", fragte Maria.

„Keine Ahnung. Scarlett, was könnte ich damit anstellen?"

„Gib mal her!"

Lisandra gab ihren Schatz nur ungern aus der Hand, aber Erkenntnis verlangt bisweilen Opfer. Scarlett drehte den Reif in ihren Fingern, wog ihn in der Hand, hielt ihn unter ihre Nase, um daran zu riechen, und gab ihn Lisandra zurück.

„Interessant."

Lisandra bekam einen kleinen Schrecken, da sie fürchtete, Scarlett könne da etwas gerochen haben, was sie besser nicht hätte riechen sollte, doch die Sorge erwies sich als unbegründet.

„Da steckt mehr Zauberkraft drin, als ich dachte", erklärte Scarlett. „Und man sieht es dem Ding gar nicht an."

Die Auskunft erfreute Lisandra. Sie strahlte ihr Armband an und zog es wieder übers Handgelenk.

„Du musst dir gut überlegen, wie du es einsetzt", fuhr Scarlett fort. „Nach ein paar Zaubereien ist es leer, dann braucht es wieder einen Tag, um sich aufzuladen."

„Ja, aber was kann ich damit machen?"

„Deinen Kartoffelbrei umfärben, einen Löffel verbiegen, ein Licht flackern lassen, einen Gegenstand leicht verschieben, ohne ihn zu berühren. So was eben."

„Mehr nicht?"

„Na ja, den normalen Zauberkram eben. Das, was jeder kann."

„Außer uns", sagte Maria.

„Entschuldigung."

„Und wie mache ich das?", fragte Lisandra „Den Kartoffelbrei umfärben?"

„Das war nur ein Beispiel. Ich glaube nicht, dass du es hier versuchen solltest."

„Ich glaub was anderes. Also, wie geht es?"

Scarletts grüne Augen funkelten skeptisch. Doch dann lächelte sie und zuckte mit den Achseln.

„Na ja, was soll's, du blamierst dich ja, und nicht ich. Pass auf: Es hängt viel von deiner Vorstellung ab. Sieh dir alles rund um dich herum ganz genau an: den Tisch, das Besteck, deinen Teller, den Kartoffelbrei. Lausche auf die Stimmen und die anderen Geräusche. Und konzentriere dich auf den Geruch des Essens."

Lisandra verzog das Gesicht.

„Jawohl, ich rieche es!"

„Und nun stell dir vor, dass das alles nicht die Wirklichkeit ist, sondern nur ein Bild, das du in deinem Kopf herstellst. Als wäre die Wirklichkeit, die du gerade siehst, nur eine dieser Landkarten, die Herr Winter an die Wand wirft. Alles, was du siehst, spürst oder riechst, ist nicht wirklich da, sondern kommt eigentlich aus dir heraus – es ist dein Traum! Kannst du dir das vorstellen?"

„Ja, alles nur mein Traum", sagte Lisandra mit halb geschlossenen Augen.

„Gut. Nun änderst du etwas in diesem Traum. Nur eine Kleinigkeit, die Farbe des Kartoffelbreis. Stell ihn dir in der Farbe vor, die du haben möchtest. Ganz deutlich! Tust du das?"

Lisandra nickte angestrengt.

„Was jetzt?"

„Du lässt los und deine Vorstellung wird Wirklichkeit!"

Lisandra ließ los und öffnete die Augen. Was im gleichen Moment passierte, ließ die Mädchen überrascht aufschreien. Alle, bis auf Lisandra.

„Du hast dir den Kartoffelbrei tintenblau vorgestellt?", fragt Scarlett ungläubig.

„Warum hat sie den Kartoffelbrei verfehlt?", fragte Maria.

„Meine Güte, Lissi!", rief Thuna.

„Was ist denn los?", fragte Lisandra. „Es ist doch gar nichts passiert!"

„Oh je, sie weiß es nicht", sagte Maria und obwohl es ihr doch leid tat, musste sie grinsen.

Da war sie nicht die Einzige. Thuna fing leise an zu lachen und wurde dann immer lauter, Scarlett war der Spott ins Gesicht geschrieben und sogar Berry, die die ganze Zeit schweigend daneben gesessen hatte, musste jetzt ihr Gesicht verziehen und sehr an sich halten, um nicht laut loszulachen.

„Was ist?", fragte Lisandra.

Maria gluckste und stürzte sich dann eifrig auf ihre Tasche, um einen kleinen Spiegel hervorzukramen.

„Hier, Lissi", sagte sie, „aber schrei nicht!"

Lisandra gab sich alle Mühe, nicht zu schreien. Aber was sie sah, war mehr als schreienswert: Ihre Haare waren leuchtend blau, bis in die kleinste abstehende Locke hinein. Es sah grauenvoll aus, denn ihr sommersprossiges Gesicht wirkte dadurch weiß und ungesund, als hätte sie eine schwindsüchtige Form von Masern.

„Wie geht das wieder weg?!", fragte sie mit einem hysterischen Unterton in der Stimme.

„So, wie du die Farbe reingekriegt hast, kriegst du sie auch wieder raus", sagte Scarlett. „Schön ruhig werden, konzentrieren, dir deine Haare in der normalen Farbe vorstellen …"

„Hältst du das wirklich für eine gute Idee?", fragte Thuna. „Sie wird wieder das Ziel verfehlen!"

„Kann gut sein", sagte Scarlett. „Außerdem ist das eine ziemlich heftige Zauberei. Der Armreif wird leer sein und man müsste schon …"

„Scarlett!", unterbrach sie Lisandra leise zischend, denn mittlerweile hatten sich eine Menge Schüler nach Lisandras blauen Haaren umgesehen. Man hörte es kichern und tuscheln und Lisandra wäre am liebsten im Boden versunken. „Kannst du die Farbe ändern? Wenn ja, dann mach! Und zwar schnell!"

Scarlett betrachtete Lisandras blaues Haar und ihr sank der Mut. Hätte Lisandra ihre blauen Locken geliebt und die normale braune Haarfarbe gehasst, dann hätte Scarlett die Sache leicht regeln können. Denn bösartige Zaubereien waren für sie ein Kinderspiel. Nur gerade fiel ihr beim besten Willen nicht ein, was an Lisandras Rückverwandlung böse sein könnte und so lange sie keine Idee hatte, wie sich dieser Wunsch niederträchtig deuten ließe, konnte sie nichts machen.

„Tut mir leid, aber was du da angestellt hast, ist ein bisschen komplizierter. Mit normaler Zauberkraft kann man Dinge leicht ein bisschen umfärben, aber so eine Knallfarbe und dann auch noch an einem Lebewesen … Je länger ich mir das anschaue, desto aussichtsloser erscheint mir der Fall."

„Was soll das heißen?", fragte Lisandra, noch blasser werdend.

„Ich glaub, das ist höhere Magie."

„Nein, ist es nicht!"

Es tat Scarlett wirklich leid. Sie hätte Lisandra zu gerne geholfen. Das Ganze entwickelte sich allmählich zu einer Notsituation.

„Berry", sagte Scarlett und wandte sich an ihre Tischnachbarin mit der rosa Strickjacke, „kannst du was machen?"

Berry war sehr erstaunt über diese Anfrage. Nicht nur, dass Scarlett sie normalerweise wie Luft behandelte, nein, ihre Frage klang jetzt auch noch freundlich. Nicht kalt, nicht drohend, nicht verächtlich, sondern ... freundlich. Allerdings befürchtete Berry, dass Scarlett nicht bewusst war, wie schwerwiegend Lisandras Problem tatsächlich war.

„Du hast leider recht, Scarlett", sagte sie. „Diese Haarfarbe übersteigt auch meine Kräfte bei Weitem. Trotzdem wäre es besser, wenn wir *nicht* bei Estephaga Glazard anklopfen müssten."

Der entsetzte Aufschrei von Lisandra, als sie diesen Namen hörte, war nichts gegen das, was Scarlett verspürte, als Berry den Namen der Lehrerin für Heilkunde erwähnte. Scarlett wusste genau, was ihr Berry damit sagen wollte. Natürlich!

„Lass mich überlegen, Lissi", sagte Scarlett fieberhaft, „ich lass mir was einfallen. Iss ruhig weiter, wir tun so, als wäre es nur ein Spaß, ja?"

Diese Anweisung zu befolgen, fiel Lisandra reichlich schwer. Der Appetit auf den ohnehin nicht besonders schmackhaften Kartoffelbrei war ihr so was von vergangen ... Doch sie sah ein, dass Scarlett Ruhe zum Nachdenken brauchte, daher schob sie ihren Kartoffelbrei auf dem Teller hin und her und merkte, wie ihr die Tränen in die Augen stiegen. Es war so ungerecht: Sie konnte nicht zaubern, und wenn sie endlich doch mal Gelegenheit dazu hatte, ging es total schief!

In Scarletts Kopf ging es drunter und drüber: Viego Vandalez hatte sie gewarnt. Er hatte gesagt, ihre Kräfte würden täglich wachsen und sie müsse sie regelmäßig durch kleine, harmlose Zaubereien abbauen. Aber sie hatte es damit sehr locker genommen, vergaß es immer wieder, und nun hatte sie die Quittung dafür bekommen: Als Lisandra versucht hatte zu zaubern, war Scarlett ein unbewusster, böser Wunsch entwischt und hatte eine katastrophale Wirkung gehabt! Scarlett hatte Lisandra nicht quälen oder bloßstellen wollen, es war wahrscheinlich nur der Impuls gewesen, ihr einen kleinen Streich zu spielen. Doch was sie da angerichtet hatte, war ein für alle sichtbarer, starker Zauber, den normale Schüler nicht zustande brachten. Estephaga Glazard würde sofort nachforschen, was es damit auf sich hatte, wenn sie zu ihr gehen und sie um einen Gegenzauber bitten würden. Mit dem lächerlichen Armband ließ sich das Ganze nicht erklären. Scarlett musste unter allen Umständen vermeiden, dass jemand wie die Glazard ihre Nase in den Zauber steckte und ihn studierte. Wenn sie es täte, käme Scarlett ernsthaft in Gefahr. Berry hatte Scarlett vorsichtig darauf aufmerksam gemacht. Das war erstaunlich nett von Berry.

„Fortschritte?", fragte Lisandra, da Scarlett einen leisen Seufzer von sich gegeben hatte.

„Nein, aber ich arbeite dran!"

Ein böser Wunsch – Scarlett brauchte unbedingt einen bösen Wunsch, der Lisandras Haare in den Originalzustand zurückversetzte!

„Sag mal, Lissi", sagte nun Berry, „bist du nicht wenigstens ein bisschen stolz drauf, dass du gleich beim ersten Versuch so ein mächtiges Ding hinbekommen hast? Das schafft nicht jeder!"

Lisandra wunderte sich über diese Frage. Aber wenn sie es mal so betrachtete (und den Umstand verdrängte, dass sie blaue Haare hatte und jeder im Hungersaal darüber lachte), dann war sie tatsächlich stolz darauf, dass sie gezaubert hatte. Richtig gezaubert!

„Doch", sagte Lisandra, „das ist mal was Neues, dass ich mich durch Zauberei in Schwierigkeiten bringe!"

Berry wandte sich ihrer Tischnachbarin Scarlett zu und sagte: „Siehst du, sie ist stolz auf sich ..."

Scarlett verstand sofort. Wenn Lisandra stolz auf ihre blauen Haare war und Scarlett ihr die Haarfarbe bösartig wieder wegnehmen konnte, dann war das die Rettung!

„Bilde dir bloß nicht zu viel darauf ein!", sagte Scarlett in einem wenig netten Ton und entwendete das Zauberblau so plötzlich aus Lisandras Haaren, dass man glaubte, einer Sinnestäuschung erlegen zu sein. Waren die Haare jemals blau gewesen? Unvorstellbar!

„Alle Achtung!", rief Berry.

Thuna und Maria starrten Lisandra an und fingen dann gleichzeitig an zu lachen.

„Was ist?", fragte Lisandra. „Sind sie jetzt grün?"

„Nein, nein!", sagte Thuna. „Aber dein Gesicht solltest du sehen!"

Sofort schaute Lisandra in Marias kleinen Taschenspiegel. Als sie ihre störrische Lockenpracht in der ganz normalen braunen Farbe erblickte, fing sie an zu strahlen.

„Oh Mann", sagte sie, „was bin ich froh!"

Das war Scarlett auch. Sie schwor sich, Viegos Ratschläge in Zukunft gewissenhafter zu beherzigen, zumindest einige davon. Und dann war da noch etwas, das sich nicht mehr aus der Welt schaffen ließ. Das verhasste Mädchen mit den langen, blonden Haaren und der rosa Strickjacke hatte Scarlett aus der Patsche geholfen. Es widerstrebte Scarlett, aber sie musste es einsehen: Berry hatte was gut bei ihr.

Lisandra war kein Mädchen, das sich leicht einschüchtern ließ. Wann immer es der Ladezustand ihres Armreifs zuließ, trainierte sie mit Geicko das Zaubern. Bald gelang es ihr, einen Kerzenständer so zum Wackeln zu bringen, dass er umkippte, oder einen Luftzug zu erzeugen, den Geicko im Gesicht spüren konnte. Die Erkenntnis, dass Zaubertalent nur eine Frage der Ausstattung war, erfüllte sie mit Eifer und Begeisterung.

„Dieser Armreif ist nur der Anfang!", erklärte sie ihrem Verbündeten Geicko. „Eines Tages werde ich mir eine ganze Garderobe aus Zaubereitechnik zulegen. Das Beste vom Besten und ich werde so lange üben, bis ich eine Meisterin auf diesem Gebiet bin und es mit jedem echten Zauberer aufnehmen kann!"

„Da wärst du nicht die Erste", stellte Geicko unbeeindruckt fest. „General Kreutz-Fortmann war bekannt dafür, dass er nur mit Instrumenten gezaubert hat. Der war ein Genie! Hat aber auch schon als kleines Kind mit dem Training angefangen. Da kommst du nie dran!"

„Sag das nicht!"

„Abgesehen davon – wie willst du dir so eine Ausstattung zulegen? Dazu muss man steinreich sein!"

„Werde ich. Vergiss nicht, ich kann mich in einen Vogel verwandeln. Das muss doch zu irgendwas gut sein? Damit hab ich jedem gewöhnlichen Kriminellen was voraus. Ich überfalle Goldtransporte oder schmuggle mich in Tresorburgen ein."

„Oder klaust heilige Riesenzähne aus Museen."

„Ja, den Wunderzahn hätte ich auch gerne. Ich würde zu gerne wissen, wo er jetzt ist und wie er aussieht!"

„Die Spur führt nach Finsterpfahl, haben sie in den Nachrichten gesagt."

Sie schwiegen und betrachteten den kleinen, reißenden Strom, der ihren baufälligen Turm neuerdings vom Rest der Festung trennte. Wenn das Wasser weiter so stieg, mussten sie wieder auf einen anderen Treffpunkt ausweichen.

„Gerald wollte doch bald mit der Wahrheit rausrücken", sagte Geicko. „Hat er das schon getan?"

„Nein. Meinst du, ich sollte ihm noch ein Schweigegeschenk aus den Rippen leiern?"

„Bloß nicht! In deiner Haut will ich nicht stecken, wenn Scarlett das rausfindet."

„Warum?"

„Wer weiß, was sie mit dir macht, wenn sie richtig wütend ist."

„Wieso?"

„Jeder sagt, dass sie gefährlich aussieht. Man sollte sie nicht unnötig ärgern."

„Ach was, Scarlett ist ganz lieb."

Über so eine Aussage konnte sich Geicko nur wundern. Um mal ein richtiger Schurke zu werden, so einer wie General Kreutz-Fortmann, war Lisandra eindeutig zu gutgläubig.

Das Hochwasser sorgte bei Hanns für schlechte Laune. Scarlett hatte ihn noch nie so wortkarg und missmutig erlebt wie in diesen sonnigen Tagen. Es lag wohl daran, dass er im Hinterzimmer der Bibliothek, wo er so gerne die alten, wertvollen Schinken studierte, auf etwas gestoßen war, das er unbedingt erforschen wollte: Angeblich gab es unter der Festung eine geheime Grotte, die noch aus der Zeit stammte, als die Feen im Wald gelebt hatten. Damals gab es einen blau leuchtenden See in der unterirdischen Höhle, der von warmen Quellen gespeist wurde, und die Feen nahmen darin heilige Bäder. Das Licht verschwand mit den Feen und die Grotte mitsamt ihren geheimen Zugängen geriet mehr und mehr in Vergessenheit. Man nannte die Grotte später das „Feenmaul", da sich Tropfstein in ihr gebildet hatte, was sie wie einen großen Rachen aussehen ließ. Heute war die Grotte vermutlich schwarz und das Wasser brackig, doch Hanns wollte sie unbedingt suchen und finden.

Scarlett war dankbar, dass ihn das Hochwasser daran hinderte. Sie vermutete, dass sie längst wusste, wo das Feenmaul war. Bestimmt handelte es sich um die Höhle, in der sie im Winter mit Gerald gewesen war. Er hatte ihr nie erzählt, dass die Höhle „Feenmaul" hieß, aber da die Grotte schwer zugänglich war und man einen unterirdischen Wasserfall durchqueren musste, um dorthin zu gelangen, musste es der fragliche Ort sein. Wenn nicht, war es auch gut. Scarlett hatte nur keine Lust, mit Hanns danach zu suchen.

„Dieses viele Wasser macht mich krank!", erklärte Hanns, als sie durch die Festung wanderten und andauernd Pfützen ausweichen mussten, die sich auf dem Boden gebildet hatten. „Die feuchte Luft verstopft mir die Brust! Und ich hab ständig nasse Füße."

Er klang tatsächlich verschnupft und heiser. Aber das mochte auch daran liegen, dass er sich in der eiskalten Zeit zu oft im Freien herumgetrieben hatte.

„Das geht auch noch vorbei und dann kommt der Frühling", sagte Scarlett. „Außerdem haben wir gute Chancen, dass ab morgen die Schule ausfällt. Krotan Westbarsch hat uns heute ausrechnen lassen, wie hoch das Wasser noch steigen wird, und das Ergebnis war, dass es heute ab Mitternacht die Unterrichtsräume überschwemmen wird."

„Na, toll." Hanns machte einen Bogen, da es von der Decke tropfte, und rempelte eine Rüstung an, die in der Ecke stand. „So ein alter Kasten ist ja eine Weile ganz unterhaltsam, aber wenn ich hier mein Leben verbringen müsste, würde ich Zustände kriegen."

„Die nächsten vier, fünf Jahre wirst du es schon noch hier aushalten müssen", sagte Scarlett. „Oder glaubst du, deine geldgierige Verwandte holt dich irgendwann in die Stadt zurück?"

Er antwortete nicht darauf, wie so oft, wenn ihm eine Frage nicht passte. Doch seine Laune besserte sich schlagartig, als sie die Fensterfront erreichten, die zu Sumpflochs Garten hinauszeigte. Zwar stand einem hier das Wasser bis zu den Knöcheln, doch man konnte die Gefräßigen Rosen sehen, die aus Resten von Schnee hervorschauten und schon dicke Knospen hatten. Der ganze Garten funkelte im Licht der Sonne und ein Busch, der nah am Fenster stand, hatte bereits kleine grüne Blätter.

„Das ist ja großartig!", rief Hanns und schien das Wasser vergessen zu haben, in dem er stand. „Komm, lass uns rausgehen, und nachsehen, ob der Teich noch zugefroren ist!"

Scarlett traute ihren Ohren nicht. Der ganze Garten bestand aus aufgeweichter Erde und Schneematsch. Um zum Teich mit den berühmten fluoreszierenden Seerosenblättern zu kommen, musste man durch Senken waten, in denen das Wasser knietief stand. Und fluoreszieren würde gerade überhaupt nichts, man konnte doch von der Bibliothek aus sehen, dass die Blätter der Seerosen braun und teilweise noch vereist waren.

„Das bringt doch nichts", sagte sie, doch Hanns hatte schon die Glastür mit den gesprungenen Scheiben geöffnet und trat beherzt hinaus in ein tiefes, braunes Wasserloch.

„Ah, frische Luft!", rief er und stapfte voran.

Scarlett tröstete sich damit, dass er wieder gute Laune hatte, und versuchte, das erste Wasserloch trockenen Fußes zu umrunden, was unmöglich war. Als der Teich in Sichtweite kam, war sie nass gespritzt bis zu den Oberschenkeln und ihre Füße fühlten sich an wie Eiswürfel in kalter Limonade. Dafür musste sie zugeben, dass der Garten märchenhaft funkelte. Das Licht leuchtete in all den Tropfen an Ästen und Zweigen, die letzten Schneereste glitzerten und die Luft war kalt, rein und blau. Scarlett sah über sich in den Himmel und konnte gar nicht glauben, wie tief und endlos der war.

Hanns war schon am Teich und kniete an dessen Rand nieder, was ihn vollends nass machte. Aus einer Brusttasche unter seinem Mantel holte er eine Art Reagenzglas hervor. Es war geformt wie eine magikalische Glühbirne und war mit einem Pfropfen verschlossen. Hanns nahm den Pfropfen ab und tunkte das Reagenzglas ins Wasser, wobei er sich gefährlich weit vorbeugte. Fast sein ganzer Arm verschwand im schwarzen Wasser des Teichs.

„Was machst du da?", fragte Scarlett.

„Eine Wasserprobe nehmen", antwortete Hanns und richtete sich wieder auf, das gefüllte Glas in der Hand. Zufrieden stöpselte er das Glas zu und ließ es wieder unter seinem Mantel verschwinden.

„Wozu?"

„Hast du dich nie gefragt, warum das Wasser in diesem Teich kalt ist, obwohl die Sümpfe rundherum eher warm sind?"

„Nein."

„Siehst du, mich interessiert so etwas."

„Hm."

„Außerdem will ich dieses Wasser mit dem Wasser im Feenmaul vergleichen, wenn ich das Feenmaul mal gefunden habe. Um herauszufinden, ob beide Gewässer miteinander verbunden sind."

„Und wenn sie verbunden sind? Was ist dann?"

„Dann weiß ich es", sagte er. „Das ist doch spannend, Scarlett! Bist du noch nie auf die Idee gekommen, dass das fluoreszierende Leuchten der Seerosenblätter vielleicht eine magikalische Ursache haben könnte? Eine, die aus alter Zeit stammt, womöglich aus der Zeit vor den Feenkriegen, als das Feenmaul noch blau geleuchtet hat?"

„Nein", sagte Scarlett. „Bin ich nicht."

Er schüttelte den Kopf.

„Typisch. Für dich zählt immer nur das Hier und Jetzt. Aber das mag ich ja auch an dir. Es macht dich so lebendig!"

Bevor Scarlett verlegen werden konnte, wie so oft in letzter Zeit, wenn Hanns meinte, er müsste seine Zuneigung zum Ausdruck bringen, marschierte er schon weiter in den hinteren Teil des Gartens. Er wusste genau, wo im Sommer die Erdbeeren wuchsen, die man bevorzugt für Liebestränke benutzte, und wo der Phönixbaum stand, der sich in jedem Herbst selbst verbrannte und im Frühling wieder ausschlug. Er suchte in den verkohlten Überresten nach dem ersten Sprössling, fand aber keinen. Dafür machte er sich die Finger ganz schwarz und als er sich das nächste Mal nachdenklich am Kinn kratzte, sah es aus, als hätte er da einen Bart. Scarlett wollte ihn darauf aufmerksam machen, kam aber nicht dazu, denn Hanns schaute in die Ferne und erklärte fast triumphierend:

„Ah, sieh mal einer an!"

Scarlett folgte seinem Blick und dann sah sie es auch. Da stand jemand am äußersten Rand des Gartens, dort wo der Zaun war, der den Garten von der Wildnis und dem bösen Wald trennte. Der Jemand starrte in die Höhe, in einen Baum hinauf, und dieser Jemand sah sehr nach Gerald aus.

„Interessant", sagte Hanns und es klang irgendwie ungut, wie er das sagte.

„Was ist interessant?", fragte Scarlett.

„Dass Gerald Winter mit einer Giftnasenfledermaus redet."

„Tut er das?"

Scarlett versuchte, es genauer zu erkennen. Es sah wirklich so aus, als ob da was im Baum hing, aber ob es eine Fledermaus war …

„Sie hat eine rote Nase, eine giftige Nase, wie der Name schon sagt", erklärte Hanns. „Giftnasenfledermäuse sind sehr intelligent und wie viele vernunftbegabte Fledermausarten besonders beliebt, wenn es darum geht, geheime Nachrichten auszutauschen oder jemanden auszuschnüffeln. Denn sie können auch im Dunkeln spionieren, verirren sich nie und sind in der Lage, sich durch eine Vielzahl von Lauten deutlich auszudrücken."

„Du meinst, Gerald gibt gerade geheime Nachrichten weiter?", fragte Scarlett und spürte, wie ihr das Herz schwer wurde. Als hätte es sich kurzzeitig in einen Stein verwandelt.

„Ja, und zwar an die Regierung. Die Regierung hat ein eigenes Giftnasenfledermaus-Programm."

„Woher willst du das wissen?"

„So was steht in der Zeitung, du Ahnungslose", sagte Hanns und lachte sie aus. „Das ist kein Geheimnis. Schließlich geben sie unsere Steuern dafür aus."

Scarlett kam sich gerade sehr dumm vor. In jeder Hinsicht. Gerald beendete unterdessen seine Unterhaltung. Das schwarze Ding, das zwischen den Ästen gehangen hatte, flatterte fort, und Gerald schlenderte mit den Händen in den Taschen durch das Tal der beseelten Bäume (das im Moment eher aussah wie das Tal der toten Bäume, denn die Baumgerippe waren kahl und was davon beseelt war, lag immer noch im Winterschlaf). Auch Geralds Hose war nass bis über die Knie, Scarlett sah es, als er näherkam. Aber was juckte es Gerald? Es war bekannt, dass Herr Winter einen eigenen Dienstboten mitgebracht hatte, der für Vater und Sohn die Wäsche wusch und bügelte. Auch besaß Gerald im Gegensatz zu den meisten Schülern mehr als zwei Hosen, konnte also wechseln, sooft er wollte.

Nun hatte Gerald sie auch entdeckt. Er sah nicht ertappt oder in irgendeiner Weise beunruhigt aus, er lachte nur in der leicht spöttischen Weise, mit der er Scarlett aufzuziehen pflegte, sobald sie über ihren ungewöhnlichen Kindheitsfreund sprach. Kaum war er in Hörweite, rief er:

„Hallo Scarlett, hallo Hanns!", ohne die Hände aus den Taschen zu nehmen.

„Hallo Ge-gerald", erwiderte Hanns.

Scarlett grüßte nicht. Sie warf Gerald nur einen kritischen Blick zu, den er wie üblich nicht ernst nahm.

„Falls ihr euch den Anblick ersparen wollt", sagte er noch, als er schon fast an ihnen vorübergegangen war, „dahinten liegt ein toter, halb aufgefressener Fuchs. Der arme Kerl muss einem Faulhund in die Quere gekommen sein."

Gerald ging weiter, zurück zur Festung, doch Hanns blieb stehen und schaute in die Richtung, in die Gerald gezeigt hatte. Ihn schien der Gedanke an einen halb aufgefressenen Fuchs zu beunruhigen.

„Vielleicht hat er recht", murmelte Hanns. „Das sollten wir uns schenken."

Und dann machte er sich auf einmal Sorgen, dass Scarlett zu nass geworden sein könnte und sich erkältete.

„Guck mal, die Sonne verschwindet schon hinter den Bäumen", sagte er, „wir sollten lieber wieder ins Haus gehen."

Scarlett hatte nichts dagegen. Als sie wieder durch die Glastür mit den zersprungenen Scheiben ins Innere traten, wollte Hanns unbedingt in die Küche, um sich dort eine Kanne Pfefferminztee zu holen.

„Ich glaube, es wird eine richtige Erkältung", sagte er und hüstelte. „Ich brauch was Heißes. Kommst du mit?"

Scarlett nahm an, dass Hanns nur fragte, um höflich zu sein. Außerdem wollte sie sowieso lieber in ihr Zimmer gehen, um sich was Trockenes anzuziehen. Sie schüttelte den Kopf, wünschte ihm gute Besserung und trat gedankenverloren den Weg durch die Pfützen-Flure in Richtung Trophäensaal ein.

Sie konnte und wollte sich einfach nicht vorstellen, dass Gerald für die Regierung in Sumpfloch herumschnüffelte. Es würde natürlich vieles erklären – vor allem seine große Vorliebe für Scarlett, seine nicht vorhandene Eifersucht und sein mitfühlendes Interesse für ihre Freundinnen. Da er im letzten Jahr mitbekommen hatte, dass sie entführt worden waren (und maßgeblich an ihrer Befreiung beteiligt gewesen war), erkundigte er sich immer wieder danach, wie es ihnen ging und was sie so trieben. Sie dachte, er fragte, weil er Scarletts Freundinnen mochte. Aber womöglich fragte er, weil er etwas herausfinden wollte. Sie hatte ihm neulich erzählt, dass Lisandra mithilfe eines alten Armreifs Zaubern lernte. Das hatte ihn ungeheuer interessiert.

„Woher hat sie ihn denn?", hatte er gefragt. „Den Armreif?"

„Beim Spielen gewonnen."

„Ah", hatte er gesagt. „So kann man es natürlich auch nennen."

„Wieso? Wie meinst du das?"

„Ach, mir ist nur zu Ohren gekommen, dass Lisandra ungern verliert und deswegen dafür sorgt, dass sie es nicht tut."

„Ja, sie mogelt, was das Zeug hält. Wir spielen schon lange nicht mehr mit ihr."

Wenn Scarlett nun so darüber nachdachte, wurde ihr klar, dass Gerald eine Menge wusste. Viel zu viel. Er wusste auch über die meisten anderen Schüler in der Festung Bescheid. Zu jedem konnte er ihr eine Geschichte erzählen. All das sah im Licht der Fledermaus-Unterhaltung, die Scarlett mit angesehen hatte, nicht gut aus. Gar nicht gut. Sie musste mit ihm darüber reden. Aber vermutlich war es wenig sinnvoll, einen Spitzel nach der Wahrheit zu fragen. Noch dazu einen Spitzel, der ihr nicht gleichgültig war.

Als Scarlett ins Zimmer 773 trat, dämmerte es schon, und ihre Freundinnen Lisandra, Thuna und Maria saßen auf ihren Betten und redeten. Das heißt, sie schwiegen und schauten neugierig zur Tür, als Scarlett eintrat, und als sie sahen, dass es Scarlett war, redeten sie weiter. Es ging um Bilder und Dinge, die Maria Tag für Tag in ihrem Kopf entdeckte, insbesondere wenn sie geistige Affen in Uniform losschickte, um ihr Bücher und Ähnliches zu bringen.

„Wir dachten, du wärst die rosa Strickjacke", sagte Lisandra zu Scarlett.

Die rosa Strickjacke, so wurde Berry inzwischen genannt. Wenn eins der Mädchen raunte: „Rosa Strickjacke", dann bedeutete das: „Pssst, Feind im Anmarsch!"

„Manchmal denke ich, ich bin verrückt", sagte Maria zu Thuna. „Das Zeug in meinem Kopf ergibt keinen Sinn!"

„Es gibt bestimmt einen Sinn", sagte Thuna. „Wir müssen nur den Schlüssel dafür finden. So wie bei einem verschlüsselten Text. Der klingt auch verrückt, wenn man ihn normal liest, aber es gibt irgendeine Formel, die man anwenden kann, und dann enthüllt er seine wahre Bedeutung."

Scarlett legte sich auf ihr Bett und fühlte sich niedergeschlagen. Ihre Gedanken kreisten um Gerald, aber auch um Hanns, der sie womöglich lieber mochte als sie ihn. Sie hatte keine Ahnung, wie sie ihm das verständlich machen könnte, ohne ihn zu verletzen.

Lisandra sprach gerade mal wieder über ihr Armband (sie war besessen davon) und Thuna gab zu, dass sie so etwas auch gerne hätte. Maria kramte in ihrem Schrankfach nach Stift und Papier, um den schätzungsweise hundertsten Brief nach Hause zu schreiben.

„Aber Thuna, hast du nicht mal gesagt, du hättest die Feenbegabung?", sagte Maria. „Du kannst unter Wasser atmen, in den Gedanken anderer Menschen schwimmen und mit dem Licht der Gestirne zaubern. Wahrscheinlich ist das Licht der Gestirne für dich so was wie für Lisandra das Armband. Wo hab ich denn bloß schon wieder meinen Füller? Vorhin war er doch noch da!"

„Ja, aber dann hast du einen Käfer draufkrabbeln lassen und ihn mit dem Füller draußen auf der Fensterbank geparkt", sagte Lisandra. „Weißt du nicht mehr?"

„Ach ja, richtig!"

Maria ging zum Fenster, öffnete es und holte ihren Füller von der Fensterbank. Der Käfer saß daneben und hatte zu leuchten angefangen. Er sah aus wie ein glühendes Stück Kohle. Maria betrachtete ihn eine Weile, bis Lisandra rief, dass es kalt werde, und dann machte sie das Fenster wieder zu.

„Was ist eigentlich mit dir los, Scarlett?", fragte Lisandra. „Haben dich deine Verehrer geärgert?"

Scarletts Freundinnen lachten, doch als sie merkten, dass sie nicht mitlachte, wurde ihnen klar, dass Lisandra ins Schwarze getroffen hatte.

„Was wisst ihr über Giftnasenfledermäuse?", fragte Scarlett.

„Wir haben mal eine im Garten gesehen", antwortete Thuna. „Erinnerst du dich? Es war Nacht und sie hat mich gewarnt."

Jetzt, da Thuna es erwähnte, griff sich Scarlett an den Kopf.

„Wie konnte ich das vergessen! Klar, da war eine Giftnasenfledermaus. Ich konnte sogar fast alles verstehen, was sie gesagt hat. Aber ihr Gerede war ziemlich wirr, an mehr kann ich mich nicht erinnern."

„Ich weiß es noch genau", sagte Thuna. „Sie wollte, dass ich niemandem erzähle, was ich über mich herausgefunden habe. Sie sagte, ich soll bei Gefahr in den Wald laufen und dass sie zurück zu ihrem Herrn muss, einem Ritter namens Fangold oder so ähnlich. Du hattest den Namen nicht so genau verstanden."

„Stimmt."

„War das der Ritter, der uns sein Heer zur Rettung geschickt hat?", fragte Maria. „Mit den riesigen Fledermaus-Seglern?"

„Der hieß Gangwolf, aber es wird wohl derselbe gewesen sein", sagte Thuna.

„Verstehe", sagte Scarlett. „Dann habe ich also heute gesehen, wie Gerald Kontakt zu diesem Ritter Gangwolf aufnimmt."

Lisandra gab einen komischen Pruster von sich. Es war ein Mittelding aus Hüsteln und Aufstoßen, so versuchte sie es wenigstens aussehen zu lassen.

„Das ist kein Wunder", sagte Maria. „Wir wissen doch, dass Herr Winter und sein Sohn und auch Viego Vandalez mit dem Ritter zusammenarbeiten. Ich erinnere mich noch, wie Gerald gesagt hat, wir würden uns mit dem Heer seines Vaters treffen – und Herr Winter war dann tatsächlich an Bord des Fledermaus-Seglers!"

Lisandra hustete stärker und hielt sich dann die Faust vor den Mund, um den Hustenreiz zu unterdrücken.

„Das beruhigt mich einigermaßen", sagte Scarlett. „Hanns hat behauptet, diese Giftnasenfledermäuse arbeiten für die Regierung und Gerald wäre ein Regierungsschnüffler. Was ist eigentlich los, Lisandra? Du heulst ja – oder warum tränen deine Augen so?"

„Ich kann's nicht", sagte Lisandra, „ich kann's einfach nicht!"

Zum Erstaunen aller fing Lisandra nun wie eine Verrückte zu lachen an.

„Was kannst du nicht?", fragte Scarlett scharf.

Lisandra wischte sich die Tränen aus den Augen und holte tief Luft.

„Er hat doch nur mit seinem Papa geplaudert!", erklärte sie japsend. „Dieser Ritter, dieser Gangoldsonstwas, das ist Geralds Vater! Herr Winter ist nur der Privatlehrer!"

„Wie bitte?", fragte Scarlett.

„Sie sind unglaublich reich, der tolle Weiße Lindwurm gehört ihnen auch!"

„Das verstehe ich nicht", sagte Maria. „Warum gibt sich Gerald als Herr Winters Sohn aus?"

„Weil der Ritter offiziell gar keinen Sohn hat! Er kommt nämlich aus einer anderen Welt, das darf aber keiner wissen. Gerald hat sich geweigert, mir das genauer zu erklären, aber Gerald ist wie wir! Er kann kein bisschen zaubern, er macht das alles mit Instrumenten, die wie Uhren und so was aussehen. Sein Vater hat ihn versteckt, seit er ihn aus seiner eigenen Welt geholt hat. Deswegen gibt er sich als Herr Winters Sohn aus! Das machen sie schon so, seit er ein kleines Kind ist. Aber ich darf das eigentlich gar nicht erzählen, ich hab's ihm versprochen!"

Scarlett fehlten die Worte. Vor ihrem inneren Auge verwandelte sich Gerald in den Sohn eines Ritters, einen Jungen aus einer anderen Welt, einen Zauberer ohne Zauberkraft und vor allem: in jemanden, der ihr nicht die Wahrheit gesagt hatte!

„Hat er denn auch eine geheime Gabe?", fragte Thuna. „So wie wir?"

„Ja, aber eine blöde, sagt er."

„Pssst", flüsterte Maria. „Rosa Strickjacke!"

Alle schwiegen wie auf Kommando und hörten es dann auch: Auf dem Gang näherten sich Schritte. Es waren auch Stimmen zu hören. Führte Berry Selbstgespräche? Als die Tür dann schließlich aufging, staunten sie um die Wette: Da war Berry, aber sie hatte ein merkwürdiges Geschöpf bei sich, das ihr fast bis zur Hüfte reichte. Es war klatschnass, sein sonst so flauschiges, weißes Fell war braun vor Dreck und hing in verfilzten, putzlappenartigen Büscheln an ihm hinab. Bevor Maria die Hände über dem Kopf zusammenschlagen konnte und ihre Besorgnis über den jämmerlichen Zustand ihres ehemaligen Stoffhasen zum Ausdruck bringen konnte, kam Rackiné ins Zimmer geschwankt und ließ sich nass und dreckig, wie er war, auf Marias Bett fallen. Sie konnte gerade noch zur Seite springen, sonst hätte er sich auf sie plumpsen lassen.

„Aaaah!", rief er. „Es geht doch nichts über ein sauberes, weiches Bett!"

Kaum hatte er's gesagt, schloss er die Augen und schlief ein.

Sein rasselndes Schnarchen war schlimmer als jeder nächtliche Aufschrei des Strohpüppchens Kunibert. Als die Mädchen vom Abendessen zurückkamen und der Hase immer noch schnarchte, sahen sie sich gezwungen, ihn an Armen und Beinen zu packen (er war viel schwerer geworden in den wenigen Wochen) und in den Gang hinauszutragen. Dort legten sie ihn auf eine Decke und deckten ihn mit einer zweiten zu. Rackiné wachte nicht auf, während sie ihn trugen, er warf sich nur einmal hin und her, grunzte dabei leise, und schlummerte dann wieder ein, vor sich hin rasselnd und in einen Traum versunken, der sein Hasennäschen schnuppern und zittern ließ. Einmal öffnete er den Mund und schmatzte vor sich hin. Mit gemischten Gefühlen streichelte ihm Maria zur Gute Nacht über den schmutzigen Kopf und ging dann selbst schlafen.

Kapitel 10

Die Geschichte von Viego und Geraldine

Es kam so, wie es Krotan Westbarsch hatte ausrechnen lassen: Das Wasser stieg in der Nacht über den Rand der Kanäle und überschwemmte die Unterrichtsräume. Im Hungersaal wurden provisorische Schulräume eingerichtet, damit die höheren Klassen, die sich auf landesweite Prüfungen vorbereiten mussten, trotzdem unterrichtet werden konnten. Die ersten drei Jahrgänge waren vom Unterricht befreit, hatten aber einen Extraberg Hausaufgaben bekommen, den sie während der Überschwemmung abzuarbeiten hatten.

„Die Bibliothek ist ja zum Glück trocken", hatte Estephaga Glazard erklärt und ihr Tonfall war genauso trocken wie die Bibliothek. „Also setzt euch auf den Hosenboden! Wer faulenzt, bekommt einen Vermerk."

Man brauchte 13 Vermerke in einem Halbjahr, um von der Schule zu fliegen. Es war abzusehen, dass die meisten Schüler es darauf würden ankommen lassen. Wenn die Vermerke überhaupt zu etwas gut waren, dann dazu, die Schüler das Rechnen zu lehren: Wie viele Vermerke kann ich mir bis zu den Ferien noch leisten?

Während Estephagas Ankündigung und dem anschließenden Frühstück saß Scarlett wie auf Kohlen. Sie musste unbedingt mit Gerald sprechen. Lisandras Enthüllungen hatten ihr den Schlaf geraubt (von dem schnarchenden Stoffhasen ganz zu schweigen), sie war müde und schrecklich aufgeregt zugleich. Wenn sie Gerald nach dem Frühstück nicht zu fassen bekam und er nicht auf der Stelle bereit war, ihr die ganze Wahrheit zu sagen, würde sie so einen Wutanfall bekommen, dass von einem kontrollierten Abbau ihrer bösen Kräfte nicht mehr die Rede sein konnte. Wahrscheinlich würde der Hungersaal einstürzen und alle Schüler unter sich begraben.

„Ich weiß gar nicht, was mit ihm los ist!", jammerte Maria. „Er benimmt sich so ... so rüpelhaft!"

Thuna zog die Augenbrauen hoch.

„Das ist ganz schön vornehm ausgedrückt für einen Hasen, der in die Ecke spuckt, einen schlechten Mundgeruch hat, sich genüsslich zwischen den Beinen kratzt und sofort zu motzen anfängt, wenn du sagst, dass du ihn nicht aufs Klo mitnehmen kannst."

„Seine gute Kinderstube hat gelitten", stellte Lisandra fest. „Vielleicht solltest du mal ein Wörtchen mit seinem Freund, dem Unhold, reden."

„Der Unhold war immer schüchtern und zurückhaltend", sagte Maria. „Von dem hat man nie was mitbekommen. Der kann sich doch nicht so geändert haben?"

Berry konnte nicht schweigend zuhören. Sie hatte den Hasen gestern in der Festung dabei entdeckt, wie er den Inhalt einer Kleidertruhe auseinandernahm und verschiedene Kleidungsstücke anprobiert hatte. Röcke und Schürzen wohlgemerkt! Sie war so empört gewesen, dass sie den Hasen an einem seiner Ohren gepackt und ihm eine Standpauke gehalten hatte. Nämlich dass Maria vor Sorge verging, während er hier in der Festung Blödsinn anstellte.

‚Mit dir rede ich doch gar nicht!', hatte der Hase patzig erklärt.

‚Gut, dann rede mit Maria', hatte sie erwidert und ihn mit sich geschleift, bis er bereit war, alleine mitzugehen, wenn sie nur endlich sein Ohr losließ.

„Dieser Hase benimmt sich wie mein Cousin", sagte Berry nun beim Frühstück im Hungersaal. „Wenn mein Cousin mal wieder den größten Mist gebaut hat, sagt meine Tante: Er ist eben in der Pubertät."

Lisandra pfiff durch die Zähne.

„Ja, klar, das ist es!", rief sie. „Der Hase wird erwachsen! Er will dir zeigen, dass er nun groß ist und nicht mehr dein kleiner, süßer Knutschi-Putschi-Hase."

„Das war er sowieso nie!", rief Maria. „Ich habe ihn immer wie einen Freund behandelt! Wie einen Hasen mit Hirn! Aber das Hirn hat er ja wohl im Wald vergessen. Vielleicht schrumpft es, wenn ich ihm längere Zeit kein Leben einspreche."

Maria stützte die Ellenbogen auf den Tisch und legte traurig ihren Kopf in die Hände.

„Ich hab einfach kein Glück mit meinen Geschöpfen. Entweder hauen sie ab, so wie der Ritter und Rackiné, oder sie sind totale Nervensägen."

„Oder beides", sagte Lisandra.

„Warum soll es dir besser gehen als dem großen Otemplos?", fragte Thuna. „Der göttliche Titan des paradiesischen Anbeginns hat sich die Menschheit auch viel besser vorgestellt, als sie am Ende geworden ist."

Lisandra lachte.

„Also, wenn der große Otemplos so ein wirrer Kopf war wie Maria, dann wundert mich gar nichts mehr! Aber sei nicht unglücklich, Hasen-Mama, wir helfen dir, deinen rülpsenden Rüpel wieder zurechtzubiegen!"

Scarlett konnte sich an der Unterhaltung nicht beteiligen. Sie war kurz vorm Überkochen und brauchte all ihre Kräfte, um den Deckel fest auf den Topf zu drücken. Doch irgendwann schaffte sie es nicht mehr. Sie ließ das angebissene Brot fallen, das sie in der Hand gehalten hatte, und stand auf. Obwohl es jeder sehen konnte, ging sie quer durch den Hungersaal zum Lehrertisch. Gerald, der normalerweise durch heitere Gelassenheit glänzte, sah sehr alarmiert aus, als sie so plötzlich vor ihm stand.

„Ich muss mit dir reden!", sagte sie.

Sie bemühte sich, ihre Stimme zu senken, doch am Lehrertisch konnte es wahrscheinlich jeder hören. Gerald ließ den Blick über den Hungersaal schweifen und begegnete vielen Augenpaaren, die auf ihn gerichtet waren. Die von Hanns waren auch dabei.

„Jetzt gleich?"

„Ja", sagte sie. „Wir treffen uns im Flur."

Sie drehte sich um und verließ den Hungersaal in der Hoffnung, dass sie bei der Gelegenheit nicht die Brühe vertrocknen und das Brot verschimmeln ließ. Sie war zwar aufgeregt, aber das hieß ja nicht, dass sie den anderen das Frühstück verderben wollte. Schnell ging sie aus der Tür, die sie hinter sich zuknallen ließ, und wartete im sonnigen Flur voller Pfützen darauf, dass Gerald ebenfalls auftauchte. Als er es tat, sah er angefressen aus.

„Du spinnst!", stellte er fest, kaum dass die Tür hinter ihm zugefallen war. „Weißt du, was jetzt alle reden?"

„Ist mir egal. Du sagst mir jetzt sofort, wer du bist, wo du herkommst und was du vorhast!"

„Ah", sagte er und der genervte Gesichtsausdruck wich langsam einer Mischung aus Besorgnis und Ratlosigkeit. „Ich verstehe."

Er überlegte kurz.

„Gehen wir in die Wohnung meines Vaters. Er muss nach dem Frühstück unterrichten, wir haben also unsere Ruhe da."

„Dein Vater? *Dein Vater* unterrichtet gleich?"

„Tu mir einen Gefallen", sagte Gerald, „und halt die Klappe, bis wir ungestört sind. In Ordnung?"

Scarlett ging einfach los, dahin, wo bekanntlich Herr Winter seine Wohnung hatte: im obersten Geschoss des Haupthauses, unterm Dach, mit Blick auf den Garten. Anfangs hatte auch Gerald dort gewohnt, das hatte man ihr erzählt. Aber es kommt nicht gut an bei den Mitschülern, wenn es einer so schön hat, während die anderen mit dem ärmlichen Sumpfloch-Standard auskommen müssen. Also war Gerald während seines ersten Schuljahrs in ein normales Gemeinschaftszimmer umgezogen. Seinen Platz am Lehrertisch hatte er aber behalten, weil das Essen da besser schmeckte und man einen Nachschlag verlangen konnte. Auf diesen Luxus zu verzichten, war ihm bisher nicht gelungen.

Scarlett hielt ihre Klappe. Und zwar strikt. Ganz gleich, was Gerald ihr unterwegs an unverfänglichen Fragen stellte, sie schwieg. Irgendwann gab er es auf und ging still neben ihr her. Die ganze Zeit flackerte die Sonne auf den Wänden und den Treppenstufen und vom Garten her war lautes Vogelgezwitscher zu hören.

„Da wären wir", sagte Gerald, als sie im Dachgeschoss ankamen, das hier im Haupthaus weit komfortabler war als da, wo Scarlett und ihre Freundinnen hausten. Die Wohnungstür von Herrn Winter war eine dicke Eichentür mit Schnitzereien, die Faune, Unholde und Gnome darstellten, wobei die Gnome mal etwas abbekommen hatten, ihnen fehlten die halben Gesichter und wo sie standen, war die Tür seltsam schwarz geworden. Es musste eine sehr alte Tür sein.

Scarlett merkte, wie sich eine gewaltige Neugier in ihr regte. In dieser Wohnung war sie noch nie gewesen, in den ganzen Winterferien nicht. Es war, als ob sie einen geheimen Winkel aus Geralds Leben betrat, was aufregend war. Leider hatte sie ihn mehr oder weniger zu diesem Schritt gezwungen, es war also nicht gerade so, dass er sie eingeladen hätte. Immerhin öffnete er die Tür auf eine selbstverständliche Weise, als wäre sie keine Fremde, sondern eine Vertraute, die hierhergehörte. Das tat ihr gut. Das Schlimme war nämlich: Obwohl Gerald ein Lügner war und ein reiches Rittersöhnchen, mochte sie ihn. Viel zu sehr, wie sie gerade feststellte, als sie ihm in ein kleines Wohnzimmer folgte, in dem altmodische Polstermöbel standen und ein kleiner, runder Tisch am Fenster, wo Gerald sie bat, Platz zu nehmen. Sie blieb stehen.

„Möchtest du etwas trinken?"

„Nein."

„Etwas essen? Mein Vater hat hier ein tolles Früchtebrot gebunkert ..."

„Nein. Außerdem ist er nicht dein Vater!"

„Das sagst du so. Aber weißt du, wie lange er das schon macht? Seit zehn Jahren! Er ist wie ein richtiger Vater für mich geworden."

Gerald klang so ernsthaft, als er das sagte, und es sprach so viel Zuneigung für Herrn Winter aus seiner Stimme, dass Scarletts Zorn fast vollständig verrauchte. Gerald lebte sicher nicht ohne Grund in Sumpfloch. Warum sollte er es freiwillig tun? Und wenn es einen Grund dafür gab, warum er die ganze Zeit log, dann konnte sie vielleicht nicht erwarten, dass er ausgerechnet bei ihr eine Ausnahme machte. Nur weil sie im Winter durch unterirdische Grotten gerudert und Blutpunsch getrunken hatten. Scarlett wurde nachdenklich und schaute aus den kleinen, viereckigen Fensterscheiben hinunter in den Garten. Dann besann sie sich und nahm endlich am Tisch Platz.

„Sagst du mir jetzt die Wahrheit?", fragte sie.

Er setzte sich zu ihr an den Tisch.

„Ich muss dich inständig bitten, das alles für dich zu behalten", sagte er. „Es ist wichtig!"

„Ja, wenn es wichtig ist, dann mache ich das", erwiderte sie. „Schweigen kann ich."

Endlich verirrte sich wieder ein Lächeln in Geralds Gesicht. Er wirkte erleichtert.

„Klar kannst du schweigen. Es ist immer harte Arbeit, dich zum Reden zu bringen!"

Scarlett lächelte zurück. Sie konnte es nicht ändern. Sie hatte ihm schon verziehen, bevor sie überhaupt wusste, warum er log.

„Wir können beide schweigen, Scarlett", sagte er und wurde wieder ernst. „Es ist nämlich so, dass mein Vater, mein richtiger Vater, und Viego Vandalez ganz dicke Freunde sind. Das wusstest du nicht, oder?"

Nein, das hatte Scarlett allerdings nicht gewusst.

„Dein Vater Gangwolf? Der Ritter?"

„Warum alle Leute ihn für einen Ritter halten, weiß ich nicht so genau. Aber es stimmt, er nennt sich Gangwolf. In Wirklichkeit heißt er Wolfgang. Das ist ein total gewöhnlicher Name in unserer Welt, niemand denkt mehr an einen Wolf und dessen Gang, wenn er ihn ausspricht. Es ist ein eher uncooler Name. Also hat mein Vater ihn verdreht, als er hierherkam. Der Gang des Wolfes, Gangwolf, das hat ihm gefallen!"

„Wann war das? Wann ist er hergekommen?"

„Als er selbst noch ein Junge war. Er und seine Schwester Geraldine haben sich in diese Welt verirrt und kamen nicht mehr zurück. Die Geschichte ist lang, ich kann sie dir irgendwann mal richtig erzählen. Jedenfalls sind sie in Amuylett hängen geblieben und kamen eines Tages als Schüler nach Sumpfloch. Dort haben sie sich mit Viego angefreundet. Viego gehört zu den dunklen Wesen, die man vom Gefühl her meidet, auch wenn einem die Vernunft etwas anderes sagt. Wir Ahnungslosen aus einer Welt ohne Zauberei haben keine Antennen für die dunklen Wesen. Wir rennen gutgläubig in ihre Arme. Wie man sieht."

Das Wie-man-sieht sagte er mit einem besonderen Unterton. Außerdem beugte er sich leicht vor und sah Scarlett in die Augen.

„Ich hab echt keinen Schimmer", sagte er, „warum die alle so eine Heidenangst vor dir haben!"

Das brachte Scarlett in Verlegenheit. Schließlich verheimlichte sie ihm auch etwas. War das eigentlich eine Lüge, wenn man etwas Wahres mit Absicht nicht sagte?

„Natürlich weiß ich, dass du zu den dunklen Wesen gehörst", fuhr er nun fort. „Zu den sehr dunklen. Aber ich spüre es nicht. Es versetzt mich nicht in Angst und Schrecken. Du brauchst auch gar nicht so schuldbewusst zu gucken. Ich weiß, Viego würde dir die Hölle heiß machen, wenn du jedem Jungen die Wahrheit über dich erzählen würdest. Aber ich hab dir ja verraten, dass er und mein Vater ein Herz und eine Seele sind, deswegen hielt er es für notwendig, meinen Vater zu warnen."

„Wovor?"

„Na, vor dir."

Gerald lachte über Scarletts Gesichtsausdruck.

„Mit bösen Crudas freundet man sich besser nicht an. Deswegen hat mir mein Vater Gangwolf geraten, einen großen Bogen um dich zu machen. Schon im letzten Halbjahr. Da ist er nur leider an den Falschen geraten. Er selbst hat lauter halbseidene Freunde: Vampire, Spinnenfrauen, Werwölfe, Zyklopen und sogenannte ‚böse Zwerge'. Das hätte er sich mal überlegen sollen, bevor er mir den Umgang mit einer Cruda verbietet!"

„Aber letztes Halbjahr haben wir uns doch kaum gekannt", sagte Scarlett entgeistert.

„Ja, kaum. Vor allem du mich. Was dir nicht hilft, siehst du nicht. Ich hab dich aber oft beobachtet und hatte den Eindruck, dass du die Welt mit anderen Augen betrachtest als wir normale Menschen. Schwarz verhangen ist deine Wahrnehmung und was dich nicht rettet, verschwindet in den Schatten. Du bist immer auf der Suche nach etwas, das dich erlöst oder wenigstens nicht untergehen lässt. Den Eindruck habe ich. Für dich muss das Leben sehr anstrengend sein."

Das sagte er einfach so und drückte damit genau das aus, was Scarlett Tag für Tag empfand. Das Gefühl, gegen eine Dunkelheit anzukämpfen, die überall lauerte, in der Vergangenheit und in der Zukunft, rechts und links von ihr, in ihren Träumen und in der Wirklichkeit. Sie konnte der Finsternis nur entrinnen, wenn sie darüber hinauswuchs, wenn sie arbeitete, wenn sie sich verwandelte und stark wurde. Seit ihr Viego Vandalez bei diesem Vorhaben half, war alles viel besser geworden.

„Ich mache Fortschritte", sagte sie.

„Ja", erwiderte er. „Manchmal, wenn wir zusammen sind, wirst du ruhiger. Willst du vielleicht doch ein Stück vom Früchtebrot haben?"

„Ich hab keinen Hunger, danke."

„Eigentlich wollte ich ja auch nicht über uns reden", sagte Gerald, „sondern über meinen Vater und Viego. Und über Geraldine."

„Die Schwester deines Vaters."

„Ja. Sie haben sich als Schüler angefreundet, Gangwolf, Viego und Geraldine. Sie haben immer zusammengehalten und sich gegenseitig beschützt vor Feinden und Gefahren. Sie waren immer bereit, ihre Freiheit oder sogar ihr Leben zu riskieren, um die anderen zu retten. Alles, was ich darüber weiß, hat mir mein Vater erzählt. Viego spricht nicht mehr von früher. Viego hatte es damals besonders schwer. Wegen seiner dunklen Eigenschaften, seiner kriminellen Verwandtschaft und seiner Beziehungen zu gefährlichen Wesen wurde er während seiner Schulzeit benachteiligt und ausspioniert. Schließlich haben sie ihn der Schule verwiesen. Als er nach Finsterpfahl gehen musste, sind ihm mein Vater und Geraldine gefolgt."

„Sie sind seinetwegen nach Finsterpfahl gegangen?", fragte Scarlett. „In diese Schule, die so grauenvoll sein soll?"

„Ja, das haben sie getan. Es war eine harte Zeit, aber sie haben es bis zum Ende durchgezogen. Viego hat dort einen sehr guten Abschluss gemacht und auch später hat er sich immer wieder behauptet. Gegen missgünstige Direktoren, Professoren und Beamte der Regierung. Er studierte und wurde ein anerkannter Wissenschaftler. Er wäre Professor an der Universität von Tolois geworden, wenn nicht etwas Schreckliches passiert wäre. Er war der jüngste Wissenschaftler, der jemals den Tausend-Pentakel-Preis erhielt, und der erste Vampirverwandte, der einen eigenen Lehrstuhl bekommen sollte. Doch in der Nacht vor seiner Berufung wurde die Frau, die er liebte, ermordet. Das hat er nicht verkraftet. Er stürzte ab und geriet in einen Zustand dunkelster Umnachtung. Was er in dieser Zeit angerichtet hat, weiß er nicht mehr. Er war wie von Sinnen. Mein Vater hatte alle Mühe, ihn zu finden und zu retten. Die Professur wurde ihm aberkannt, aber er hätte diese Posten sowieso nie angetreten. Es hätte ihn zu sehr an sein verlorenes Glück erinnert. An Geraldine."

„Sie war es? Die Schwester deines Vaters?"

„Ja, meine Tante."

„Er hat sie geliebt?"

„Mehr als alles andere und sie waren sehr glücklich zusammen. Aber es gab Mächte, denen dieses Glück nichts wert war. Sie wurde entführt, ohne dass es jemand merkte, weil sie gerade auf einer weiten Reise war. Als sie zurückkommen sollte, wartete Viego vergeblich auf sie. Weder sie noch eine Nachricht von ihr erreichten ihn. Dann, am Abend vor Viegos Ernennung, hielt eine lange Kutsche vorm Haus. Man holte eine Bahre heraus, auf der lag Geraldine. Sie konnte nicht laufen, sie konnte auch nicht sprechen, sie lag nur da. Sie sah aus wie immer, sagt mein Vater, und doch ganz anders. Denn alles, was die Seele einem Gesicht an Ausdruck verleiht, sagt er, war verschwunden. Sie war leer, obwohl sie noch lebte. Man habe sie so gefunden, hieß es. Doch Viego und mein Vater denken etwas anderes. Sie glauben, dass Experimente mit ihr gemacht wurden und dass ihr dabei alles gestohlen wurde, was ihr Leben ausgemacht hat. Die Regierung macht so etwas, wenn sie es für notwendig hält, davon sind Viego und mein Vater überzeugt. Die Ermittlungen gegen die Entführer verliefen unbefriedigend. Es schien, als seien die Beamten, die dafür zuständig waren, nicht an der Aufklärung des Falls interessiert. Sie waren sogar so dreist, Viego zu verdächtigen, seiner Zukünftigen etwas angetan zu haben.

Geraldine starb noch in der gleichen Nacht, ohne meinen Vater oder Viego wiederzuerkennen. Sie konnten sich nie von ihr verabschieden und wissen bis heute nicht, was mit ihr passiert ist."

„Das ist furchtbar!", sagte Scarlett.

„Man kann es sich kaum vorstellen", meinte Gerald. „Viego stürzte danach ab, wie gesagt. Aber mein Vater kämpfte um ihn und um Gerechtigkeit. Alles, was er heute tut, tut er deswegen. Er hat eine Organisation aufgebaut, über die ich dir nichts sagen darf. Offiziell ist er ein reicher Ritter mit vielen Verbindungen, auch zur Regierung. Aber er ist noch viel mehr als das und Viego ist sein Mitstreiter. Beide wollen Gerechtigkeit. Auch wenn ich manchmal das Gefühl habe, dass sie etwas ganz Unterschiedliches darunter verstehen. Mein Vater will, dass sich die Umstände ändern. Er will das eigentliche Übel ausrotten, das zu Geraldines Ermordung geführt hat. Dazu muss er herausfinden, was Geraldine zugestoßen ist und wie alles miteinander zusammenhängt. Die Übermacht von Amuylett in dieser Welt spielt dabei eine wichtige Rolle. Aber Viego geht es mehr um Rache, glaube ich. Er lebt, um Geraldine zu rächen. Ich frage mich manchmal, was aus ihm wird, wenn er wirklich die Gelegenheit dazu bekommt. Ich habe Angst um ihn, wenn ich nur daran denke."

Scarlett fehlten die Worte. Gerade merkte sie, wie viel ihr der gruselige Halbvampir bedeutete. Er war ihr immer so selbstsicher und gefestigt vorgekommen. Doch was Gerald erzählte, klang ganz anders.

„Jetzt weißt du auch, warum ich Gerald heiße", sagte Gerald. „Ich wurde geboren, nachdem Geraldine tot war. Ich trage ihren Namen und mein Vater sagt, ich sähe ihr auch sehr ähnlich. Da sollte ich wohl stolz drauf sein, aber es ist mir oft unheimlich. Du findest das sicher albern, weil du ganz andere Probleme hast, aber seit ich die Geschichte kenne – und ich kenne sie, seit ich ein kleines Kind bin – habe ich Angst, dass mir mal das Gleiche passieren könnte wie ihr."

Das war sehr ehrlich. Scarlett sah, dass es ihn wirklich bedrückte und streckte unwillkürlich ihre Hand nach seiner aus.

„Ich kann ja auf dich aufpassen", sagte sie und musste über ihre eigenen Worte lachen. „Ich bin viel gefährlicher als ein Halbvampir!"

„Du sagst es. Passen wir einfach gegenseitig auf uns auf, was hältst du davon?"

Sie saßen am Tisch in der Frühlingssonne, ihre Hand auf seiner, und es war wie ein Versprechen: dass sie aufeinander aufpassen würden, komme was wolle. Es war einer dieser Momente, in denen alle Dunkelheit aus Scarletts Gedanken verschwand.

„Du fragst dich sicher, wie mein Vater so reich geworden ist", sagte Gerald. „Und wie er mich aus seiner eigenen Welt geholt hat. Auch das ist eine lange Geschichte. Einiges lässt sich mit seinem Talent erklären. Er hat die Gabe, Türen und Tore zu finden, wo andere vor einer Wand stehen. Er musste erst viel über diese Gabe lernen, bevor er es geschafft hat, diese Welt wieder zu verlassen. Noch schwieriger war es, zwischen den Welten hin und her zu gehen und diese Fähigkeit geheim zu halten. Niemand weiß, dass er ein Erdenkind ist. Deswegen hielt er es auch für sicherer, mich als Herrn Winters Sohn auszugeben, nachdem er mich geholt hatte. Sicherer auch für mich. Wenn mein Vater mal auffliegt, wäre das sehr gefährlich für seine Angehörigen. Man würde uns ausquetschen, bis wir unsere eigenen Namen nicht mehr kennen. Verstehst du? Ich vertraue dir, deswegen erzähle ich dir das alles. Solltest du jemals stinksauer auf mich sein, dich an mir rächen wollen oder mich hassen: Lass es an mir aus, aber verrate niemandem die Wahrheit! Du würdest großen Schaden anrichten und Menschen opfern, die dir nie etwas getan haben. Menschen, die nur das Beste für diese Welt wollen!"

Scarlett nickte, immer noch Geralds Hand haltend.

„Ich bin in der Lage, mich gezielt zu rächen und auf Unschuldige Rücksicht zu nehmen", sagte sie. „Hoffe ich jedenfalls. Viego strengt sich an, mir das beizubringen."

„Was er tut, tut er leidenschaftlich. So leidenschaftlich, dass er es auf sich genommen hat, mir von deinen heimlichen Treffen mit Hanns zu erzählen."

„Aber das sind keine heimlichen Treffen!", rief Scarlett. „Er ist doch nur ein Freund."

Jetzt verfiel Gerald wieder in das typische Grinsen, das ihn immer dann überkam, wenn von Hanns die Rede war.

„Du hast so eine nette Art, von Hanns zu sprechen", sagte er. „Wenn du so über mich sprechen würdest, würde ich in meine eigene Welt zurückgehen und Würstchenverkäufer werden."

„Wieso, wie rede ich denn über ihn?"

„Wie über einen bedauernswerten Schneckenjungen, dessen Langweiligkeit dich mit einem so abgrundtiefen schlechten

Gewissen erfüllt, dass du es nicht wagst, etwas Nachteiliges über ihn zu sagen."

„Er ist kein langweiliger Schneckenjunge!"

„Oder zu dulden, dass andere etwas Nachteiliges über ihn sagen. Ich sehe jedenfalls, dass du dich nicht in Sehnsucht nach ihm verzehrst und das finde ich gut so. Aber solltest du doch noch eine Erleuchtung haben und deine Liebe für ihn entdecken, werde ich euch nicht im Weg stehen. Man kann niemanden zu seinem Glück zwingen."

„Wie weise von dir", sagte Scarlett. „Es wäre ja auch anstrengend und riskant, mir im Weg zu stehen."

„Leider wahr. Aber ich würde dich vermissen!"

Scarlett glaubte zu wissen, dass er das wirklich tun würde. Es rührte sie und außerdem war sie immer noch angeschlagen von der traurigen Geschichte, die sie über Viego gehört hatte. Um nicht zu zerschmelzen oder in Tränen auszubrechen, versuchte sie, das Gespräch in eine andere Richtung zu lenken.

„Was ist deine Gabe?", fragte sie. „Du musst doch auch eine haben, wenn du aus einer Welt ohne Zauber kommst?"

„Man soll nicht über seine Gaben reden", erwiderte er. „Wenn Geraldine ihre Gabe besser verheimlicht hätte, dann würde sie vielleicht noch leben."

„Wieso? Was war ihre Gabe?"

„Sie konnte sich unsichtbar machen."

„Oh, das ist eine schöne Gabe."

„Ja, aber es hat sie umgebracht."

„Du lenkst ab: Was kannst du? Es ist etwas Blödes, hat Lisandra gesagt."

„Ist es auch. Wenn du mich in zehn Jahren noch so anguckst wie jetzt, dann verrate ich's dir vielleicht."

Das sagte er und verschloss seine Lippen mit einem Lächeln, das besagte: ‚Glaub bloß nicht, dass du es jemals herausbekommst!' Sie beugte sich vor und starrte ihn dunkel an: ‚Sicher? Willst du's mir nicht lieber freiwillig verraten?' Er lachte und beugte sich ebenfalls vor. ‚Sicher!', sagten seine Augen. Sie beugte sich noch weiter vor, er kam ihr entgegen. Und schließlich – es ließ sich einfach nicht vermeiden – trafen sich ihre Lippen in der Mitte. Es war ein perfekter Frühlingsmorgen.

Kapitel 11

Feenblau

Rackinés Erziehung zu einem Hasen mit Manieren machte zunächst gute Fortschritte. Nach einer Standpauke von Thuna und Lisandra, in der sie ihm klarmachten, wie sehr er Maria enttäuscht hatte, war der Hase wie ausgetauscht. Er behauptete, er habe auf dem Weg zur Festung einen guten Freund getroffen, der ihn zu einer Runde vergorenem Vogelbeerensaft eingeladen habe. Deswegen sei er vielleicht ein wenig beschwipst gewesen.

„Eher volltrunken" sagte Thuna.

„Seit wann trinkt dieser Hase?", wunderte sich Lisandra, ihre Gedanken laut aussprechend. „Ich dachte, er wäre ein Stofftier!"

„Ich esse und trinke wie jedes andere Geschöpf!", erklärte Rackiné sichtlich stolz. „Ich bin schon lange kein Stofftier mehr!"

„Ach, deswegen bist du so gewachsen", sagte Thuna. „Na ja, wie dem auch sei – du solltest jedenfalls nicht vergessen, wo du herkommst, und dich benehmen wie ein Hase mit Anstand! Alles andere ist peinlich und macht Maria traurig."

Der Hase nickte gehorsam. Doch nach und nach zeigte sich, dass es um seinen Anstand auch ohne vergorenen Vogelbeerensaft eher mäßig bestellt war. Er neigte zum Quengeln und zur Ungeduld, es ärgerte ihn, dass er sich vor den anderen Schülern der Festung verstecken sollte, und überhaupt ging es ihm auf die Nerven, zu einem Mädchen zu gehören, das in ihm den braven Stoffhasen sah und nicht den Abenteuerhasen aus dem bösen Wald.

Dabei war Rackiné zwischen starken Gefühlen hin- und hergerissen: Er liebte Maria und behauptete immer, er habe sie im Wald sehr vermisst. Ab und zu bekam er eine Anwandlung, dann stieg er zu Maria aufs Bett und kuschelte sich an sie wie ein lebendiges Stoffhasenkind an seine Mama. Doch fünf Minuten später konnte er schon wieder aufmüpfig sein und frech, dann gab er patzige Antworten oder warf mit Socken durchs Zimmer.

Das war sowieso ein Sport von ihm: Er knotete Handschuhe, Schals und Strümpfe zu kleinen Bällen zusammen und versuchte damit die Lampe abzuschießen. Einmal gelang es ihm, das Glas der Lampe zu zertrümmern. Danach brachte es sogar Maria fertig, ihren Stoffhasen zur Rede zu stellen. Doch statt sich reumütig zu entschuldigen, erfand er die tollsten Schimpfwörter und beglückte damit abwechselnd Maria, die Lampe, die ganze Festung Sumpfloch und Lisandra. Thuna bekam nichts ab, weil Rackiné eine Schwäche für Thuna hatte. Scarlett ließ er auch in Ruhe, denn vor der fürchtete er sich. Und mit Berry sprach er kein Wort mehr, seit sie ihn an seinem Ohr zu Maria geschleift hatte. Also konnte er sie auch nicht beschimpfen.

„Du hältst jetzt auf der Stelle deinen Mund!", erklärte Scarlett langsam und drohend, nachdem der Hase die Festung als Kotzschule, die Lampe als Kacklicht, Maria als hohle Nuss und Lisandra als Blödkalb bezeichnet hatte. Scarletts Blick und die Tatsache, dass sie sich in ihrem Bett aufrichtete, als sei sie im Begriff, den Hasen mit einem gezielten Schlag zu erledigen, veranlasste ihn, tatsächlich den Hasenmund zu schließen.

„Du kletterst jetzt in deine Schublade und bleibst da drin, bis wir wieder normal mit dir reden können!", befahl Scarlett. „Los, erlöse uns von deinem Anblick!"

Da war ein Unterton in Scarletts Stimme, der Rackiné ganz und gar nicht geheuer war. Trotzig und leicht beleidigt, als sei ihm großes Unrecht widerfahren, trottete er zu der großen Schublade, in der er sich immer versteckte, wenn fremde Leute ins Zimmer kamen. Er konnte sie aufziehen, sich hineinlegen und sie wieder zuziehen, indem er sich im Inneren der Kommode festhielt und die Beine hinten gegen die Schublade stemmte. In diesem Fall gab er ordentlich Stoff, sodass die Schublade mit einem Riesen-Pardauz zuknallte.

Kunibert, der die Szene von seinem Loch in der Mauer aus beobachtet hatte, rief laut „BUMM!" und dann zog er den Stein, der sein Versteck verschloss, mit ebenso viel Elan in seine Lücke zurück, wobei er sich allerdings die Strohfinger einklemmte, und so richtig knallen tat es auch nicht. Gegen Rackiné war Kunibert nur niedlich. In seiner Einfalt versuchte er Rackiné nachzueifern, denn er hielt ihn für seinen großen Bruder. Doch was auch immer Kunibert an rüden Gesten nachahmte, war in seiner Harmlosigkeit eher drollig anzusehen. Denn Kunibert war – zumindest bis jetzt – ein liebes Strohpüppchen, das überhaupt nicht begriff, worauf Rackiné hinauswollte. Wenn also Kunibert gegen den Schrank trat, dann fiel er höchstens über seine eigenen Füße, und wenn er ‚hohle Nuss' zu einem der Mädchen sagte, klang es vor allem zärtlich. Er liebte nämlich jede einzelne von ihnen, auch Berry, da bestand für ihn kein Unterschied. Jetzt machte er sein Versteck wieder auf, hielt seine Strohfinger in die Höhe und lachte. Kunibert empfand zum Glück keinen Schmerz. So ungeschickt, wie er war, konnte das nur von Vorteil sein, denn er fiel und stieß und klemmte sich andauernd irgendwo.

Obwohl er immer wieder in die Schublade geschickt werden musste, hatte der ungezogene Rackiné auch gute Momente. Vor allem dann, wenn er Geschichten aus dem bösen Wald erzählte und ihm alle Mädchen gespannt dabei zuhörten. Es war erstaunlich, wie gewählt und hübsch sich der Hase ausdrücken konnte und wie weich seine Stimme dabei wurde. Er war ein begabter Erzähler, denn er konnte gut beschreiben, er machte es spannend und immer wieder baute er etwas Lustiges ein, sodass die Mädchen überrascht auflachten. Wenn er von wandernden Pilzen, hinterhältigen Schneebrütern, scheuen Wunschholden, ekligen Spinnsaugern und lauten Unholdpartys erzählte, dann war es Thuna, die am sehnsüchtigsten zuhörte.

Das lag auch daran, dass Rackiné behauptete, der Wald sei lange nicht so böse wie sein Ruf. Rackiné fand alle Wesen darin „in Ordnung", „cool" oder „verrückt". Mit seinem Freund, dem Unhold, hatte Rackiné die kälteste Zeit des Winters in einem riesigen unterirdischen Bau verbracht, wo all diejenigen Waldwesen, in deren Adern Blut oder etwas Ähnliches floss, sich aneinandergedrückt und gewärmt hatten. Man hatte sich Geschichten erzählt, gemeinsam Vorräte geplündert (mit Vorliebe Vergorenes), gesungen und viel geschlafen. Ab und zu, wenn es das Wetter zuließ, waren Rackiné und sein Freund aus dem Bau gekrochen und durch den Wald gestreift. Sie waren auch an einem Ort gewesen, wo unterirdische heiße Quellen entsprangen. An diesem Ort lag auch im tiefsten Winter kein Schnee und die Bäume und Pflanzen, die dort wuchsen, waren von einer seltsamen Art, wie große Fächer und grüne Riesenblumen. Der Stamm der Trommelgnome regierte über dieses Gebiet. Die waren total durchgeknallt, fand Rackiné, aber nett. Die ganze Zeit trommelten sie und gaben einen brummigen Singsang von sich. Diese struppigen und eher untypisch pummeligen Gnome behaupteten, dass sie den Feen dienten, deren Rückkehr in den Wald angeblich bevorstand. Denn die Trommelgnome und auch andere Wesen, die Rackiné im unterirdischen Bau getroffen hatte, wussten von blauen Stellen zu berichten. Das waren Orte im Wald, an denen sich ein schwaches blaues Leuchten ausbreitete. Nicht jeder konnte es sehen. Man musste besondere Augen dafür haben.

Seit Thuna von diesen blauen Orten erfahren hatte, träumte sie davon, in den Wald zu gehen und das alles mit eigenen Augen zu sehen. Als sie diese Idee einmal äußerte, waren ihre Freundinnen entsetzt und warnten sie eindringlich. Auch wenn Rackiné so tat, als wäre der Wald eher harmlos, wusste man doch, dass im Wald immer wieder Schüler verloren gingen und dass man dort an mörderische Wesen geraten konnte, die alles andere als nett waren.

Aber der Wunsch verließ Thuna nicht, was dazu führte, dass sie mit Rackiné heimlich Pläne schmiedete, wie sie es anstellen könnten, unbemerkt einen Ausflug in den Wald zu machen. Für Rackiné war das sowieso kein Problem, er verschwand immer wieder tageweise, um seinen Kumpel zu treffen und „Abenteuer zu erleben", wie er es nannte. Doch Thuna wollte abwarten, bis das Hochwasser abgelaufen war und sich eine günstige Gelegenheit ergab.

Das Wasser stieg und stieg, bis es eines Tages sogar den Hungersaal erreichte. Das war der Höhepunkt, der vom Auftauchen eines krokodilartigen Reptils mit Glubschaugen gekrönt wurde, das kreuz und quer durch die Festung schwamm und durch die Flure klatschte und platschte, panisch nach einem Ausgang suchend. Irgendwann erklomm es eine Fensterbank und stürzte sich durchs offene Fenster in den äußeren Sumpf, wo es untertauchte und fortan nicht mehr gesehen wurde. Nach diesem Ereignis sank das Wasser wieder und die Schüler wurden zum Aufräumen und Putzen eingeteilt, denn das Sumpfwasser hatte eine stinkende, eklige Unordnung hinterlassen. So kam es, dass selbst die größten Schulmuffel den Tag herbeisehnten, an dem es wieder normalen Unterricht geben würde.

Als dieser Tag anbrach, waren alle Schneereste verschwunden und die Gefräßigen Rosen öffneten ihre ersten dunkelroten Blüten. Die fluoreszierenden Seerosenblätter zeigten sich in ihrer ganzen smaragdfarbenen, leuchtenden Schönheit und die Ungenießbaren Apfelbäume dufteten nach süßer Fäulnis, um die Aasbienen anzulocken, ohne die kein Ungenießbarer Apfelbaum Früchte tragen konnte. Im Tal der beseelten Bäume hörte man es wieder in den Baumkronen singen, wenn der Wind die jungen Blätter aufschüttelte, und aus den verkohlten Resten des Phönixbaums sprossen junge, kräftige Triebe. Prächtige und unscheinbare Schmetterlinge flatterten umher und steckten ihre Rüssel in Monster-Stiefmütter, rosarote Herztassen, Kuhglockenblumen, Geschwätzige Primeln, Miefende Schuhtulpen und die sanft schimmernden Unvergessenen Verwegenen (die, wenn man den Dichtern glaubte, die stolzesten Blumen Amuyletts waren – selbst Rosen wirkten dagegen ordinär).

Es war auch der Tag, an dem Hanns beschloss, Scarlett zu verzeihen. Denn er war beleidigt gewesen, nachdem er Scarlett zur Rede gestellt und erfahren hatte, dass sie nicht nur mit ihm, sondern auch mit Gerald befreundet war.

„Was hattet ihr denn so Wichtiges zu bereden?"
„Es war ein Missverständnis."
„Und was habt ihr für Missverständnisse miteinander?"
„Das Übliche unter Freunden."
„Ihr seid befreundet?"
„Ja, natürlich."
„Natürlich?"
„Warum nicht?"
„Du bist mit *mir* befreundet!"
„Soll das heißen, dass ich deswegen mit niemand anderem befreundet sein darf?"
„Tu nicht so, du weißt genau, was ich meine!"
„Nein, weiß ich nicht!"
„Wir sind mehr als Freunde!"
„Ach ja? Davon weiß ich nichts."
„Scarlett!"
„Du und ich, wir sind Freunde, nichts weiter. So wie Lisandra, Thuna und Maria meine Freunde sind."
„Und er?"
„Ihn mag ich auch sehr gern."
„Mehr als gern?"
„Hanns, lass mich in Ruhe mit dem Quatsch! Was geht dich das überhaupt an?"

Sie hatte es sehr ungeduldig gesagt, vielleicht war auch der Tonfall etwas grob gewesen, jedenfalls machte Hanns auf diese Äußerung hin kehrt und ließ sie ohne ein weiteres Wort auf dem Gang stehen. Die nächsten Wochen sprach er nicht mit ihr, er schaute sie nur vorwurfsvoll an. Sie konnte sich zu keiner Entschuldigung durchringen, was auch daran lag, dass ihr die

Nachmittagsstunden mit Hanns kaum fehlten. Es quälte sie nur ein bisschen, wenn sie an früher dachte, an ihre gemeinsame Zeit im Waisenhaus, und wie es gehen konnte im Leben. Dass so wenig von ihrer Verbundenheit geblieben war und Hanns ihr jetzt auch noch die Freundschaft gekündigt hatte.

Hatte er aber gar nicht. An dem Tag, als die Schule wieder anfing, saß er plötzlich neben ihr im Boot, auf dem Weg ins Klassenzimmer, und fragte:

„Wollen wir uns nachher treffen? Ich hab eine heiße Spur!"

„Was für eine Spur?", fragte sie erstaunt.

Berry saß Scarlett gegenüber im Boot, in der rosa Strickjacke, die sie jeden Tag trug, und starrte sie groß an. Es war etwas Seltsames an Berrys Blick: Ihre großen, blauen Augen schauten in Scarletts Richtung und doch durch sie hindurch, als wären Berrys Gedanken ganz woanders. Gleichzeitig hatte ihr Gesichtsausdruck etwas Erstauntes, Erschrockenes. Jedenfalls lenkte Berrys Blick Scarlett sehr ab.

„Du weißt schon, der Ort, den ich gesucht hab!"

„Das Feenmaul?"

Hier zuckte Hanns regelrecht zusammen.

„Nein, ich erklär's dir später. Wo treffen wir uns? Im Garten? Beim Phönixbaum?"

Scarlett dachte an den herrlichen Sonnenschein außerhalb der Festung. Bei dem Gedanken, mit Hanns im Dunkeln durch unterirdische Kanäle schippern zu müssen, schüttelte es sie innerlich. Sie hatte keine Lust dazu. Doch wenn ihr Hanns schon ein Friedensangebot unterbreitete, so wollte sie es annehmen. Sie konnte sich ja mit ihm beim Phönixbaum treffen und sich dann weigern, ihn bei seiner Suche zu begleiten. Vielleicht könnte sie auch noch mal klarstellen, dass ihr diese Suchspiele keinen Spaß machten, aber sie gerne ab und zu …

„Nach dem Essen, ja?", sagte Hanns und stieg aus, denn das Boot hielt am magikalischen Labor, wo er seine erste Schulstunde hatte.

„Gut", sagte Scarlett und spürte eine leichte Verdüsterung in ihrem Inneren, die sie sich kaum erklären konnte.

Wie es der Zufall wollte, waren alle Schüler außer Berry und Scarlett mit Hanns ausgestiegen und so blieben Berry und Scarlett alleine im Boot zurück.

„Willst du oder soll ich?", fragte Berry und zeigte auf die Ruder.

Scarlett kam die körperliche Betätigung zur Ablenkung gerade recht. Sie griff nach den Rudern, ohne etwas zu sagen, und lenkte das Boot auf die Mitte des Kanals zurück.

„Du Scarlett", sagte Berry, „mach mal langsam."

Scarlett schaute überrascht auf, leistete aber Berrys Bitte Folge, indem sie die Ruder sinken ließ.

„Ich will dir was sagen. Du darfst es aber nicht falsch verstehen …"

Berry sagte das sehr leise. Sie sah jetzt auch gar nicht mehr geistesabwesend aus.

„Ja, gut. Ich höre."

„Dieser Hanns … ich dachte, du hättest aufgehört, dich mit ihm zu treffen."

„Er hat aufgehört. Er war sauer auf mich, aber jetzt hat er mir wohl vergeben."

Berry zögerte, bevor sie weitersprach. Sie rang mit sich.

„Ich weiß nicht, wie ich es sagen soll …"

„Was?"

„Du solltest ihm nicht vertrauen."

„Warum?"

Berry schien zu überlegen, wie sie es am besten erklären könnte.

„Er tut doch so, als wäre er arm, nicht wahr?", sagte sie dann endlich.

„Ja, ist er auch. Ich habe seine Zieh-Eltern gesehen. Das sind ganz arme, alte Leute."

„Alt sind sie. Aber arm? Wenn es die beiden Leute sind, mit denen ich ihn mal gesehen habe, dann sind sie nicht arm. Das ist schon ein paar Jahre her. Ich hab sie beim Einkaufen auf der Ladenstraße in Tolois gesehen. Sie kamen aus einem sehr teuren, vornehmen Laden. So waren sie auch angezogen."

„Vielleicht war es ein ähnlicher Junge", sagte Scarlett. „Hanns ist nicht gerade unverwechselbar. Es gibt viele blonde Jungen, die so aussehen wie er."

Berry schüttelte den Kopf.

„Glaub mir, ich *weiß* es, dass er's war."

Sie sagte es so eindringlich und überzeugend, dass Scarlett der Verdacht kam, dass Berry noch viel mehr wusste als das.

„Du darfst ihm aber bitte nicht sagen, dass ich dir das erzählt habe", sagte Berry. „Das ist wichtig!"

„Warum?"

„Weil ich Angst vor ihm habe", sagte Berry so direkt, dass Scarlett erschrak. „Ich hab Angst um mich und Angst um dich. Wenn es einen Grund gibt, warum er sauer auf dich sein könnte, bist du nicht sicher!"

Der Schrecken, der Scarlett befallen hatte, wollte nicht weichen. Eigentlich sah Scarlett nicht ein, warum sie Angst haben sollte, doch sie spürte, dass da etwas war, das nach ihr griff. Etwas Bedrohliches.

„Berry, du weißt doch, dass ich selbst gefährlich bin."

„Du bist nicht das einzige gefährliche Wesen auf dieser Welt", sagte Berry und ihre Stimme zitterte, als sie es sagte. „Du wirst immer ebenbürtige Feinde haben, unterschätz das nicht. Und wenn diese Feinde Verbündete haben – viele Verbündete – dann hast du alleine keine Chance."

Scarlett starrte Berry eine Weile an.

„Willst du damit sagen", fragte Scarlett, „dass Hanns gefährlich ist und Verbündete hat?"

Berry antwortete nicht, aber ihrem Blick sah Scarlett an, dass Berry genau das gemeint hatte.

„Bitte bring nie meinen Namen ins Spiel", sagte Berry schließlich, „wenn du mir keinen großen Schaden zufügen willst. Ich wollte nur, dass du das weißt. Er ist nicht das, was er vorgibt zu sein. Jetzt können wir weiterfahren."

Wie benommen nahm Scarlett die Ruder wieder auf. Sie kamen beide zu spät in den Unterricht. Von der ersten Schulstunde nach der Hochwasserpause bekam Scarlett nicht viel mit. Krotan Westbarsch schrieb Formeln an die Tafel und der schlaue Schafskopf Ponto Pirsch meldete sich in einem fort, um Krotans komplizierte Fragen zu beantworten, die sonst kein Mensch verstand. Ab und zu reichte Scarlett Briefchen durch, die von der ersten in die letzte Reihe und wieder zurück geschickt wurden.

Sie nahm wahr, wie Lisandra an ihrer neuen Uhr herumspielte, einer Nettigkeit von Gerald, der der Meinung war, dass Erdenkinder zusammenhalten und sich gegenseitig unterstützen mussten. Maria und Thuna hatte er Ringe gegeben, die magikalisches Fluidum speicherten, doch Thuna war gegen ihren Ring allergisch. Maria bot an, die Ringe zu tauschen, doch auch Marias Ring verursachte Thuna einen juckenden, brennenden Schmerz am Finger. Maria wiederum träumte die lebhaftesten, verrücktesten Träume, wenn sie den Ring nachts anbehielt.

Tagsüber machte er sie nur ein bisschen konfuser als sonst. Doch jegliche Versuche, mit dem gespeicherten Fluidum zu zaubern, waren ihr bisher misslungen.

Lisandra stürzte sich mit Feuereifer auf ihr neues Spielzeug und machte gewaltige Fortschritte. Als sie mit Geicko einen Raum schrubben sollte, dessen Boden nach dem Hochwasser mit einer schmierigen Schicht überzogen war, zauberte sie ihn im Handumdrehen sauber und trocken. Das Blöde war nur, dass es kein anhaltender Zauber war. Nach drei Stunden war der Raum wieder dreckig und Lisandra und Geicko bekamen mächtig Ärger wegen Putzdienstverweigerung. Die drei Extraräume, die sie dafür putzen mussten, nahm zumindest Lisandra gelassen in Kauf.

„Aus Fehlern lernt man", sagte sie würdevoll, als ihre Freundinnen sie auslachten. „Ich werde mich jetzt mit Haltbarkeitszaubern beschäftigen."

„Wie wäre es mit einem Wiedergutmachungszauber?", fragte Geicko. „Ich lerne nämlich nichts aus deinen Fehlern, außer dass ich in Zukunft besser einen Bogen um dich machen sollte."

Natürlich machte er keinen Bogen um sie. Lisandra und Geicko waren inzwischen ein eingeschworenes Team. Seine Fähigkeit, sich alles Mögliche bis in die kleinste Einzelheit zu merken, und ihr Geschick im Instrumentenzauber waren eine gute Kombination. Außerdem mochten sie sich. Zwischen den beiden herrschte ein besonderes Einverständnis und nach allem, was Scarlett so hörte, hatten sie sich noch nie ernsthaft gestritten. Nicht mal nach der Putzpleite, die Geicko einige Zusatzanstrengungen gekostet hatte.

All das spukte in Scarletts Hinterkopf herum, als sie in Krotans Unterricht saß und eine Furcht verspürte, die sie nicht wahrhaben wollte. Es war doch alles so schön gewesen! Sie war so glücklich mit ihren Freundinnen, mit ihrem Unterricht bei Viego, mit dem Frühling und vor allem mit Gerald. Die Vormittage, die sie in Herr Winters Wohnung verbrachten, die Nachmittage in abgelegenen Winkeln der Festung, die Abendspaziergänge am Waldrand entlang, wo sich sonst keiner hintraute, waren das Beste, was Scarlett bisher in ihrem Leben erlebt hatte. Denn alle Sorgen flogen dann fort und sie fühlte sich mindestens so lebendig und blühend wie der Garten mit den beseelten Bäumen, den Schuhtulpen und den Unvergessenen Verwegenen. Warum fiel jetzt ein Schatten auf ihr Glück? Es war ein großer Schatten, wenn Berry recht hatte.

Scarlett hatte mittlerweile einigen Respekt vor Berry. Manchmal fiel es Scarlett schwer, sich an ihren früheren Hass gegen Berry zu erinnern. Denn dieses Mädchen kämpfte einen stillen Kampf in ihrem Inneren, genauso wie es Scarlett schon oft getan hatte. Warum Berry so litt, wollte sie niemandem verraten. Doch es sprach sehr für Berry, dass sie ihren Kummer an niemandem ausließ, sondern ihn tapfer ertrug. Berry hatte sich verändert. War sie im letzten Halbjahr noch weinerlich gewesen, weil ihre Eltern plötzlich verarmt waren, so kam in diesem Halbjahr keine Klage über ihre Lippen. Sie schwärmte nicht von früher, sie erzählte nicht von ihrer Katze und dem tollen Haus, in dem sie einmal gewohnt hatte. Sie erwähnte nicht die Angestellten, die sie einmal bedient hatten, oder den Park um das Haus, in dem alleine fünf Gärtner regelmäßig gearbeitet hatten. All diese Geschichten schienen für Berry gestorben zu sein. Was passiert war – Scarlett wusste es nicht und konnte es auch nicht erraten.

Jedenfalls war Berry ernst, vernünftig und still geworden. Zu vernünftig und zu still. Scarlett und ihre Freundinnen merkten, dass Berry nichts mehr Spaß machte und sie sich von Tag zu Tag quälte. Helfen konnten sie ihr nicht. Das Einzige, was sie tun konnten, war, ihre eisige Haltung Berry gegenüber aufzugeben. Sie hatten es nie vereinbart, sondern es war einfach passiert: Jede einzelne von ihnen hatte aufgehört, Berry zu schneiden. Sie redeten mit ihr über harmlose Dinge wie das Wetter, die Schule, das Essen oder den schwierigen Rackiné. Berry nahm die verhaltenen Freundlichkeiten ihr gegenüber dankbar auf.

Zwischen Scarlett und Berry war es zu einer besonderen Form des Friedens gekommen: Seit Berry Scarlett geholfen hatte, den Unfall mit den blauen Haaren im Hungersaal wieder ins Reine zu bringen, hatte Scarlett versucht, ihr das zu danken. Es waren nur kleine Aufmerksamkeiten. So wie diese, dass sie mit Berry auf das nächste Boot wartete, weil das andere voll war. Oder wie an dem Tag, als Viego den Unterrichtsausfall nicht länger mit ansehen wollte und eine praktische Naturkreisläufe-Übung in der Bibliothek ansetzte. Scarlett hatte sich bereiterklärt, mit Berry einen Lupomaten zu teilen. Bei der Gelegenheit stellte Scarlett wieder einmal fest, dass Berry sehr viel wusste und eine begabte Schülerin war. Zusammen lösten sie die von Viego Vandalez gestellte Forschungsaufgabe in der kürzesten Zeit und kassierten zwei Einser mit Sternchen. Was natürlich insofern blöd war, als Scarlett sich in dem Fach ja dumm stellen musste. Aber sie behauptete einfach, dass Berry alles alleine gemacht hätte, und Berry bestätigte dies, obwohl es nicht stimmte.

Ereignisse wie diese hatten dazu geführt, dass die beiden Mädchen, die so unterschiedlich waren und sich früher so sehr angefeindet hatten, eine Art Bündnis eingegangen waren. Es beruhte auf einer unausgesprochenen gegenseitigen Wertschätzung, was vor dem Hintergrund dessen, was im letzten Halbjahr passiert war, geradezu verrückt anmutete. Vielleicht lag es daran, dass Berry das Geheimnis von Scarletts wahrer Natur so umsichtig hütete, als sei es ihr eigenes. Warum sie das tat, war Scarlett ein Rätsel. Berry hätte sich viel gehässiger verhalten können, aber sie tat es nicht. Jetzt, in Krotan Westbarschs Unterrichtsstunde, musste Scarlett feststellen, dass sie Berry so sehr vertraute, dass sie keinen Zweifel an deren Aufrichtigkeit hatte. Was Berry gesagt hatte, hielt Berry auch für die Wahrheit. Und wenn ein kluges Mädchen wie Berry etwas für die Wahrheit hielt, dann musste man es ernst nehmen. Berrys Angst vor Hanns und Scarletts Gefühl, dass Berry mehr wusste, als sie zu verraten wagte, sprachen leider dafür, dass Hanns nicht der harmlose Junge war, für den Scarlett (und auch Gerald) ihn hielten.

Scarlett musste versuchen, mehr über ihn herauszubekommen. Das wiederum rückte ihre Verabredung mit Hanns in ein ganz anderes Licht: Sie würde ihm wohl besser keine Grenzen setzen und ihn sogar in Sumpflochs unterirdische Schwärze begleiten, wenn er das wünschte. Wenn er ihr vertraute, konnte sie ihn aushorchen. Aber das war gefährlich. Viel lieber hätte Scarlett das Gegenteil getan. Doch Berrys Warnung hatte ihr viele Gespräche mit Hanns ins Gedächtnis gerufen, die ihr merkwürdig vorgekommen waren. Er hatte gesagt, dass sie sich entscheiden müsse und der Tag kommen werde, an dem sie in eine bestimmte Richtung rennen müsse. In *seine* Richtung.

Scarlett lief ein Schauer über den Rücken, als sie daran dachte. Sie würde Viego Vandalez davon erzählen. Aber diese Unterredung musste warten, denn Viego war für einige Tage verreist und würde frühestens übermorgen zurückkommen.

Auch Thuna ließ den Unterricht von Krotan Westbarsch an sich vorbeirauschen, ohne etwas mitzubekommen. Normalerweise bemühte sie sich, eine aufmerksame Schülerin zu sein, doch heute gelang es ihr nicht. Sie war zu aufgeregt. Die meiste Zeit starrte sie aus dem Fenster, das ihr Viego Vandalez in der ersten Woche des Schuljahrs in die Wand gezaubert hatte. Für Thuna waren Fenster lebenswichtig. In Räumen ohne Fenster bekam sie weiche Knie, Panikgefühle und Erstickungsängste. Der Halbvampir hatte ihre Nöte bemerkt und ein Fenster aus den oberen Stockwerken geklaut und hier unten eingesetzt. Seither war Thuna davon überzeugt, dass der Halbvampir ein freundlicher Mann war, auch wenn er anders aussah und sich oft anders anhörte. Er hatte eine grimmige Art zu sprechen und war nicht zimperlich, wenn es darum ging, einem Schüler eine hässliche Wahrheit beizubringen.

Jetzt schaute Thuna also über die Sümpfe hinweg, die im Sonnenlicht vor sich hin dampften, und in der Ferne sah sie den Rand des schwarzen Waldes. Dorthin wollte sie heute gehen. Nach dem Mittagessen wollte sie sich mit Rackiné im Garten treffen. Er hatte nämlich festgestellt, dass die Monster-Stiefmütter ausgezeichnet schmeckten, vor allem die zarten, jungen Blätter und Blüten. Im Garten würde er also seine Mahlzeit einnehmen und dann … dann würden sie einen Ausflug in den bösen Wald machen!

Ihren Freundinnen hatte Thuna kein Wort davon verraten. Sie würden sich bloß Sorgen machen. Wenn ihr etwas zustieß, konnte Rackiné immer noch Hilfe holen. Es war komisch: Normalerweise war Thuna sehr vernünftig. Sie hätte sich vor dem Wald gehütet, vor dem sie immer wieder gewarnt worden war. Doch der Wald rief nach ihr, er lockte sie. So wie die Aasbienen dem faulig-süßen Duft der Ungenießbaren Apfelbäume verfallen waren, so fühlte sich Thuna vom bösen Wald unwiderstehlich angezogen. Wenn sie nicht hineinging, würde sie den Sinn ihres Lebens verpassen. So kam es ihr vor.

Natürlich war ihr klar, dass man solchen Gefühlen nicht ohne Weiteres trauen durfte. Womöglich gab es im Wald jemanden oder etwas, der genau das mit ihr vorhatte: ihr den Verstand zu rauben, sie in den Wald zu locken und dann einzufangen. Es waren schon Schüler im Wald verschwunden und nie zurückgekehrt. War es ihnen genauso ergangen wie Thuna? Dass sie das Gefühl hatten, unbedingt in den Wald gehen zu müssen, und dann in einer Falle gelandet waren? Aber selbst wenn es so war: Diese Schüler hatten keinen lebendigen Stoffhasen gehabt, der sich im Wald auskannte. Rackiné versprach ihr immer wieder, dass er sie rechtzeitig warnen würde, wenn er etwas Verdächtiges entdecke. Das war auch kein

Geplapper, denn der Hase mochte Thuna besonders gern. Er hätte nie gewollt, dass ihr etwas zustieß, hatte aber keinerlei Bedenken, mit Thuna in den Wald zu gehen. Er war mit Feuereifer dabei: Denn er wollte Thuna so gerne die Trommelgnome zeigen und das Nebelfräulein, das vor Kurzem aus ihrem Winterschlaf erwacht war und so schön aussah, wenn sie im Wald spazieren ging, stets von Nebelschwaden umgeben, sodass man kaum ihre Umrisse erkennen konnte.

„Sie ist total nett!", hatte Rackiné erzählt. „Alle schwärmen für sie. Sie sieht ganz jung aus, ist aber schon viele Tausend Jahre alt. Sie hat einen Haufen Verwandte im Wald. Andauernd heißt es: Dieser Hirschvater ist mit dem Nebelfräulein verwandt, darum bewegt er sich so lautlos. Oder: Durch die Adern dieser Spinnenfrau fließt der Äther des Nebelfräuleins, darum ist sie so schön. Ich weiß aber nicht, ob das stimmt. Vielleicht ist es nur so eine Redensart. Ich hätte nichts dagegen, wenn ich auch mit ihr verwandt wäre. Stell dir vor, die Leute würden sagen: Dieser stolze Hase ist beseelt vom Kuss des Nebelfräuleins! Darum ist sein Fell so seidig weiß und watteweich!"

Thuna hatte ihn ausgelacht.

„Rackiné, was dein Fell braucht, ist nicht der Kuss vom Nebelfräulein, sondern regelmäßig Wasser und Seife. Und dass du dreimal am Tag unter den Blättern der Monster-Stiefmütter herumkriechst, macht es auch nicht besser."

Auch an diesem Mittag war Rackinés Fell nicht seidig weiß. Als Thuna ihn unter einer auffällig angefressenen Monster-Stiefmutter entdeckte, sah er aus wie in Blumenerde gewälzt und paniert.

„Ist gut für die Tarnung", erklärte er unbeeindruckt. „Wer es sich leisten kann, im bösen Wald auffällig zu leuchten, ist entweder ein giftiger Pilz, ein Gespenst oder sehr mächtig. Ich mache mir da nichts vor, Thuna. So richtig mächtig bin ich noch nicht."

Auf Umwegen, damit sie von niemandem gesehen wurden, schlichen Thuna und Rackiné zum Tor, das nach draußen in die Wildnis führte. Unmittelbar bevor sie das Tor erreichten, erschraken sie über den Anblick eines toten Dachses. Dass es ein Dachs gewesen war, erkannten sie am Kopf. Der Kopf war das Einzige, was vom Tier noch übrig war, doch das fast frische Blut auf der Erde zeugte davon, dass der Dachs seinem Jäger in der letzten Nacht zum Opfer gefallen war.

„Wie seltsam", sagte Thuna, als sie sich vom ersten Schrecken erholt hatte. „Ich dachte, wilde Raubtiere würden durch Zauber von der Festung ferngehalten?"

Rackiné, der sich dem Dachs sehr verbunden fühlte – denn wo war schon der große Unterschied zwischen einem Hasen und einem Dachs? – musste sich alle Mühe geben, diesen Anblick wegzustecken.

„Was immer das war", sagte er schwach, „glaubst du, es jagt auch ehemalige Stoffhasen?"

„Wenn du noch ein Stoffhase wärst, hätte es wahrscheinlich wenig Interesse an dir. Du würdest ihm nicht schmecken. Besteht dein Inneres wohl mehr aus Fleisch und Blut oder mehr aus Wolle?"

„Wolle wär besser, was?"

„Ja, in diesem Fall schon", sagte Thuna und schob den Hasen fürsorglich vom Ort des Verbrechens fort. „Komm weiter, Kleiner. Wir haben heute noch was vor."

Das erste, was Thuna und Rackiné im Inneren des Waldes umfing, war Schwärze. So war es Lisandra und Geicko auch ergangen, als sie im letzten Halbjahr in den Wald gelaufen waren: Wenn man vom Hellen ins Dunkle kam, sah man erst mal gar nichts. Wenn sich aber die Augen an die Finsternis gewöhnt hatten, konnte man einzelne Umrisse ausmachen. Man sah haushohe Pilze und diffuses Licht in unvorstellbarer Höhe, wo die Baumkronen waren. Baumstämme, so dick wie die Türme der Festung Sumpfloch, überragten die Wanderer in diesem Gestrüpp aus Dunkelheiten, und Moos, so hoch und ausladend wie Hecken und Gebüsch, säumte die schmalen Pfade, die in alle Richtungen führten und sich mehrfach verzweigten.

„Das hier ist nur der Waldrand", erklärte der Hase der eingeschüchterten Thuna. „Hier ist alles besonders groß und dick und düster. Das schreckt ungebetene Gäste ab. Später wird es schöner. Obwohl es immer ziemlich dunkel ist, wenn man nicht an einer Stelle wohnt, wo leuchtende Pilze wachsen. Manche Unholde sperren Gelichter ein und hängen sie in Käfigen auf, als natürliche Laternen. Aber die Gelichter jammern und wehklagen, wenn sie länger als einen Tag eingesperrt sind, das geht einem vielleicht an die Nerven! Deswegen lassen die Unholde sie immer ganz schnell wieder frei. Guck mal, hier geht's abwärts. Der Tunnel ist eine Abkürzung!"

Thuna bückte sich und tastete im Dämmerlicht des Waldes den Untergrund ab. Ja, da war ein Loch. Es war groß genug für Rackiné, aber Thuna würde sich hineinquetschen müssen. Dabei konnte sie doch Räume ohne Fenster kaum ertragen!

„Muss das sein?", fragte sie. „Womöglich bleibe ich da drin stecken?"

„Ist 'ne Abkürzung, wie ich schon sagte. Wenn wir den Tunnel nicht nehmen, brauchen wir drei Tage."

„Du willst mir nicht erzählen, dass man durch diesen Tunnel kriecht und in fünf Minuten an einen Ort kommt, der drei Tagesmärsche von hier entfernt liegt?"

„Doch. Nur dass es zehn Minuten sind."

„Rackiné, das ist doch Unsinn."

„Nein. Hier gibt's lauter so Tunnel. Die Wege wären sonst viel zu weit!"

„Ist das wirklich wahr, Rackiné?"

Thuna fragte es streng und es fiel ihr auch gar nicht schwer, ihre Frage scharf und schneidend klingen zu lassen, denn sie war in Panik vor dem Tunnel.

„Ja, ich schwöre! Und jetzt komm endlich."

Schwupp, schon war der Hase im Loch verschwunden. Jetzt hatte Thuna keine andere Wahl mehr, denn ohne Rackiné hätte sie nie wieder nach Hause gefunden.

Im Inneren des Tunnels war etwas mehr Platz, doch Thuna musste auf allen Vieren kriechen, so niedrig war die Decke. Ihr Herz pochte, sie hörte es laut in ihren Ohren, und sie atmete schnell ein und aus, vor lauter Angst, in dieser Dunkelheit nicht genug Luft zu bekommen. Von dem schnellen Atmen wurde ihr schwindelig und sie musste anhalten und sich an die Wand drücken, um ihre Sinne zu sortieren. Bei der Gelegenheit merkte sie, dass ihr der Schweiß aus allen Poren strömte.

„Kommst du?", hörte sie den Hasen rufen.

Dieser Hase! Natürlich rannte er in zehn Minuten durch diesen endlosen Tunnel. Aber Thuna war größer und schwerer als ein Hase und auf allen vieren rannte es sich nicht so gut. Sie atmete tief durch und kroch weiter. Warum war sie nur auf diese hirnverbrannte Idee gekommen? War doch klar, dass Rackiné sie in Schwierigkeiten brachte!

Ein schmatziges Schlurchen in unmittelbarer Nähe ließ Thuna zusammenfahren. Oder war es ein schlurchiges Schmatzen? Es klang jedenfalls so, als würde ein sehr schneller, glitschiger Wurm einen weltrekordverdächtigen Slalom durch die Löcher einer Flöte absolvieren, rein, raus, rein, raus und jedes Mal schnalzte der schlurchige Wurm (wenn es einer war) auf schmatzende Weise. Thuna hielt inne wie versteinert und lauschte in die Dunkelheit.

Jetzt war es unmittelbar an ihrem Ohr! Schlutz-schlurch-schnalz! Stille. Schlutz-schlurch-schnalz! Stille. Thuna wusste nicht, ob sie schreien, losheulen oder wie eine Schnecke in Todesangst um ihr Leben kriechen sollte. Unschlüssig, wie sie war, tat sie nichts von alldem, sondern horchte, weiterhin versteinert.

Dann ging ein Licht an. Und was für ein Licht! Es war ein überaus winziges blaues Laternchen, das von einem Wicht, der gerade Kopf und Hand aus der Wand steckte, in die Höhe gehalten wurde. Der Wicht war so klein, dass er in einer Walnussschale hätte Boot fahren können.

„Ich bin so aufgeregt!", rief er. „Ich bin so aufgeregt!"

Thuna zweifelte an ihrem Verstand. Dann kam es wieder, das Geräusch: Schlutz-schlurch-schnalz! Stille. Schlutz-schlurch-schnalz! Stille.

Im schwachen Licht des blauen Laternchens sah Thuna, wie sich ein weiterer Wichtkopf aus der feuchten Erde grub und – zack – eine Laterne ins Innere des Tunnels hielt, ebenso winzig wie die andere. Sofort erglühte im Inneren der Laterne ein blaues Licht.

„Ooooh!", sagte der Wicht und schaute Thuna bewundernd an.

Jetzt konnte Thuna auch erkennen, dass überall Wurzeln in den Tunnel ragten. Zu ihrem Entsetzen entdeckte sie weitere Augenpaare zwischen den Wurzeln. Die dunklen Knopfaugen einer sehr kleinen Maus, die ausdruckslosen Augen eines metallisch grünen Käfers und die schillernden Augen eines Geschöpfes, das mit den Elfen verwandt war, doch unterirdisch lebte. Daher war es grau bis farblos. Es hatte Flügel und ein freundliches, kleines Gesicht.

Thuna gewann mehr und mehr den Eindruck, dass sie eine große Sehenswürdigkeit darstellte. Denn die Geschöpfe mit und ohne Laternchen starrten sie staunend an. Sie merkte, wie ihr Schrecken langsam nachließ. Es war zwar alles sehr komisch hier, doch gefährlich sahen die kleinen Wesen nicht aus.

„Hallo", sagte sie. „Ich bin nur auf der Durchreise."

„Dürfen wir mitkommen?", fragte einer der Wichte. „Unsere Laternen machen dir Licht!"

Thuna wusste zwar nicht, warum die Wichte mitkommen wollten, doch die kleinen, blauen Lichter der Laternen taten ihr gut und sie hatte nichts dagegen, in dem Tunnel, durch den sie kroch, auch etwas zu erkennen.

„Gerne", antwortete sie und setzte ihren Weg auf allen vieren fort. Dabei sah sie, dass der Tunnel bevölkert war von winzigen Zuschauern, deren Form, Farbe und Art sich auf hundert Seiten wohl kaum hätten ausreichend beschreiben lassen. Hier und da tauchte ein weiterer Wicht auf, der eine Laterne, eine Fackel oder eine Kerze in den Tunnel hielt, und jedes Mal entflammten diese in dem gleichen blauen Licht. Feenlicht, wenn sich Thuna nicht täuschte. Genauso hatte das blaue Licht ausgesehen, das die eingesperrten Feen in der Festung der bösen Cruda verbreitet hatten.

Abgelenkt von diesen unterirdischen Wundern kam Thuna schneller voran, als sie dachte, denn ihre Ängste bremsten sie nicht mehr. Plötzlich roch es nach frischer Luft und ein ungeduldiges Hasengesicht zeichnete sich vor einer runden Öffnung ab, die ins Freie führte.

„Wo bleibst du denn? Ich dachte, du wärst *wirklich* stecken geblieben!"

Thuna wollte dem Hasen gerne sagen, was sie von seinen Fremdenführerqualitäten hielt (nämlich gar nichts), doch als sie ihren Kopf ins Freie steckte, verschlug es ihr die Sprache. Rackiné hatte recht gehabt: Hier war der Wald viel schöner als am Waldrand. An einigen Stellen verirrte sich ein Sonnenstrahl in die dichte, warme Dunkelheit unter den Bäumen. Leuchtende Pilze in tollen Farben wuchsen rund um die Baumstämme, Moos in einem satten Grün bedeckte die Erde, an anderen Stellen ragten Felsen aus altem Laub, die von matt schimmernden Flechten überzogen waren. Am wunderlichsten waren aber all die Geschöpfe, die sich rund um den Tunnelausgang versammelt hatten. Manche waren halb durchsichtig wie Gespenster, andere wirkten pummelig und schwer wie die Erde selbst. Es gab welche, die flatterten, und welche, die viele Augen hatten, nur nicht da, wo Augen normalerweise hingehörten. Ein Schatten, dicht und schwarz, stand neben Rackiné und hopste auf und ab. Es musste Rackinés Freund, der Unhold sein, der für menschliche Augen nur schwer zu erkennen war.

„Lass dich nicht beeindrucken", sagte Rackiné, als Thuna verunsichert aus dem Tunnel kletterte. „Die sind alle bloß neugierig!"

„Warum?", fragte Thuna. „Haben sie noch nie einen Menschen gesehen?"

„Hier kommt nur selten ein Mensch vorbei", sagte Rackiné und drehte ihr den Rücken zu. „Gehen wir jetzt weiter? Du wolltest doch wieder zu Hause sein, bevor es dunkel wird."

„Wohin gehen wir denn?", frage sie. „Ich will nicht noch mal durch einen Tunnel kriechen!"

„Wir besuchen das Nebelfräulein!", sagte Rackiné.

Das war genau das, was er sagen musste, um Thuna in Bewegung zu setzen. Das sagenhafte Nebelfräulein wollte sie unbedingt sehen!

Das Nebelfräulein erwies sich als erstaunlich solide, wenn man es aus allernächster Nähe betrachtete. Diese Ehre wurde allerdings den wenigsten Wesen zuteil. Für Thuna machte sie eine Ausnahme. Warum das so war, wurde Thuna nach und nach klar, und es verwunderte sie über alle Maßen. Dieses Nebelfräulein, das sich komplett in Nebel auflösen konnte, wenn ihr danach war (so erklärte sie es Thuna), tat auch gerne das Gegenteil. Dann wurde sie ganz fest, was ihrer Schönheit keinen Abbruch tat, und wirkte fast wie ein Mensch. In dieser Form unternahm sie mit Thuna einen Spaziergang zu den Trommelgnomen und dem seltsamen Stück Wald mit den unterirdischen heißen Quellen. Rackiné war einerseits stolz, dass das Nebelfräulein so viel Aufhebens um seine Freundin machte, andererseits fühlte er sich abgeschrieben, denn weder das Nebelfräulein noch Thuna achteten noch auf ihn, als sie in ihr Gespräch versunken waren. Zudem hielt das Nebelfräulein den Hasen auf Abstand, er kam einfach nicht näher als einen Meter an die beiden heran und hörte fast gar nichts von dem, was sie sagten. Er konnte nur sehen, dass Thuna manchmal verlegen wurde oder ungläubig widersprach oder sich mit beiden Händen an den Kopf fasste, als könnte ihr das helfen, das Nebelfräulein besser zu verstehen.

Als sich von ferne das Trommeln der Gnome ankündigte, bemerkte Rackiné eine Veränderung an Thuna. Sie wurde schöner. Anders konnte er es nicht beschreiben. Nicht dass Thuna normalerweise hässlich gewesen wäre. Rackiné fand sie auf jeden Fall hübsch. Sie hatte so ein ebenmäßiges Gesicht und die leicht schräg stehenden Augen verliehen ihrem Gesicht einen besonderen Ausdruck. Doch Thuna selbst fand ihr Gesicht nur langweilig. Ihr glattes, dunkelblondes Haar war fein, so fein, dass es in Strähnen glatt hinabhing und sich jedem Versuch, es in eine andere Form zu bringen, widersetzte. Meist trug Thuna einen Zopf, doch auch der löste sich gerne auf, Haargummis verschwanden einfach, und wieder hing das Haar glatt hinab und immer im Weg herum. Thuna haderte mit ihren Haaren wie mit ihrem Gesicht, was Rackiné überhaupt nicht verstand. Sah sie doch feenhaft aus, so natürlich und entrückt. Und jetzt, da sie mit dem Nebelfräulein durch den Wald lief und die Trommeln der Trommelgnome immer lauter wurden, da war Thunas Ähnlichkeit mit einer Fee auf einmal offensichtlich: Ihr Haar sah noch länger aus, ihre Haut schimmerte hell, ihr Gesicht war klar und rein wie Wasser und ihre Augen glänzten wie aus Glas. Überall da, wo Thuna gegangen war, hinterließ sie ein bläuliches Licht. Da wunderte es Rackiné überhaupt nicht, dass die Trommelgnome, die kugelrunde Bäuche hatten (auf denen sie übrigens auch gerne herumtrommelten) das Trommeln vergaßen, als sie Thuna erblickten, und sich allesamt höflich verbeugten.

„Aber ich bin bestimmt keine Fee!", hörte Rackiné Thuna sagen.

Jetzt, da die Trommeln schwiegen, konnte man sie viel besser verstehen.

„Du hast die Feenbegabung", sagte das Nebelfräulein. „Das weißt du doch."

„Weil ich unter Wasser atmen und in den Gedanken anderer Leute schwimmen kann? Aber wenn ich wirklich die Feenbegabung hätte, könnte ich auch mit dem Licht der Nachtgestirne zaubern. So stand es im Lexikon. Ich kann das aber gar nicht."

„Such dir eine kleine Schachtel", sagte das Nebelfräulein, „und fülle sie mit Staub. Du findest sicher Staub in Sumpfloch."

Die Trommelgnome kicherten. Thuna wusste zwar nicht, warum das Nebelfräulein plötzlich von Staub sprach, aber sie antwortete gewissenhaft:

„Ja, in Sumpfloch gibt es viel Staub."

Die Trommelgnome kicherten noch lauter, was das Nebelfräulein zum Anlass nahm, ihnen ein Zeichen zu geben, dass sie sich gefälligst vertrommeln sollten. Die Gnome hörten zu kichern auf, aber sie vertrommelten sich nicht. Sie wollten hören, wie es weiterging.

„Verzeih den Gnomen", sagte das Nebelfräulein. „Wir freien Wesen sind hochmütig gegenüber denen, die in Häusern leben. Wir mögen keine Wände und Decken, die alles einsperren, was in Bewegung und im Austausch bleiben sollte. Hier im Wald findest du keinen Staub. Staub ist etwas, dass es nur bei euch eingesperrten Menschen gibt. Deswegen kichern sie so, verstehst du? In deinem Fall kommt es uns zugute, dass der Staub ausgehungert ist nach Leben und Licht und dem Wechselspiel der Elemente. Du füllst also deine kleine Schachtel mit Staub, ja?"

Thuna nickte. So weit hatte sie es verstanden.

„Diese Schachtel stellst du in einer sternenklaren Nacht ins Freie, am besten auf ein Dach."

„Das ist kein Problem, ich wohne in einem Zimmer, von dem aus ich aufs Dach klettern kann."

„Wunderbar! Dann stell deine Schachtel dorthin. Wie ich schon sagte, der Staub ist ausgehungert nach den Elementen. Er wird das edelste und reinste verschlucken, das er bekommen kann, und das ist das Sternenlicht. Wenn du deine Schachtel am nächsten Morgen wieder hereinholst, wird der Staub immer noch wie gewöhnlicher Staub aussehen. Doch er ist zu Sternenstaub geworden. Verschließe die Schachtel mit einem Deckel und trage sie mit dir herum, damit du den Sternenstaub hast, wann immer du ihn brauchst. Er ist wie das, was die Menschen magikalisches Fluidum nennen. Nur dass er sehr viel mächtiger und stärker ist als das."

„Aber warum zaubern sie dann mit magikalischem Fluidum und nicht mit Sternenstaub?"

„Weil sie für Sternenstaub zu grob gemacht sind", sagte das Nebelfräulein und wieder gaben die Trommelgnome kichernde Geräusche von sich.

„Sie sind zu grob gemacht?", fragte Thuna verwundert. „Aber ich nicht?"

„So ist es, meine Liebe. Warum kannst du im Wasser atmen? Warum kannst du in den Gedanken anderer Menschen schwimmen? Weil du von einer Art bist, die aus so feinen Bestandteilen besteht, dass dein wahres Wesen sich auflösen kann in Gedanken und Wasser und im Sternenlicht. Du wirst das noch lernen. Du und ich, wir sind in gewisser Weise verwandt."

Rackiné gab einen lauten Seufzer von sich. Ob es stolze Bewunderung war, die ihn dazu veranlasste, oder der blanke Neid, das wusste er selbst nicht. Vielleicht war es beides.

„Ich glaube, das ist ein Missverständnis", sagte Thuna. „Ich kann das alles nur, weil ich aus einer anderen Welt stamme. Ich gehöre hier gar nicht her. Ich bin sogar allergisch gegen Gegenstände, die magikalisches Fluidum speichern!"

„Natürlich", sagte das Nebelfräulein. „Das bin ich auch."

Thuna wollte dem Nebelfräulein gerne glauben, aber allmählich wurde es ihr zu merkwürdig.

„Das verstehe ich nicht", sagte Thuna. „Warum soll das natürlich sein?"

„Wir sind wie ein Gewässer, in dem lauter silberne Fische schwimmen", erklärte das Nebelfräulein. „Die silbernen Fische bewegen sich still und vollkommen. Wenn einer ein Netz ins Wasser hält mit großen Maschen, so schwimmen die Fische einfach hindurch. Es macht ihnen nichts aus. So geht es uns mit dem magikalischen Fluidum, das diese ganze Welt durchdringt. Es schadet uns nicht, aber es nützt uns auch nichts. Wird nun das Fluidum in einem bestimmten Gegenstand konzentriert, so ist es, als ob das Netz, das ins Wasser gehalten wird, ganz kleine Maschen bekommt. Die Fische können nicht mehr hindurchschwimmen, sie bleiben darin hängen. Und was machen Fische, wenn sie in einem Netz hängen bleiben?"

„Sie zappeln."

„Ja", sagte das Nebelfräulein. „Und zwar gewaltig. Das ist die allergische Reaktion und eine Gefahr, vor der du dich hüten solltest: Sternenlicht dringt in dein Wesen ein und erfüllt dich mit Kraft. Sammelst du es an, so wie ich es dir beschrieben habe, kannst du es gezielt verwenden. Aber hüte dich vor konzentriertem magikalischem Fluidum – es greift dich an und setzt dich fest, so wie das kleinmaschige Netz die silbernen Fische. So hat die böse Cruda vor langer Zeit alle Feen eingefangen und versklavt."

Thuna wusste nicht, was sie sagen sollte. Zu seltsam klang das alles.

„Für heute will ich dir so viel sagen, Thuna: Die Feen sind verschwunden, so wie der abnehmende Mond langsam vom Himmel verschwindet. Doch was macht der Mond, wenn er verschwunden ist? Er kommt wieder. Ich warte schon eine lange Zeit auf die Rückkehr der Feen. Sie brauchten jemanden, der sie hierherbringt. Einen Menschen, der diese Welt betreten kann und das Feenlicht in sich trägt. Dieser Mensch bist du, Thuna. Es gab schon einmal einen Menschen, der die Feen in diese Welt gebracht hat. Auch sie war ein Erdenkind. Weißt du, wie sie hieß?"

Thuna wusste es nicht.

„Sie hieß Estherfein", sagte das Nebelfräulein. „Nun geh wieder nach Hause, Thuna. Wenn ihr euch beeilt, könnt ihr es vor Einbruch der Dunkelheit schaffen! Du musst aber keine Angst haben. Selbst wenn es Nacht wird, hier im Wald, wirst du sicher sein. In diesem Wald wird dir keiner etwas tun!"

Wie Thuna den Weg nach Hause zurücklegte, wusste sie später kaum noch. Da war wohl wieder ein Tunnel, aber ein anderer als zuvor. Solche Tunnel konnte man nämlich nicht nach Belieben vorwärts und rückwärts durchqueren, erklärte ihr Rackiné. Die Richtung spielte immer eine entscheidende Rolle. Thuna fragte nicht nach, sie folgte ihm einfach, und irgendwann erreichten sie den Waldrand und das Tor zum Garten. Die Sonne war schon untergegangen, doch der Himmel war noch hell. Schon jetzt kam Thuna das Erlebte wie ein Traum vor. Rackiné war der Einzige, der bezeugen konnte, dass es wirklich geschehen war. Aber er wollte nicht mit ihr durch das Tor in den Garten gehen.

„Ich bleib noch ein bisschen im Wald", sagte er. „Hab gerade keine Lust auf Schubladen und Scarletts bösen Blick."

„Sie hat keinen bösen Blick!"

„Hat sie wohl. Mach's gut, Fee, ich komm dann wieder, wenn ich Heißhunger auf Monster-Stiefmütter habe. Kannst du Maria sagen. Machst du das?"

„Nur, wenn das nicht alles ist!"

„Na, gut", sagte der Hase etwas unwillig. „Sag ihr meinetwegen, dass ich sie lieb habe."

„Hast du doch auch, oder?"

„Schon. Aber ich sag's nicht gerne."

Rackiné machte kehrt und lief in den Wald zurück. Die Dunkelheit, die ihn verschluckte, war für Thuna ein einziges, großes Rätsel. Wie sollte sie das jemals verstehen?

Kapitel 12

Der Wächter und das Pfand

Scarlett und Gerald waren noch vorsichtiger geworden. Es lag eine Gefahr in der Luft, die sich nicht näher bestimmen ließ. Aus Viegos Kurzreise waren zehn Tage geworden und er war immer noch nicht zurück. Viperia, die Giftnasenfledermaus von Geralds Vater, überbrachte Warnungen und beunruhigende Nachrichten: Viego sei nach Finsterpfahl gereist, um dort mit Verwandten und alten Bekannten in Kontakt zu treten und mehr herauszufinden. Denn die Regierung befürchtete einen Aufstand in Finsterpfahl. Es gab Hinweise, dass sich dieser nördlichste Teil Amuyletts mit den abtrünnigen Reichen Fortinbrack und Nachtlingen verbündet hatte, mit dem Ziel, sich von Amuylett zu lösen. Das war beunruhigend genug, doch der Ritter Gangwolf hatte über seine heimlichen Kontakte noch ganz andere Dinge gehört: nämlich dass der Aufstand, der in Finsterpfahl drohte, nur der Ablenkung diente. Das eigentliche Ziel der Verschwörer befand sich im Herzen von Amuylett.

Der Raub des heiligen Riesenzahns schien unmittelbar mit diesen Plänen zusammenzuhängen. Nach allem, was man wusste, war der Zahn nach Fortinbrack gelangt. Wenn es stimmte, dass er unverletzbar machte, so wurde er in den Händen von Fortinbracks Herrscher, dem Zauberer Grindgürtel, zu einer mächtigen Waffe. Denn Grindgürtel und seine Gemahlin waren außerordentliche Zauberer. Es klang unglaublich, doch die Anzeichen verdichteten sich, dass Fortinbrack im Bündnis mit Nachtlingen einen Schlag gegen Amuylett plante. Nun waren Grindgürtel und seine Frau alles andere als dumm oder leichtsinnig. Wenn sie Amuylett wirklich angreifen wollten, so mussten sie einen gewaltigen Schlag planen. Einen, der die Übermacht Amuyletts so empfindlich verletzen würde, dass die Stabilität des Reiches ins Wanken geriet.

Über die Regierung von Amuylett konnte man vielleicht das eine oder andere Schlechte sagen, doch das riesige Reich, das fast den ganzen Erdball bedeckte, war ein friedliches Reich. Die Regierung bemühte sich, alle Staatsbürger satt zu bekommen und mit dem Nötigsten zu versorgen. Gleichheit und Gerechtigkeit waren anerkannte Werte. Nicht auszudenken, was geschehen würde, wenn dieses Reich zerfiele und Kriege um die einzelnen Kontinente ausbrächen – die ganze Welt würde in frühere, finstere Zeiten zurückfallen. Man musste sich also wappnen. Doch wo war Fortinbracks Angriff geplant? Was genau hatten die abtrünnigen Reiche vor? Niemand wusste es.

Vor diesem Hintergrund wirkte das, was Gerald und Scarlett der Fledermaus Viperia erzählten, geradezu lächerlich: nämlich dass beinahe täglich tote wilde Tiere auf dem Gelände von Sumpfloch gefunden wurden. Ein Raubtier schien sich in Sumpfloch zu verstecken oder dort ein- und auszugehen, doch niemand hatte es bisher gesehen oder auch nur Spuren von ihm entdeckt. Die Faulhunde, die man zuerst im Verdacht hatte, wurden immer wieder gezählt und genau beobachtet: Keiner von ihnen fehlte und sie bewegten sich in den Bereichen, die nur ihnen gehörten und sonst nirgendwo. Sie verhielten sich friedlich. Auch fehlte an den toten Tieren jede Art von Faulgeruch, was ebenso gegen die Annahme sprach, ein ausgerissener Faulhund sei schuld.

Die Schüler berichteten vermehrt von Gespenstern oder unerklärlichen Geräuschen. Auch Gerald hatte schon Schritte in einem leeren Flur gehört. Die Lehrer berieten sich über dieses Problem (was Gerald von Herrn Winter erfuhr) und kamen zu dem Schluss, dass der harte Winter und das anschließende Hochwasser dazu geführt hatten, dass sich viele Wesen aus der Umgebung, vor allem aus dem Wald, in die Festung geschlichen hatten, um dort einen Unterschlupf zu finden. Wenn so etwas passierte, wurde man die heimlichen Untermieter nur schwer wieder los. Vielen mochte es gefallen in dem alten Gebäude und so hockten sie in ihren Verstecken, schlichen durch Flure oder kratzten und schabten in den Hohlräumen der Mauern, um sich dort häuslich niederzulassen. Es wurde daher beschlossen, einen Verscheucher nach Sumpfloch zu holen. Verscheucher waren Leute, die darauf spezialisiert waren, unerwünschte Mitbewohner aufzuspüren und zu verjagen. Dummerweise waren diese Leute gerade ausgebucht (denn nicht nur in Sumpfloch hatte ein strenger Winter geherrscht), sodass frühestens in einem Monat mit Abhilfe gerechnet werden konnte.

Und dann war da noch Hanns.

Gerald bat seinen Vater, den Ritter, mehr über diesen Jungen herauszufinden. Leider konnten Scarlett und Gerald nicht viele Anhaltspunkte für die Nachforschung liefern. Herr Winter hatte in

Hanns' Aufnahmepapiere geschaut und festgestellt, dass da bemerkenswert wenig drinstand. Der Nachname war mit Brauer angegeben, ein Name, der in Amuylett sehr verbreitet war. Dann war eine Stadt genannt, Drachling, die mindestens hunderttausend Einwohner hatte. Bei Geburtsdatum, früheren Schulen, Verwandten und besonderen Merkmalen stand einfach nur ‚unbekannt'. Der angegebene Kontakt war unleserlich und das Bannwort, mit dem man Hanns' Vormund angeblich per Spiegelfon erreichen konnte, funktionierte nicht. Scarlett wusste immerhin, wie ihr altes Waisenhaus hieß und in welcher Stadt in Finsterpfahl es sich befand. Vielleicht war es möglich, dort einen Vermerk über Hanns' Eltern zu finden.

Die Nachricht, die Viperia einige Tage später überbrachte, erschütterte Scarlett mehr, als sie es für möglich gehalten hätte: Denn die Kinder Hanns und Scarlett hatte es laut der Unterlagen im ‚Kinderheim für Elternlose' nie gegeben. Auch war die Leiterin mittlerweile eine andere. Niemand der Angestellten dort konnte sich an die beiden Kinder erinnern. Jemand musste dafür gesorgt haben, dass alle Spuren von Hanns verschwunden waren. Aber warum waren auch Scarletts Spuren nicht mehr da? Warum hatte jemand diesen Teil ihres Lebens, der ihr so viel bedeutete, einfach ausgelöscht?

Eleiza Plumm war abgeholt worden, der alte Hund war bestimmt schon gestorben und Hanns war nicht mehr der Junge, mit dem sie einmal befreundet gewesen war. Was war denn überhaupt noch übrig von damals? Sie kämpfte mit den Tränen, immer wieder, wenn sie daran dachte. Sie hatte Heimweh nach einem Ort, den es nicht mehr gab.

Gerald zeigte Verständnis für ihren Kummer, war aber gleichzeitig so beunruhigt, dass er ihr wegen Hanns ständig in den Ohren lag. Er wollte nicht, dass sich Scarlett noch länger mit ihm traf. Zumal Scarlett noch rein gar nichts über Hanns und seine wahren Ziele herausgefunden hatte. Die Vertraulichkeiten, die sich Hanns früher erlaubt hatte – dieses Gerede von einem Erdbeben und dass Scarlett sich entscheiden müsse – die kamen nicht mehr über seine Lippen. Wenn Scarlett ihn darauf ansprach, sagte er nur:

„Das war ein Bild, Scarlett! Warum kannst du so etwas nie unterscheiden?"

„Ein Bild wofür?", hatte sie gefragt.

„Dafür, dass ein Mensch wissen kann, wohin er gehört. Ich weiß, wohin ich gehöre. Aber du weißt es nicht. Noch nicht. Das macht nichts, Scarlett."

Normalerweise hätte sich Scarlett schnippisch bei Hanns dafür bedankt, dass es *nichts machte*, doch die Umstände waren nun mal schwierig, also zeigte sie sich einsichtig.

„Du hast recht, Hanns. Es fällt mir schwer, überhaupt irgendwohin zu gehören. Ich bin gerne unabhängig."

„Ich weiß, Scarlett", sagte er voller Mitgefühl. „Das kommt, weil wir Waisenkinder sind. Wir wollen uns davor hüten, verraten zu werden. Aber am Ende verraten wir uns selbst, wenn wir niemandem vertrauen. Weil wir uns damit unglücklich machen."

In solchen Momenten fragte sich Scarlett, ob ihr Misstrauen gegen Hanns nicht vollkommen unberechtigt war. War er vielleicht der Gute und Berry die Lügnerin? Warum glaubte sie Berry, die schon einmal ihre Freundinnen verraten hatte, statt Hanns zu glauben, dem sie als Kind blind vertraut hatte? War das nicht verrückt?

Aber dann saß Scarlett wieder mit Gerald zusammen und der bat sie um eine Liste.

„Schreib alles auf, was dir zu Hanns einfällt. Was er über seine Eltern erzählt hat und was er mag und nicht mag und was du an ihm beobachtet hast. Die Orte, die er in Sumpfloch sucht, was ihn interessiert und was er über seine Zukunft denkt. All so was ... Vielleicht bringt es uns doch noch auf eine Spur!"

Zuerst kam es Scarlett komisch vor, all diese Dinge aufzuschreiben. Doch dann fielen ihr während des Schreibens lauter Kleinigkeiten ein, die sie fast vergessen hatte und die jetzt in einem anderen Licht erschienen.

„Hanns hat mal mit einem weißen Hund gesprochen!", sagte Scarlett.

Sie saß auf Herr Winters kleinem Sofa und Gerald war im Nebenzimmer verschwunden, um dort seine magikalischen Instrumente zu putzen und zu warten. Damit nahm er es sehr genau, im Gegensatz zu Lisandra, die ihre neue Uhr harten Prüfungen aussetzte. Gerald warnte sie immer wieder, dass verschmutzte oder beschädigte magikalische Instrumente zu Fehlleistungen führen konnten. Aber Lisandra nahm es auf die leichte Schulter. Wenn ihr die Uhr mal den Dienst versagte, konnte sie sie ja immer noch putzen. Bloß keine Energie auf Fleißarbeiten verschenken!

„Wann?", fragte Gerald und steckte den Kopf zum Wohnzimmer herein. „Und wo?"

„An seinem ersten Tag, im Hof hinter der Küche."

„Bist du dir sicher, dass es ein Hund war?"

„Was soll es denn sonst gewesen sein?"

„Ein Wolf vielleicht."

Gerald kam herein und setzte sich neben dem Sofa in einen Sessel.

„Es könnte das Tier sein, das hier ständig Wildtiere zerfetzt und auffrisst!", sagte er. „Es muss dieses Tier sein!"

„In Sumpfloch darf man keine Haustiere halten", überlegte Scarlett. „Vielleicht ist es sein Hund und er hat ihn heimlich mitgebracht. Das erklärt auch, warum er im Winter so oft draußen war. Er war immer total durchgefroren!"

„Es könnte aber auch sein, dass er diesem Tier Informationen gegeben hat", sagte Gerald. „Vielleicht ist der Hund für ihn das, was Viperia für uns ist: Ein heimlicher Überbringer von Nachrichten."

„Was für Nachrichten?"

„Tja – wenn es blöd läuft, Nachrichten über Erdenkinder. Oder über böse Crudas."

„Nein, nein, davon weiß er nichts! Er interessiert sich doch nur für komische geschichtliche Dinge: Geheimgänge und Gefängnisse. Das Feenmaul. Als ob er da unten nach einem geheimen Schatz sucht oder so was."

Sie schwiegen, weil sie beide nachdachten. Dann fingen sie gleichzeitig an zu sprechen:

„Er kann übrigens Zauber sehen", sagte Scarlett, weil es ihr gerade eingefallen war.

„Er bereitet einen Angriff vor!", rief Gerald und sprang von seinem Sessel auf. „Das ist es! Wenn jemand Sumpfloch erobern will und über alle unterirdischen Gänge, Kanäle und Geheimtüren Bescheid weiß, dann ist er hier drin, bevor wir überhaupt was mitkriegen!"

Scarlett legte ihren Block beiseite.

„Nein, nein", murmelte sie, „warum soll denn jemand Sumpfloch angreifen? Was hätte er davon?"

Gerald ging im Zimmer auf und ab.

„Sumpfloch wird angegriffen, das ist das Erdbeben. Du sollst dich entscheiden, wohin du dann rennst. Mit Hanns in die Freiheit oder ohne Hanns in deinen Untergang. Verstehst du?"

„Das kann nicht sein!", sagte Scarlett. „Sumpfloch ist unwichtig."

„Ja, das ist das Einzige, was an der Erklärung nicht hinhaut. Sumpfloch ist strategisch unwichtig. Trotzdem muss ich meinem Vater gleich eine Nachricht schicken …"

Gerald verschwand im Nebenzimmer, um seine Instrumente wieder zusammenzubauen, doch er war kaum weg, da war er schon wieder da.

„Was hast du gerade gesagt? Er kann Zauber sehen?"

„Ja. Ist das ungewöhnlich?"

„Nein, das gibt es ab und zu. Fragt sich nur, wie gut er sie sehen kann …"

„Er fand die Trümmersäule sehr interessant. Weil da so viele Zauber herumgewickelt sind. Er wollte auch wissen, ob General Kreutz-Fortmann wirklich spuken wird, wenn man die Säule umstürzt."

Gerald wuschelte sich mit einer Hand in seinen Haaren herum – was ihm sehr gut stand – und konnte sich nicht entscheiden, ob er stillstehen oder herumlaufen sollte, was dazu führte, dass er von einem Bein auf das andere trat, zwei Schritte ging, wieder stehen blieb, die Haare zerwuschelte, die Hände in die Hosentaschen steckte, und wieder zwei unentschlossene Schritte machte, um festzustellen:

„Ich hab da ein ganz schlechtes Gefühl!"

Schließlich kehrte er ins Nebenzimmer zurück, baute seine Instrumente zusammen und steckte sie zurück an ihre Bestimmungsorte: den Kuli in die Brustasche, die Uhr ans Handgelenk, einen Ring an den Finger, einen Manschettenknopf ans Hemd, ein Feuerzeug in die Hosentasche und eine Schnürsenkel-Klammer an den Schuh.

„Wie findet man einen Hund?", fragte Scarlett zu ihm hinüber. „Oder einen Wolf?"

„Die Lehrer haben es schon mit allen möglichen Such- und Sichtbarkeitszaubern versucht. Das Tier lässt sich nicht finden. Es hinterlässt auch keine Spuren – außer seiner halb aufgefressenen Beute."

„Aber dann kann es doch kein normaler Hund sein?"

„Es ist einer mit Verstand."

„Ein Tiermensch?"

„Ein Werwolfverwandter, ein Höllenhund, ein fleischfressender Geist, es gibt viele Möglichkeiten."

Gerald kam aus dem Nebenzimmer und setzte sich kurz neben Scarlett auf die Sofakante, fast im Vorbeifliegen, denn er hatte es sehr eilig.

„Ich rufe gleich Viperia. Vielleicht schafft sie es bis heute Abend."

Er gab ihr einen flüchtigen Kuss und war schon auf dem Weg zur Wohnungstür.

„Ich muss auch gleich los", sagte Scarlett. „Hanns will mir mal wieder was zeigen."

Gerald tat mit einem Seufzer kund, was er von diesen Verabredungen hielt, und ging. Scarlett wartete fünf Minuten ab, verließ dann ebenfalls Herr Winters Wohnung und schlich sich auf Umwegen zur unterirdischen Bootsanlegestelle. Hanns wartete schon im Boot, als sie dort eintraf.

„Da bist du ja!", rief Hanns begeistert. „Du wirst staunen!"

„Was willst du mir denn zeigen?", fragte sie.

„Das wirst du sehen! Los, steig ein!"

Hanns machte überhaupt keinen gefährlichen Eindruck an diesem Nachmittag. Er sah auch nicht so aus, als ob er eine Verschwörung oder einen Angriff plante. Manchmal fragte sich Scarlett, ob sie Hanns nicht großes Unrecht tat. Sie spielte ihm vor, seine beste Freundin zu sein, obwohl sie an ihm zweifelte und ihre Treffen lange nicht so genoss wie er. War das nicht fies? Sie glaubte Berrys Anschuldigungen sofort, schnüffelte mit Gerald in Hanns' Vergangenheit herum und gab ihm keine Gelegenheit, sich zu rechtfertigen. Vielleicht hätte Hanns alles erklären können, wenn sie ihm offen vorgeworfen hätte, was sie vermutete: nämlich dass er ein Spion war. Stattdessen spielte sie mit seinen Gefühlen. Wie so oft überkam Scarlett ein schrecklich schlechtes Gewissen. Mit dem festen Vorsatz, alles toll und großartig zu finden, was Hanns ihr zeigen würde, stieg sie zu ihm ins Boot.

Doch ihr Herz sank, als sie merkte, welchen Weg er einschlug. Nach zehn Minuten Bootsfahrt durch kleine und große Kanäle gelangten sie in einen Tunnel, an dessen Ende ein Vorhang aus Wasser die Wand bedeckte. Dort, wo das viele Wasser hinabstürzte, waren die Wände von dickem, dunkelgrünem Moos bedeckt. Hanns hielt die Laterne in die Höhe, um den Wasserfall und Scarletts Gesicht anzuleuchten.

„Oh!", sagte Scarlett möglichst überrascht. „Ein Wasserfall!"

„Ach, was ist das schon?", sagte Hanns. „Eine Menge Wasser, die von einem höheren Kanal in einen tieferen stürzt. Was ich dir zeigen will, kommt erst noch!"

Scarletts Herz sank noch tiefer: Hanns hatte also das Feenmaul entdeckt. Die Grotte, in der Scarlett mit Gerald gewesen war, in den Winterferien. Sie und Gerald hatten immer einen Schirm dabeigehabt, den sie aufspannten, wenn sie durch den Wasserfall fuhren, um nicht nass zu werden. Doch Scarlett sah keinen Schirm in Hanns' Boot.

„Was machst du da?", fragte Scarlett pflichtbewusst, als Hanns auf den Wasserfall zusteuerte. „Wir werden ja ganz nass!"

„Ja, aber das ist es wert", sagte Hanns und dann ruderte er mitten hinein in das viele Wasser, das von oben kam.

Scarlett hielt sich die Arme über den Kopf, doch es half nicht viel. Es war mehr Wasser als noch im Winter und es gab keinen rot-weißen Schirm, der den schlimmsten Guss umlenkte. Hanns' Laterne erlosch im Wasserstrahl und als sie auf der anderen Seite ankamen, im stockfinsteren Feenmaul, da war Scarlett nass von oben bis unten. Zum Glück war das Wasser sehr warm und die Temperatur in der Grotte auch. Trotzdem – Scarlett hasste es, so nass zu sein! Das Wasser lief ihr aus den Haaren in den Nacken und über die Arme. Das war der Tiefpunkt. Der Tiefpunkt ihrer Freundschaft zu Hanns!

Hanns zündete die Lampe wieder an. Es wunderte Scarlett, dass ihm das so mühelos gelang. Die magikalische Kerze musste pitschnass sein, doch davon war nichts zu sehen, als sie wieder brannte. Hanns musste sehr begabt sein im Zaubern. Anders ließ sich das kaum erklären. Scarlett dachte das kurz, doch schenkte diesem Gedanken keine weitere Beachtung.

„Schau mal!", rief Hanns und hielt die Laterne in die Höhe, sodass ein Teil der Grottenwände sichtbar wurde. „Wie findest du das?"

Die pitschnasse Scarlett sah sich um und sagte:

„Großartig."

Hanns war auch nass. Seine sonst so brav gekämmten blonden Haare hingen ihm in Strähnen ins Gesicht. Es war ihm gleich. Seine grauen Augen leuchteten vor Aufregung. Eigentlich, dachte Scarlett, hatte er noch nie so gut ausgesehen wie jetzt. Nasse Haare und leuchtende Augen standen ihm gut. Aber das stellte sie ganz unbeteiligt fest. Ihr Herz gehörte sowieso einem anderen.

„Das ist es aber immer noch nicht, was ich dir zeigen wollte", sagte er triumphierend.

Jetzt war Scarlett wirklich mal überrascht.

„Nicht?", fragte sie. „Aber das ist doch eine Wahnsinnshöhle! Mit all dem Tropfstein und diesen wilden Formen an den Wänden."

„Das eigentliche Wunder", sagte er, „liegt wie so oft in der Tiefe."

Er zog unter seiner Bank eine nasse Ledertasche hervor. Die öffnete er und holte einen kleinen, schweren Gegenstand heraus, der aus Eisen und Glas bestand und an einem Seil befestigt war. Jetzt drehte Hanns an einem kleinen Knopf an der Seite und im Inneren begann etwas zu glühen. Man sah es durch die Glasscheibe.

„Eine Unterwasserlampe", erklärte er. „Mit magikalischer Verstärkung, sonst kämen wir hier nicht weit."

Er versenkte die schwere Lampe im Wasser und ließ sie am Seil tiefer sinken. Das schwache Licht, das die Lampe unter Wasser abgab, verbreitete einen türkisfarbenen Schimmer, der fast unsichtbar wurde, als Hanns die Lampe noch tiefer hinabließ. Als das ganze Seil aufgebraucht war und am Rand des Bootes spannte, war vom Licht nichts mehr zu sehen.

„Pass auf!", sagte Hanns und warf Scarlett einen Blick zu, der so wach und aufmerksam war wie nie zuvor. „Ich benutze jetzt die magikalische Verstärkung!"

Er hielt das Seil in der einen Hand und hielt die andere Hand ausgestreckt übers Wasser. Langsam, aber stetig begann das Wasser zu leuchten, immer heller und grüner. Das Licht, das aus dem Wasser kam, wanderte über die Grottenwände und tauchte die seltsamen Tropfsteinformationen in flackernde Blautöne. Das Wasser glühte jetzt türkis, ebenso wie der Teich im Garten es tat, wenn die fluoreszierenden Seerosen in der Nacht erblühten. Scarlett wollte schon sagen: ‚Ah, das war es, was du mir zeigen wolltest', doch da glitt ihr Blick in die Tiefe und dabei fiel ihr gar nichts mehr zu sagen ein!

Es war, als ob sie über einem Palast schwebte: In der Tiefe des Wassers gab es Säulen und gemusterte Böden und Treppenstufen und Durchgänge in andere unterirdische Räume. Wie ein versunkener Ballsaal sah das aus, überwachsen von Grottengestein. Scarlett konnte die Pracht, die sich unter ihr ausbreitete, kaum fassen.

„Ist das alles echt?"

„Echt und uralt!", sagte Hanns. „Die Feen konnten unter Wasser atmen. Dieser Saal gehörte zu ihrem großen Reich. Siehst du den Durchgang dort? Und den da? Und den anderen da drüben? Das hier ist der Einstieg in ein Labyrinth unter Wasser."

„Das ist ja wirklich unglaublich! Aber warum haben sie unter Wasser Paläste gebaut?"

Hanns lachte.

„Das ist kein Palast!", sagte er.

„Was ist es denn sonst?"

„Es ist der Eingang zu einem Gefängnis."

„Oh, nein!", rief Scarlett. „Nicht schon wieder ein Gefängnis!"

„Doch", sagte Hanns, „es ist eins. Natürlich sehen die Gefängnisse von Feen schöner aus als die von Crudas!"

Es war ihr, als hätte er diesen Vergleich mit Absicht gewählt. Doch als sie ihn ansah, wirkte sein Lachen völlig arglos.

„Kennst du die Geschichte vom Riesen und der Urmutter aller Feen?"

„Moment", sagte Scarlett, „da hat uns Thuna mal was erzählt."

Scarlett starrte in die blaue Tiefe unterm Boot und versuchte sich zu erinnern.

„Der Riese und diese Frau waren ein Liebespaar", sagte sie. „Sie hieß Lichtblut."

„Ja, das stimmt. Und weiter?"

„Tja, was war da noch? Es gab einen Gewittergott, der Ärger gemacht hat. Richtig?"

„Torck, der Gewittergott. Er war Lichtbluts Bruder. Er hat dem Riesen einen Zahn ausgeschlagen."

„Danach hat sie ihn rausgeworfen aus dieser Welt. Stimmt's? Das konnte ich mir merken."

„Aber er schickte seine Töchter, um sie zu bekämpfen", berichtete Hanns. „Er selbst kam auch zurück, eines Tages, obwohl ihm Lichtblut verboten hatte, Amuylett jemals wieder zu betreten. Er kämpfte gegen Lichtbluts Kinder, doch sie besiegten ihn. Zur Strafe sperrten sie ihn ein. Was du da unten siehst, ist sein Verlies. Das Gefängnis von Torck, dem mächtigen Gewittergott!"

„Aber wer glaubt denn noch an Götter?", fragte Scarlett. „Das sind Märchen!"

„Den Riesenzahn gibt es auch."

„Glaubst du wirklich, dass er mal einem Riesen gehört hat?"

Hanns schaute ins Wasser, in den blau leuchtenden Saal unter seinem Boot, und zuckte mit den Achseln.

„Keine Ahnung. Ich weiß nur, dass diese Märchen der Schlüssel zur Wahrheit sind. Etwas ist dort unten, etwas sehr Gefährliches."

„Das denkst du?", fragte Scarlett.

„Ich weiß es", sagte Hanns. „Ich weiß auch, wie man den Gewittergott befreit."

„Wie denn?"

„Man muss dem ewigen Wächter ein Pfand geben. Er nimmt aber nur ein bestimmtes Pfand an."

„Welcher ewige Wächter? Wer soll das denn sein?"

„Hast du genug gesehen?", fragte Hanns. „Ich will die Lampe nicht überstrapazieren. Ich hole sie wieder hoch, wenn du nichts dagegen hast."

Scarlett nickte.

„Mach ruhig."

Hanns ballte die Hand, die er die ganze Zeit über dem Wasser ausgestreckt hatte, zu einer Faust und im gleichen Moment erlosch das blaue Licht im Wasser. Dann zog er vorsichtig mit beiden Händen am Seil. Mehr und mehr Seil kam zum Vorschein und ringelte sich am Boden des Boots.

„Der Wächter wurde von den Feen aufgestellt, um das Gefängnis zu bewachen", erklärte er, während er das Seil einholte. „Wer oder was er ist, weiß man nicht. Es gibt verschiedene Geschichten darüber, aber alle stammen aus unzuverlässigen Quellen. Übereinstimmung herrscht nur in einem Punkt: Der Wächter verlangt als Pfand den heiligen Zahn des Riesen."

„Den heiligen Zahn?", fragte Scarlett erschüttert. „Du meinst den Zahn, der eben erst gestohlen wurde?"

„Genau den. Der Zahn versteckt sich, indem er alle hundert Jahre eine neue Form annimmt. Aber der Wächter erkennt ihn, egal in welcher Form."

„Und dann? Was passiert, wenn man dem Wächter das Pfand gegeben hat?"

„Dann glaubt er, die Feen hätten einen geschickt. Er wird Torcks Gefängnis öffnen und den Gefangenen freilassen."

Es war auf einmal sehr finster in der Grotte. Gegen das helle blaue Licht von zuvor wirkte die kleine Laterne im Boot düster und schummrig. Ihr Licht reichte kaum bis zur nächsten Höhlenwand. Gerade zog Hanns die kleine, schwere Lampe aus dem Wasser.

Immer noch glühte sie schwach im Inneren, doch jetzt drehte Hanns abermals den Knopf und sie erlosch gänzlich.

„Was wird Torck tun, wenn er wieder frei ist?", fragte Scarlett.

„Er hat geschworen, Amuylett zu zerstören, wenn er wieder freikommt."

„Dann sollte er besser nicht freikommen", sagte Scarlett. „Findest du nicht auch?"

Hanns packte seine Lampe wieder in die Ledertasche und schien kein bisschen besorgt. Er fand die Geschichte eher lustig.

„Du hast doch selbst gesagt, dass es keine Götter gibt", sagte er. „Vielleicht ist etwas Gefährliches da unten. Aber ein Gott wird's schon nicht sein."

Scarlett schwieg. Der heilige Zahn war nach Fortinbrack gelangt – das glaubte jedenfalls die Regierung und so hatte man es dem Ritter Gangwolf erzählt. Aber das würde womöglich bedeuten, dass Grindgürtel, der Herrscher von Fortinbrack, auf dem Weg nach Sumpfloch war. Wollte er den Riesenzahn benutzen, um das, was auch immer da unten eingesperrt war, zu befreien?

„Jetzt weißt du, warum ich das Feenmaul gesucht habe", sagte Hanns. „Es ist einfach die beste Geschichte, die Sumpfloch zu bieten hat!"

„Heißt das, du wirst jetzt nichts mehr suchen? Weil du Sumpflochs größtes Rätsel gelöst hast?"

„Wer wäre ich, wenn ich mir dieses unterirdische Gefängnis nicht aus der Nähe ansehen würde? Das hier ist erst der Anfang, Scarlett!"

Er lachte über ihr Gesicht. Noch nie hatte ihn Scarlett so gut gelaunt erlebt.

„Aber zu deiner Beruhigung", sagte er, „wir fangen nicht heute mit der Erkundung an. Das kann noch ein paar Tage warten."

Er ruderte zurück zum Wasserfall. Alleine der Gedanke, jetzt wieder von oben bis unten nass gespritzt zu werden, bereitete Scarlett so ein Unbehagen, dass es sie schüttelte.

„Das nächste Mal nehmen wir einen Schirm mit", sagte sie.

„Scarlett, wir wollen ein Gefängnis unter Wasser erkunden! Da wird dir ein Schirm nicht viel nützen!"

‚Wer sagt, dass *wir* das wollen?', dachte Scarlett. Aber sie sagte es nicht laut. Ihr schwirrte der Kopf von Feen, Riesen und Gewittergöttern. Da kam ihr auf einmal ein Gedanke. Es war ein sehr wichtiger Gedanke! Doch fast im gleichen Moment wurde sie vom herabstürzenden Wasser getroffen. Der Wasserfall spülte den Gedanken fort und als er ihr sehr viel später wieder einfiel, war es zu spät.

Kapitel 13

Wolfsgeheul

Viego Vandalez kehrte drei Tage später nach Sumpfloch zurück. Wer es irgendwie einrichten konnte, ging dem Halbvampir aus dem Weg, denn er wirkte finsterer denn je und seine Gestalt schien umwölkt von Unheil. Im Naturkreisläufe-Unterricht wagte es niemand, heimlich zu flüstern oder Briefe zu schreiben oder Radiergummis zu verhexen. Jeder saß still in der Bank und hoffte, dass Viegos blutunterlaufene Augen nicht gerade an ihm hängen blieben. Wie es das Schicksal so wollte, nahm Viego nacheinander Lisandra, Thuna und Maria an die Reihe und stellte ihnen Fragen, die außer ihm wahrscheinlich kein einziger Mensch in Amuylett hätte beantworten können. Ratlos standen die Mädchen da und wussten überhaupt nicht, wovon der Vampir sprach.

„Was habt ihr gemacht, während ich weg war?", fragte Viego. „Ich meine mich zu erinnern, dass ich jedem einzelnen von euch Hausaufgaben aufgegeben habe, bevor ich abgereist bin! Maria, gab es irgendeinen schwerwiegenden Grund, die Bücher, die du hättest lesen sollen, nicht zu lesen?"

Marias Unterlippe zitterte. Sie hatte versucht, die Bücher zu lesen. Aber es war rein gar nichts in ihrem Kopf hängen geblieben und außerdem waren es drei ganze Bücher gewesen. Nach dem ersten halben Buch hatte sie aufgegeben.

„Ich fürchte, ich habe nicht verstanden, was drinstand", sagte sie.

„Setz dich, wir sprechen uns nach der Stunde!"

Maria setzte sich, Thuna und Lisandra standen noch verloren herum. Was würde als Nächstes kommen?

„Lisandra, was weißt du über die geistigen Fähigkeiten einer Mücke?"

Lisandra stutzte. Eine Mücke hatte normalerweise keine allzu großen geistigen Fähigkeiten. Aber vielleicht gab es ja Mückenmenschen? Oder Mücken mit menschlichem Verstand? Es gab ja auch Molchmenschen und Spinnenmenschen.

„Das hängt davon ab, ob sie denken können", sagte Lisandra, weil ihr nichts Besseres einfiel. „Gibt es eigentlich Mückenmenschen?"

„Wenn du damit Menschen meinst, die das Gehirn einer Mücke haben, dann ja", antwortete Viego. „Du bist so einer. Setzen!"

Lisandra sank schnell in ihre Bank zurück, doch wenn sie gehofft hatte, dass das alles gewesen war, dann wurde sie jetzt eines Besseren belehrt.

„Lisandra, du kannst dich gleich nach der Stunde hinter Maria anstellen", erklärte der Vampir. „Wir haben ein Wörtchen miteinander zu reden!"

Thuna stand jetzt noch als Einzige im Raum. Die Fragen, mit denen der Vampir sie zu Beginn der Stunde bombardiert hatte, waren ihr allesamt komplett unverständlich erschienen. Ein zaghafter Versuch, in den Gedanken von Viego Vandalez zu schwimmen, um zu begreifen, was er von ihr wollte, war nach hinten losgegangen. Ihr war eine schwarze, erstickend böse Wolke aus seinem Geist entgegengeschlagen, sodass sie sich schwor, nie wieder in seinen Geist zu blinzeln. Ob er ihren Versuch bemerkt hatte? Ob er deswegen so sauer war?

„Thuna", sagte er nun, „Denkst du, dass das Wort Kreisläufe etwas mit einem Kreis zu tun hat?"

Thuna wusste nicht, was er mit dieser Frage bezwecken wollte. Also sagte sie, was sie dachte.

„Ja, natürlich."

„Natürlich! Und findest du es sinnvoll, im Zusammenhang mit Prozessen, die in der Natur stattfinden, von einem Kreis zu sprechen?"

„Vermutlich schon", sagte Thuna zögernd. „Sonst würde das Fach ja nicht Naturkreisläufe heißen."

„Glaubst du, Thuna, dass du mit dieser Einstellung weit kommen wirst?"

„Mit was für einer Einstellung?"

„Alles hinzunehmen und zu glauben, was Menschen sich in ihrer Einfalt irgendwann einmal ausgedacht haben? In der Natur gibt es keine klassischen Kreisläufe, ebenso wenig wie Kreise! Es gibt nur Wechselwirkungen. Die naive Vorstellung von einem Kreislauf, der sich immer und immer wieder in ein- und derselben Richtung vollzieht, stammt aus einer Zeit, als die Menschen Sonne und Mond noch für Gottheiten hielten!"

Thuna wusste, sie würde den Kürzeren ziehen, wenn sie jetzt nicht schwieg. Doch die Frage, die sie gerade beschäftigte, ließ sich nicht unterdrücken.

„Aber das Fach heißt doch so", sagte sie. „Müsste man es dann nicht umbenennen?"

„Wenn wir es umbenennen würden, würden wir vergessen, wo wir herkommen. Einen Irrtum muss man im Gedächtnis behalten, damit man ihn nicht wiederholt. Man muss aus ihm lernen. Also Thuna, noch einmal: Findest du es sinnvoll, im Zusammenhang mit Prozessen, die in der Natur stattfinden, von einem Kreis zu sprechen?"

„Ist es nicht so, dass der Mond um Amuylett kreist?", widersprach Thuna tapfer. „Und Amuylett um die Sonne?"

„Der Mond tut, was er tun muss. Er gehorcht den Bedingungen, in denen er existiert. Das ist alles! Von einem Kreis sprechen nur Menschen, die sich nicht anders zu helfen wissen! Aber jetzt wollen wir die anderen Schüler nicht länger mit deiner Begriffsstutzigkeit langweilen. Wir unterhalten uns nach der Stunde darüber, wie es mit dir weitergehen soll. Setzen!"

Thuna setzte sich und wusste zumindest, dass ihr bis zum Ende der Stunde kein weiteres Unheil drohte, während der Rest der Klasse (Lisandra und Maria ausgenommen) fürchtete, Viego werde gleich den nächsten Schüler in die Mangel nehmen, um seine schlechte Laune an ihm auszulassen. Selbst Scarlett duckte sich ein wenig. Viego war gerade nicht zu trauen! Aber er nahm keinen weiteren Schüler an die Reihe, sondern hielt für den Rest der Stunde einen Vortrag über die perfiden Jagdmethoden der untoten Marder von Gorginster, den er mit den Worten abschloss:

„Ich gebe euch eine Woche Zeit, die Hausaufgaben nachzuholen, die ich euch für heute aufgegeben hatte. Wer diese letzte Frist nicht nutzt, kann schon mal seine Koffer für Finsterpfahl packen!"

Thuna, Maria und Lisandra sahen mit gemischten Gefühlen zu, wie sich das Klassenzimmer nach der Stunde leerte. Sie durften nicht gehen, sie mussten abwarten, was der grimmige Naturkreisläufe-Lehrer ihnen zu sagen hatte.

„Wann habt ihr eure letzte Stunde?", fragte er, während die letzten Schüler zur Tür eilten.

„Eintracht und Freundschaft bei Frau Eckzahn", antwortete Thuna, da ihre beiden Freundinnen schwiegen. „Die zweite Stunde nach dem Mittagessen."

„Gut", sagte Viego Vandalez. „Nach dieser Stunde erscheint ihr in meinem Studierzimmer zum Nachsitzen."

Die drei Mädchen schauten ihn entsetzt an. Musste das sein?

„Bringt Scarlett mit", fügte er hinzu. „Ich kenne kein Wort, das den Aufsatz, den sie mir abgeliefert hat, angemessen vernichtend beschreiben könnte."

Ohne eine Antwort oder ein Nicken der Mädchen abzuwarten, verließ er den Raum.

„Aber ...", begann Maria, als er verschwunden war.

„Ja?", sagte Lisandra. „Sprich dich aus!"

„Scarlett bekommt doch gar keine richtigen Nachhilfestunden, oder?"

Thuna runzelte die Stirn.

„Das stimmt", sagte sie. „Womöglich müssen wir auch nicht *richtig* nachsitzen. Aber ob das was Gutes heißt?"

„Es wäre mir schon lieb, wenn er nachher ein bisschen freundlicher wäre" sagte Maria.

„Das kannst du abhaken", sagte Lisandra. „Die schlechte Laune war echt!"

Das Arbeitszimmer des Halbvampirs lag im vierten Stock des Haupthauses und war dem Hof zugewandt. Zu dieser Tageszeit verirrte sich kein einziger Strahl des satten Sonnenlichts von draußen in den kleinen Raum voller Bücher. Das Zimmer war schattig und kühl und in seiner Düsternis erinnerte es an eine Fledermaushöhle. Es waren aber keine Fledermäuse, die von der Decke hingen, sondern Ketten mit Kreuzen und Steinen und anderen Merkwürdigkeiten. Sogar ein Vogelschädel war dabei.

Scarlett war der Raum, der stark nach altem Papier und ein wenig nach dem Rauch von Herbstfeuern duftete, sehr vertraut. Viego war kein Raucher, zumindest hatte sie ihn noch nie rauchen sehen, und doch gab es immer diesen Hauch von Verbranntem in der Luft. Vermutlich war es der Geruch von Zauber der gefährlichen Sorte.

Thuna, Maria und Lisandra betraten das Studierzimmer des Vampirs zum ersten Mal. Sie waren eingeschüchtert nach der morgendlichen Vorstellung, obwohl Scarlett ihnen versichert hatte, dass Viego bestimmt nur ihr Wohl im Auge hatte. Der Vampir stand in der dunklen Ecke neben dem Fenster und war erst auf den zweiten Blick zu sehen, während Gerald unübersehbar offensichtlich auf dem Schreibtisch hockte und die vier Mädchen anstrahlte, als sie eintraten.

„Jetzt wird's aber eng", sagte er und tatsächlich schaffte es Scarlett kaum, die Tür hinter ihnen zu schließen, so knapp war der Platz.

Viego machte eine Handbewegung zur Tür hin. Selbst wenn sich jemand an der Tür das Ohr platt drückte – er würde nichts hören, denn kein Geräusch aus diesem Zimmer würde nach außen dringen.

Lisandra überließ Thuna und Maria die Stühle vorm Schreibtisch, sie selbst blieb stehen, an die Wand zwischen Bücherregal und Tür gelehnt. Scarlett nahm im Schneidersitz auf dem Boden Platz und Gerald thronte weiterhin auf dem Schreibtisch, drehte sich aber nun zu Viego um, der vorm Fenster stand und gleich zur Sache kam:

„Im Laufe des Tages werden fünf Lehrer in Sumpfloch eintreffen, die an einem landesweiten Projekt teilnehmen, in dem Unterrichtsmethoden erforscht werden. Das ist die offizielle Version. In Wirklichkeit handelt es sich aber um Zauberer der Regierung, die den Vorkommnissen an dieser Schule auf den Grund gehen."

„Sie meinen, die suchen nach dem wilden Tier im Garten?", fragte Maria.

Viego sah Maria verwundert an, dann warf er Scarlett einen fragenden Blick zu.

„Sie tut nur so ahnungslos", erklärte Scarlett. „Ich hab ihnen alles erzählt. Sie wissen, dass der Riesenzahn wahrscheinlich in Fortinbrack ist und dass Amuylett angegriffen werden soll. Ich hab ihnen auch vom Feenmaul erzählt und dass unter Sumpfloch der Gewittergott im Kerker sitzt. Angeblich."

Maria errötete. Das mit dem wilden Tier war ihr herausgerutscht, weil sie in großer Angst um Rackiné lebte. Der ehemalige Stoffhase kam und ging und fraß mit Vorliebe Monster-Stiefmütter, da war es doch nur eine Frage der Zeit, bis das böse Tier den Hasen zu fassen bekam! Wenn also die Zauberer der Regierung das böse Tier fanden und unschädlich machten, dann war ihr das nur recht.

„Meine liebe Maria", sagte Viego Vandalez, „dir ist vermutlich nicht klar, was die Gegenwart von staatlichen Zauberern in Sumpfloch für dich bedeutet?"

Nein, das war Maria nicht klar. Vorsichtig schüttelte sie den Kopf und sah Viego fragend an.

„Das sind sehr scharfsinnige Leute, die Dinge sehen, die den meisten anderen Menschen verborgen bleiben. Noch dazu verfügen sie über Kräfte, die es ihnen erlauben, nach Belieben mit jedem Schüler so umzuspringen, wie es ihnen gefällt. Zum Glück sind die Beweggründe dieser Zauberer weitestgehend in Ordnung. Sie sind um die Sicherheit von Amuylett und Sumpfloch und seiner Schüler bemüht. Wenn sie nun aber zufällig herausfinden, dass sich an dieser Schule Erdenkinder herumtreiben, dann könnte es für euch brenzlig werden. Die Regierung verfährt mit Erdenkindern weder sanft noch ehrbar. Sie betrachten sie als ein gefährliches Gut, das sie festsetzen und studieren müssen, bevor ihnen mögliche Feinde zuvorkommen. Hast du das verstanden, Maria?"

„Ich sollte diesen Lehrern also aus dem Weg gehen und mich unauffällig verhalten", sagte Maria.

„Ja, ganz richtig. Und weißt du was, Maria? Dir traue ich das von allen anwesenden Personen in diesem Raum am ehesten zu!"

Nach diesen Worten ließ Viego den Blick durchs Zimmer schweifen. Alle außer Maria wichen schuldbewusst seinem Blick aus.

„Zuerst zu dir, Lisandra: Die heimlichen Flugstunden sind gestrichen! Selbst wenn du in der Lage wärst, dich willentlich zurückzuverwandeln, wären diese Abenteuer zu gefährlich."

Lisandra zog die Nase kraus, dann sah sie Scarlett vorwurfsvoll an. Hatte Scarlett ausgeplaudert, dass Lisandra vor einigen Tagen wieder einen Versuch gestartet hatte, der kläglich gescheitert war? Und dass Geicko sie mal wieder zur Rettung herbeigerufen hatte?

„Nein, ich hab nichts erzählt", sagte Scarlett, als hätte Lisandra die Frage laut ausgesprochen. „Er weiß immer alles, finde dich einfach damit ab."

„Thuna – keine Ausflüge in den Wald, keine Spaziergänge unter Wasser und keine Gedankenausflüge in die Köpfe anderer Menschen! Hast du mich verstanden? Wenn du dich dem Feenmaul auch nur auf fünfzig Meter Entfernung näherst, komme ich, packe dich und schließe dich eigenhändig in einen Schrank ein!"

Thuna nickte betroffen. Tatsächlich hatte sie sich das Gefängnis des Gewittergotts mal aus der Nähe ansehen wollen. Einzig das Problem der Beleuchtung hatte sie bisher daran gehindert. Wie sollte sie etwas unter Wasser sehen, wenn sie keine geeignete Lampe hatte? Thuna dachte außerdem an die Streichholzschachtel mit Sternenstaub, die sie in ihrer Jacke verstaut hatte. Viego erwähnte sie nicht. Wusste er nichts davon oder störte er sich nicht daran?

„Gerald, dir muss ich nichts erklären, du weißt ganz genau, wie du dich zu verhalten hast! Und wehe, ich ertappe dich beim Gegenteil!"

Gerald sah reichlich schuldbewusst aus. Dabei hatte er doch angeblich ein blödes Talent, das zu nichts nutze war. Auf das zu verzichten, konnte ihm nicht so schwerfallen.

„Scarlett, du bist hier die Begabteste. Ich erwarte von dir, dass du deine Freunde im Auge behältst und sie an Dummheiten hinderst!"

Das sagte Viego, weil Thuna, Lisandra und Maria keine Ahnung von Scarletts Geheimnis hatten. In Wirklichkeit meinte er: Du wirst dich besonders in Acht nehmen, Scarlett! Denk an das, was ich dir beigebracht habe. Scarlett nickte. Sie hatte die Botschaft verstanden.

„Ich selbst war es", fuhr Viego fort, „der die Untersuchung durch die Regierung veranlasst hat. Ich wusste mir nicht anders zu helfen, denn die Bedrohung durch Fortinbrack ist zu ernst. Es steht sehr viel auf dem Spiel. Diese Zauberer retten vielleicht unser aller Leben, aber ich könnte es mir nie verzeihen, wenn diese Maßnahme dazu führt, dass einer von euch der Regierung in die Hände fällt. Also reißt euch zusammen und seid vorsichtig! Wenn sie euch bekommen, seid ihr verloren – und mit verloren meine ich Schlimmeres als den Tod!"

Eine ungemütliche Stille folgte Viegos Worten. Der Erste, der sich von dem Schrecken dieser Warnung erholte, war Gerald, denn beklommenes Schweigen lag ihm nun mal überhaupt nicht. Gleich suchte er nach einer Möglichkeit, wie er dem Vampir in seine düstere Parade fahren konnte.

„Sind das eigentlich dieselben Zauberer, die du immer als geistig verarmte, talentlose Kellerhexer bezeichnet hast?"

„Sie alle haben ihre Schwächen und Stärken. Wenn man sich in die Klauen der Regierung begibt und von denen durchfüttern lässt, dann verkümmern die Stärken und die Schwächen treiben seltsame Blüten! Das ist meine Meinung und zu der stehe ich. Aber richtige Gefahren schärfen die Sinne. Und bei den fünf Zauberern, die für diesen Auftrag eingeteilt wurden, handelt es sich um die fähigsten Schoßhunde, die die Regierung zu bieten hat. Das ist gut im Kampf gegen Grindgürtel von Fortinbrack. Das ist aber auch eine ernst zu nehmende Gefahr für euch. Ich hoffe, das ging in deinen Kopf, Gerald Winter!"

„Was kann Gerald denn schon anstellen?", fragte Lisandra. „Wenn sein Talent so blöd ist, wie er behauptet, kann er ja wohl darauf verzichten."

Gerald sah ertappt aus, da Viego ihn sehr erstaunt anblickte.

„Wieso, was hat Gerald für ein Talent?", fragte Maria in ihrer arglosen Art.

„Nun, Gerald", sagte Viego Vandalez, „was hast du für ein Talent?"

Gerald schwieg, sichtlich verlegen.

„Er benutzt sein blödes Talent sehr gerne", erklärte Viego ungeachtet der Tatsache, dass Gerald ihn mit Blicken daran zu hindern versuchte. „Es erlaubt ihm, seine Nase in alle möglichen Angelegenheiten zu stecken, die ihn überhaupt nichts angehen! Der Gute kann nämlich, was die verehrte Itopia Schwund für ihr Leben gern können würde: Er kann sich unsichtbar machen."

Gerald biss sich auf die Lippen. Scarlett war nicht die Einzige, der vor Überraschung der Mund offen stehen blieb. Aber von allen Anwesenden bestürzte sie diese Offenbarung am meisten. Jetzt wusste sie, warum Gerald solche Angst hatte, dasselbe Schicksal zu erleiden wie die Schwester seines Vaters.

Lisandra war von den Geheimdienst-Zauberern reichlich enttäuscht.

„Die sehen ja stinknormal aus!", stellte sie beim Abendessen fest.

Am Lehrertisch war man zusammengerückt, um für die neuen Lehrer Platz zu machen, und Gerald war an einen Schülertisch ausquartiert worden. Man unterhielt sich angeregt am Lehrertisch und wenn an den neuen Lehrern überhaupt etwas auffällig war, dann war es ihre absolute Unauffälligkeit.

Thuna gab Lisandra unterm Tisch einen Tritt. Schließlich saß Berry bei ihnen und die sollte ganz bestimmt nicht erfahren, dass es sich bei den frisch eingetroffenen Lehrern um Zauberer der Regierung handelte.

„Ich meine, sie sehen langweilig aus", verbesserte sich Lisandra. „Unsere Lehrer sind viel interessanter."

„Das stimmt", sagte Scarlett. „Kein Halbvampir dabei, nicht mal ein Tiermensch."

Berry musterte die Lehrer lange, bevor sie ihre Aufmerksamkeit wieder dem matschfarbenen Milchreis auf ihrem Teller zuwandte.

„Das sind bestimmt Spione", sagte sie.

Die anderen Mädchen warfen sich vielsagende Blicke zu. Hatten sie bei der ersten Gelegenheit versagt?

„Berry, das ist doch eigentlich mein Spruch!", sagte Scarlett. „Ich hab immer gesagt, dass in dieser Schule alle herumschnüffeln und du hast widersprochen!"

„Hätte ich dir unter die Nase reiben sollen, dass ich selbst eine Schnüfflerin bin?", sagte Berry ganz sachlich und führte eine weitere Gabel Milchreis-Matsch zum Mund. „Wie war euer Nachsitzen?"

Die Mädchen schauten sich an. Ja, wie war es denn gewesen?

„So wie dieser Milchreis", sagte Maria. „Gruselig!"

Mitten in der Nacht fing es an: Am Anfang heulte ein Wolf, leise. Dann antworteten andere Wölfe. Sie heulten zu mehreren und ihre Stimmen waren laut und nah. Maria saß als Erste aufrecht im Bett. Ihre ganze Sorge galt Rackiné.

„Wölfe?", wunderte sich Scarlett, die auch nicht mehr schlafen konnte. „Wir haben im ganzen Winter keinen einzigen Wolf gehört."

„Das sind keine Wölfe", flüsterte Berry. „Das ist nur die Art, wie sie sich verständigen."

„Wer?", fragten Scarlett und Maria gleichzeitig.

Jetzt war auch Thuna wach geworden. Sie stieg aus ihrem Bett und schaute aus dem Fenster.

„Ich kann niemanden sehen", sagte sie.

„Was meinst du?", fragte Scarlett in Berrys Richtung. „Wer ist das, wenn es keine Wölfe sind?"

„Die Eindringlinge", sagte Berry. „Was denkst du wohl, warum die neuen Lehrer gekommen sind? Hier passiert irgendwas!"

In diesem Moment tat es im dunklen Zimmer einen lauten Schlag. Lisandra fuhr aus dem Schlaf hoch.

„Was war das?"

„WAS?", rief Kunibert, das Strohpüppchen.

Es hatte den Stein seiner Behausung zur Seite schieben wollen und war dabei so hektisch vorgegangen, dass der Stein zu Boden gepoltert war.

„Hast du mir einen Schrecken eingejagt!", rief Thuna. „Erst die Wölfe und dann das!"

Wieder erklang ein lang gezogener Heuler in unmittelbarer Nähe. Andere Wolfsstimmen antworteten. Diesmal kamen sie von allen Seiten.

„Ich hab Angst!", sagte Maria.

Auch Kunibert hatte Angst. Er hüpfte auf den Boden und lief zu Maria, um sich von ihr ins Bett holen zu lassen. Dort verkroch er sich unter ihrem Kopfkissen.

„Hoffen wir, dass die neuen Lehrer etwas taugen", sagte Scarlett.

Thuna und Lisandra schwiegen. Was sie befürchteten, wollten sie vor Berry nicht aussprechen: nämlich dass die Angreifer aus Fortinbrack eingetroffen waren. Was würde mit Sumpfloch passieren, wenn die Zauberer der Regierung versagten?

„Wir haben auch eigene Lehrer", sagte Berry. „Perpetulja soll starke Zauberkräfte haben. Estephaga Glazard und Viego Vandalez sind auch nicht harmlos."

„Dann hört es aber auch schon auf", sagte Lisandra. „Oder glaubst du, Itopia kann uns retten?"

„Immerhin kann sie sich selbst retten", sagte Thuna, „indem sie verschwindet."

„Vielleicht sehen wir zu schwarz", meinte Scarlett. „Die Stimmen werden leiser, hört ihr das?"

Die Wolfsstimmen entfernten sich. Wer auch immer die Geschöpfe waren, die sich auf diese Weise verständigten – sie gingen von Sumpfloch fort. Nur einmal erklang noch ein jämmerliches Heulen in nächster Nähe. Es brach abrupt ab, dann war es still. Die Mädchen horchten noch lange in die dunkle Nacht hinaus. Einmal rief eine Eule. Das war aber ein gewohntes Geräusch und daher beruhigend. Irgendwann sank Lisandra in ihre Kissen zurück und kurz darauf hörte man sie tief und regelmäßig atmen. Die anderen folgten ihrem Beispiel und rollten sich wieder unter ihren Decken zusammen. Niemand sagte mehr etwas.

Scarlett lag wach und konnte sich nicht vorstellen, dass sie in dieser Nacht noch einmal einschlafen würde. Zu groß waren ihre Befürchtungen, dass etwas Schlimmes im Gange war, das sie nicht verhindern konnte. Was war das bloß, das in den Tiefen der Festung auf seine Befreiung wartete? War es ein wütender Gewittergott? Oder etwas ganz anderes?

Die Gedanken schossen kreuz und quer durch Scarletts Kopf. Vielleicht war sie doch halb eingeschlafen, denn in ihre

Überlegungen mischten sich wirre Bilder von General Kreutz-Fortmann und der sagenhaften Cruda Maliziosa, der ein Kirschkompott zum Verhängnis geworden war. Bei der Gelegenheit fiel Scarlett ein, dass sie immer noch nicht wusste, worin ihre eigene Schwäche bestand. Was machte sie wehrlos? Wann versagten ihre bösen Kräfte? Sie hatte keine Ahnung.

Crudas waren die Nachfahren des Gewittergotts Torck. Hatte das nicht Thuna mal erzählt? Der Gewittergott sandte seine Töchter nach Amuylett, um die Feen zu bekämpfen. Die Töchter der Töchter gebaren immer wieder Crudas. Was bedeutete, dass Scarlett mit dem Gewittergott verwandt war. Genau! Jetzt fiel Scarlett ein, woran sie gedacht hatte, kurz bevor sie mit Hanns wieder in den Wasserfall gefahren war: Wenn alle Crudas eine Schwachstelle hatten, einen wunden Punkt, der ihr magikalisches Fluidum außer Kraft setzte – hatte der Gewittergott dann auch einen? Natürlich glaubte Scarlett keinen Augenblick daran, dass es wirklich ein Gewittergott war, der da unten eingesperrt war. Aber es musste jemand oder etwas sein, das sehr gefährlich war. Eine magikalische Monsterkraft, die Amuylett erschüttern oder sogar zerstören würde, wenn jemand sie benutzte. Doch zu jeder magikalischen Kraft gab es auch eine Antikraft. Genauso hatte es Viego ihr beigebracht.

Jetzt war Scarlett wieder hellwach. Der Gedanke beschäftigte sie, doch sie wusste zu wenig, um alleine durch Nachdenken irgendwohin zu kommen. Schließlich stand sie auf. Sie horchte auf den Atem ihrer Zimmergenossinnen: Maria und Lisandra atmeten tief und ruhig. Thuna atmete leise, vielleicht schlief sie auch. Berry lag wach, da war sich Scarlett sicher. Doch Berry sagte nichts, als Scarlett im Dunkeln ihre Kleidung anzog, und bewegte sich auch nicht. Daher verließ Scarlett das Zimmer ohne ein Wort und schlich durch die nachtschwarze Festung zur Bibliothek.

Das Innere der Bibliothek leuchtete silbern im Schein des Mondes. Das helle Licht flackerte, da es von Blättern und Zweigen durchbrochen war, die sich im Wind bewegten. Wie Zauberstaub lag der Mondschein auf Tischen und Büchern, ab und zu aufgewirbelt, dann wieder still und entrückt, gleich einer nächtlichen Schneelandschaft. Scarlett ging an den Tischen vorüber und bog dann ab in einen Gang zwischen zwei Bücherregalen. Hier war es dunkel, doch die goldenen Lettern auf den Buchrücken der

Lexika konnte Scarlett trotzdem erkennen. Sollte sie erst unter ‚Gewittergott' nachschlagen oder gleich unter ‚Torck'? Während sie noch die Buchrücken anstarrte, beschlich sie Furcht. Eine Furcht, die lautlos herankam und knurrte.

Schockiert schaute Scarlett zur Seite: Zwischen den beiden Bücherregalen stand ein magerer, weißer Hund. Er starrte sie an, dabei hechelte er, doch anders, als es ein Hund normalerweise tat. Es klang heiser und krächzend. Sein ganzer Körper summte und brummte, erschüttert von feindseligem Knurren. Das Schlimmste waren die Augen, die Scarlett anstarrten und ihr sagten, dass sie nichts war. Nichtig, unwichtig und bald schon Vergangenheit.

Was sollte sie tun? Dieser Hund konnte sie wahrscheinlich zerreißen, mit einem Sprung und einem Biss, so wie er es mit den Tieren im Garten gemacht hatte. Andererseits war Scarlett eine böse Cruda. Ein wildes Tier könnte sie abwehren. Aber das hier war kein wildes Tier. Es war etwas anderes und es war siegessicher.

„Können wir reden?", fragte sie.

Er knurrte noch einmal, der feindselige Hund, und dann veränderte er sich. Er wuchs, stellte sich auf die Hinterbeine und die mit scharfen Krallen bewaffneten Vorderpfoten schrumpften zu krummen Fingern mit spitzen Nägeln. Der längliche Kopf wurde runder und das Fell verschwand, um einen kahlen Schädel zurückzulassen. Die Gestalt, die nun vor Scarlett stand, kam ihr bekannt vor. Doch es war nicht der kleine, alte, harmlose Opa, der damals mit seiner Frau ins Waisenhaus gekommen war, um Hanns zu holen. Dieser alte Mann war größer, er überragte Scarlett um zwei Köpfe. Das Gesicht war dasselbe, doch alles darin war wach, gespannt, gefährlich und überlegen. Scarlett sah auf den ersten Blick, dass sie einen Zauberer vor sich hatte, wie sie noch nie einen gesehen hatte.

„Grindgürtel von Fortinbrack?"

„Scarlett", erwiderte er. „Du bist groß geworden, genauso wie mein Junge."

Er sagte es nicht in dem netten Ton, den Tanten gerne anschlagen, sondern stellte es mit Verachtung fest. Dass sie groß geworden war, hielt er eindeutig für bedauerlich.

„Hanns. Sie sprechen von Hanns!"

„Hanns von Fortinbrack. Er ist mein Erbe."

„Warum …", begann Scarlett und brach ab. In ihrem Kopf waren so viele Warums, dass sie gar nicht wusste, welche Frage sie zuerst stellen sollte. Zumal sie das ungute Gefühl hatte, dass sie diese Unterhaltung nicht überleben würde.

„Hanns war das fähigste Kind weit und breit", sagte Grindgürtel. „Er war das Kind, nach dem wir unser Leben lang gesucht haben. Unser Nachfolger! Du bist nichts als sein Schatten, ein böser Abklatsch dessen, was er im Guten zustandebringt. So sind die Gesetze der Natur: Wenn sich außerordentliche Kräfte an einem Punkt versammeln, wie das bei Hanns geschehen ist, bildet sich an einem anderen Ort ein Gegenpol. Beide Anomalien ziehen sich an. Nur so ist es zu erklären, dass wir nicht nur auf Hanns, sondern auch auf eine Pest wie dich gestoßen sind!"

Scarlett verstand kein Wort.

„Ich bin keine Pest!"

„Rede keinen Blödsinn, Kind. Mit Crudas kenne ich mich besser aus als du. Ahnungsloses Ding. Hanns weiß es auch nicht besser. Der Junge träumt von einem Bündnis. Aber wenn ich und meine Frau etwas gelernt haben in unserem langen Leben, dann das: Mit bösen Crudas gibt man sich nicht ab. Sie sind für nichts gut! Man tötet sie, solange man es noch kann."

Scarlett starrte ihn an. Er konnte es. Er konnte sie töten. Crudas waren sehr gefährlich, aber erst, wenn sie ausgewachsen waren. Wenn sie alt wurden. Dieser Zauberer war schon alt, er hatte ihr so viel voraus. Scarlett hatte keine Chance gegen ihn.

„Hanns mag dich", sagte Grindgürtel. „Und ich mag meinen Sohn! Ich möchte ihm nicht gestehen müssen, dass ich dich eigenhändig umgebracht habe. Sumpfloch wird diesen Tag sowieso nicht überstehen. Die Festung und alles, was sich darin befindet, wird morgen nur noch nasse Asche sein. Da muss ich mir nicht die Finger mit dir dreckig machen. Allerdings ..."

Er bewegte die Finger seiner Hand und Scarlett spürte einen unsichtbaren Stoß

„... muss ich dafür sorgen, dass du diese Festung nicht verlässt, bis sie fällt. Niemand soll dich um deine ewige Ruhe bringen!"

Was er mit ihr gemacht hatte, konnte Scarlett schwer beurteilen. Sie konnte nicht sprechen oder vielmehr: Sie konnte sich selbst nicht hören, wenn sie es versuchte. Auch war da eine unsichtbare Mauer zwischen ihr und allem anderen. Sie spürte ihre Arme und Beine nicht mehr. Sie konnte in alle Richtungen blicken, aber sich selbst nicht mehr sehen. Schließlich fühlte sie sich emporgehoben und ins Bücherregal gestellt. Von dort konnte sie nicht weg. Sie konnte nur zusehen, wie Grindgürtel wieder zu einem weißen, hageren Hund schrumpfte und den Gang zwischen den Büchern verließ.

Stumm und fassungslos stand sie dort – vermutlich als ein Buch zwischen anderen Büchern. Bewegungslos, gefangen, hilflos. Sollte das ihr Schicksal sein? Dass sie hier herumstand, bis Grindgürtel und die Seinen ganz Sumpfloch (und damit auch sie) in nasse Asche verwandelt hatten? Nicht mal weinen konnte Scarlett in ihrem Zustand. Alles, was sie tun konnte, war warten und das tat sie. Sie wartete und wartete und sah zu, wie es langsam hell wurde, weil die Sonne aufging.

Kapitel 14

Wohin wir gehören

Als Thuna, Maria und Lisandra an diesem Morgen aufwachten, hörten sie die Vögel singen und sahen einen sanften, verirrten Widerschein von Frühlingssonne an der Zimmerdecke leuchten. Ein kleiner Glückskäfer krabbelte dort im Kreis herum und probierte dann seine gepunkteten Flügel aus. Fröhlich brummte er gegen die Fensterscheibe und fiel herunter. Thuna ließ ihn auf ihren Finger klettern, öffnete das Fenster und sah zu, wie er im Himmel verschwand.

„Wo ist Scarlett?", fragte Maria. „Berry ist auch weg!"

„Vielleicht sind sie früher aufgestanden und wollten uns nicht stören", sagte Lisandra.

„Klar", meinte Thuna, „die unzertrennlichen Freundinnen machen einen Spaziergang im Garten und streicheln gefräßige Wölfe."

„Na gut", sagte Lisandra, „ich hab auch ein blödes Gefühl."

Das blöde Gefühl verstärkte sich, als die Mädchen eine Stunde später den Hungersaal betraten. Die Tische waren leer, niemand hatte sie gedeckt oder etwas zu essen hingestellt. Am Lehrertisch saßen nur Frau Eckzahn und Herr Westbarsch, alle anderen Lehrer fehlten. Nach Berry und Scarlett schauten sich die Mädchen vergeblich um. Auch Hanns und Gerald tauchten nicht auf, dafür gehörte Geicko zu den vielen anderen Schülern, die nach und nach im Hungersaal eintrudelten und sich verwundert die Augen rieben.

„Was ist denn hier los?", fragte er. „Nichts zu essen und keine Lehrer? Wo ist Wanda Flabbi?"

Das wollte Krotan Westbarsch wohl auch gerne wissen. Er stand von seinem Platz auf und guckte streng in die Runde. Aber es machte ihn nicht klüger. Die Schüler rundum sahen ihn erwartungsvoll an. Krotan Westbarsch räusperte sich und zog seine Weste glatt.

„Hat jemand von euch etwas Auffälliges bemerkt, das uns einen Hinweis auf den Verbleib gewisser Personen geben könnte?"

„Die Trümmersäule wackelt!", rief ein Junge aus dem vierten Jahrgang.

„*Was* tut sie?", fragte Krotan Westbarsch. „Die Trümmersäule kann nicht wackeln!"

„Doch, es stimmt, ich hab's auch gesehen", sagte ein anderer Junge. „Ich dachte, sie kippt gleich um."

Das fand Krotan Westbarsch so ungeheuerlich, dass er schnurstracks zur Tür des Hungersaals marschierte, um sich selbst ein Bild von der Situation zu machen. Doch bevor er dort ankam, wurde es im Saal plötzlich dunkler. Fast gleichzeitig schoben sich vor alle Fenster große Gestalten und an der Tür tauchten zwei Soldaten in glänzend gepanzerten Uniformen auf. Das Wappen von Fortinbrack prangte auf ihrer Brust: ein geflügelter Eisbär auf blauem Grund.

„Hier rührt sich niemand vom Fleck", verkündete die donnernde Stimme des einen Soldaten. „Alle setzen sich!"

„Was denn nun?", krähte Frau Eckzahn. „Nicht rühren oder setzen?"

Das hätte sie nicht tun sollen, denn der zweite Soldat feuerte sofort ein Geschoss auf sie ab, das sie am Kopf traf und zu Boden warf.

„Dorinde!", rief Krotan Westbarsch entsetzt. „Dorinde, ist alles in Ordnung mit Ihnen?"

Der Krötenlehrer ging neben Frau Eckzahn in die Knie, zog eilig sein Samtjackett aus und bettete Frau Eckzahns Kopf darauf. Die Schüler taten, was man von ihnen verlangt hatte. Sie alle setzten sich, alleine schon wegen der weichen Knie, die sie hatten.

„Du Glückliche", raunte Geicko Lisandra zu. „Du kannst wenigstens wegfliegen, wenn's hart auf hart kommt."

Thuna tastete nach der Schachtel mit Sternenstaub in ihrer Rocktasche. Sie glaubte nicht, dass der Staub sie retten würde. Aber nach der Schachtel zu tasten, tat ihr irgendwie gut.

„Verhaltet euch alle ruhig", sagte nun der Soldat an der Tür. „Dann wird euch nichts passieren."

Maria saß stocksteif am Tisch, die Hände auf der Tischplatte.

„Und was ist mit dem Frühstück?", murmelte Lisandra. „Sollen wir jetzt verhungern?"

Man hörte Frau Eckzahn stöhnen, sie lebte also noch.

„Wie kannst du nur an Essen denken?", fragte Thuna.

Etwas wie ein Donner erschütterte Wände und Tische des Hungersaals. Die Schüler schauten erschrocken um sich. Kurz vibrierte der Boden, dann war es wieder ruhig.

„Der Gewittergott?", flüsterte Lisandra.

„Nein", sagte Maria leichenblass, „ich glaub, es war nur die Trümmersäule."

Scarlett hatte kein Zeitgefühl. Sie sah nur, dass es heller wurde und die Schatten der Bücherregale über den Dielenboden wanderten. Das Gute daran, wenn man in ein Buch (oder was auch immer) verwandelt worden ist, sind die flachen Gefühle, die einen solchen Zustand begleiten. Scarlett war nicht in der Lage, verzweifelt zu sein oder tiefen Schmerz zu empfinden. Sie existierte nur so vor sich hin, herumstehend, nutzlos und ansatzweise elend. Das war kein schöner Zustand, wirklich nicht, aber er war auszuhalten. Hätte Grindgürtel sie gefesselt und geknebelt in einen Schornstein geworfen, wäre es ihr wesentlich dreckiger ergangen. So versuchte sie sich zu trösten, während eine dumpfe Leere von ihr Besitz ergriff, die ihr jede verstreichende Minute verleidete. Vielleicht wollte sie doch lieber gefesselt in einem Kamin liegen? Dann hätte sie wenigstens stöhnen und strampeln und wüten können! Aber das hier? Oh je, hoffentlich gab es keine Wesen, die in diesem Zustand Jahrhunderte verbringen mussten! Wahrscheinlich schlief man irgendwann ein, weil der Geist nichts zu tun hatte. Dann konnte man vielleicht träumen. Aber ob es so war oder nicht, würde Scarlett wohl nie herausfinden. Denn Grindgürtel hatte ihr ja versprochen, dass sie noch heute zu nasser Asche werden sollte, genauso wie Sumpfloch. Oh, es war zum Auswachsen! Warum bloß konnte sie nichts *tun*?

Da entdeckte sie einen Schatten, der vorher noch nicht da gewesen war. Er bewegte sich zwischen den Regalen entlang, langsam und spähend. Der Junge, der den Schatten warf, kam um die Ecke. Es war Hanns. Hanns von Fortinbrack. Er ging an den Reihen von Büchern auf und ab, die Augen aufmerksam auf die Einbände gerichtet. Als er an die Stelle gelangte, wo Scarlett war, blieb er stehen.

„Na, endlich!", rief er. „Hast du ein Glück, dass ich Zauber sehen kann!"

Er holte sie aus dem Regal, was ein merkwürdiges Gefühl war, und stellte sie auf den Boden. Dann richtete er sich auf – er überragte Scarlett wie ein Riese – und bewegte seine Fingerspitzen. Plopp! machte es und plötzlich fühlte sich Scarlett frei. Die viel zu enge Zwangsjacke des Zaubers war geplatzt wie eine Seifenblase.

Sie atmete heftig ein und aus und fasste sich an den Kopf. Endlich konnte sie wieder hören, sprechen, riechen, sehen und fühlen wie ein normaler Mensch. Sie hatte auch ihre richtige Größe zurückbekommen! Nur das steife Buchgefühl hatte sie noch nicht verlassen. Es hielt sie davon ab, sich zu bewegen.

„Hanns!", sagte sie nur und starrte ihn an. „Meine Güte, Hanns!"

„Es tut mir schrecklich leid, Scarlett!"

„Ach ja?"

„Weißt du, mein Vater und ich haben unterschiedliche Ansichten, was dich betrifft."

„Das habe ich gemerkt."

„Wir müssen ihn vom Gegenteil überzeugen!"

„Was?"

„Er mag keine Crudas. Aber ..."

„Wer sagt, dass ich eine Cruda bin?"

„Scarlett", sagte er und hob beschwichtigend die Hände, „natürlich bist du eine. Mir musst du nichts vormachen, ich hab das schon immer gewusst. Ich muss meinem Vater nur klarmachen, dass ..."

„Er hört doch sowieso nicht auf dich!"

„Doch, er hört auf mich", widersprach Hanns. „Bis jetzt hat er immer auf mich gehört. Manchmal dauert es nur etwas länger."

Scarlett stand immer noch wie versteinert da.

„Komm jetzt, Scarlett", sagte er. „In meiner Nähe bist du sicher!"

Wahrscheinlich hatte er sogar recht damit. Scarlett verachtete sich selbst dafür, aber wenn sie ehrlich war, wäre sie lieber mit Hanns sonstwohin gegangen als wieder zu einem Buch zu werden. Wenn sie nur atmen und richtig lebendig sein konnte!

„Was passiert hier überhaupt?", fragte sie.

„Du gehst jetzt mit mir und ich erkläre es dir."

„Wohin? Ins Feenmaul?"

„Genau."

Er griff nach ihrem Arm und zog daran. Sie kippte fast um, weil eine seltsame Zugkraft in seinem Griff steckte. Ein Stolperer und die seltsame Buchstarre, die ihr immer noch in allen Gliedern gesteckt hatte, fiel von ihr ab.

„Du kannst mich jetzt loslassen", sagte sie. „Ich kann alleine laufen."

„Es tut mir wirklich leid", sagte Hanns jetzt noch einmal. „Er hätte das nicht tun dürfen. Aber er hat lange auf diesen Tag hingearbeitet."

Sie verließen die Bibliothek und gingen durch menschenleere Flure in Richtung der unterirdischen Bootsanlegestelle. Scarlett redete sich ein, dass sie mitging, um das Schlimmste zu verhindern. Wenn sie erst mal im Feenmaul wäre, würde ihr schon etwas einfallen, wie sie Hanns aufhalten könnte. Doch eine leise innere Stimme, die immer wieder das Wort ‚Feigling', ‚Feigling' flüsterte, ging ihr nicht aus dem Sinn. Begleitete sie Hanns, weil sie Angst davor hatte, sich gegen ihn aufzulehnen? Weil er und sein Vater ihr überlegen waren und sie zwangsläufig verlieren musste, wenn sie es auf einen Kampf ankommen ließ? Sie fühlte sich gar nicht gut, wie sie so neben Hanns herlief, als sei sie seine Verbündete, während er ihr erklärte, dass Amuylett fallen müsse, um jeden Preis.

„Überleg doch mal, Scarlett!", sagte er. „Da sind mächtige Leute, die fast die ganze Welt regieren. Niemand zieht sie zur Rechenschaft, niemand kontrolliert sie! Sie können machen, was sie wollen!"

„Aber es gibt keine Kriege und keine Hungersnöte ..."

„Natürlich nicht! Gib einem Land Frieden und den Leuten was zu essen und sie fragen nicht länger nach. So geht das seit Jahrhunderten. Aber ihr werdet die ganze Zeit betrogen! Schau dir doch diese heruntergekommene Schule an. Wie kann man nur Kinder in dieses finstere, feuchte Loch sperren und von lauter Versagern unterrichten lassen? Das ist doch skrupellos!"

„Ich ... ich mag diese Schule!"

„Weil du glaubst, das ganze Elend in diesem Land wäre normal!"

„Ist es denn besser in Fortinbrack?"

„Fortinbrack besteht hauptsächlich aus Eis und Schnee. Alles, was in dieser Welt wertvoll ist, gehört Amuylett."

„Es wird aber nicht besser, wenn Amuylett zerschlagen wird! Alle werden sich prügeln um das, was wertvoll ist! Kriege auf der ganzen Welt, das willst du doch nicht, Hanns!"

„Die Freiheit hat ihren Preis", sagte Hanns, als sie die Treppenstufen zur Anlegestelle hinabstiegen. „Irgendwann muss jemand aufräumen und in fünfhundert Jahren wird es noch viel mehr kosten als heute. Aber ich erwarte ja nicht, dass du mich verstehst. Du hast ja nie gesehen, wie es außerhalb von Amuylett ist!"

„Ich glaube jedenfalls nicht, dass ich von deinem Vater regiert werden möchte!", sagte Scarlett mit aller Verachtung in der Stimme, die sie aufbringen konnte. Und das war eine Menge.

„Steig ein!", sagte Hanns, der schon im Boot Platz genommen hatte.

Es widerstrebte Scarlett, ins Boot zu steigen. Warum sollte sie mit Hanns ins dunkle Innere dieser Festung rudern, sich von einem Wasserfall durchnässen lassen und dann zusehen, wie er einen Gewittergott oder ein anderes Monster befreite? Andererseits war es besser, als in der Festung herumzuirren, auf der Flucht vor Grindgürtel und allen anderen Eindringlingen aus Fortinbrack und auf das Ende zu warten, gegen das sie nichts unternehmen konnte. Sie kletterte in das Boot, nahm am anderen Ende Platz und starrte ins Licht der magikalischen Fackeln an den Tunnelwänden. Heute war kein einziger Schüler hier unten, obwohl es ein normaler Schultag hätte sein sollen. Scarlett fragte sich, ob hier jemals wieder Unterricht stattfinden würde. Gerade sah es nicht so aus. War diese Schule denn wirklich so schlecht, wie Hanns behauptete? Und war Amuylett ein schlechtes, verdorbenes Land?

„Du hast meinen Vater unter ungünstigen Bedingungen kennengelernt", sagte Hanns. „Er ist ein gerechter Herrscher."

„Er soll mich und mein Land gefälligst in Ruhe lassen. Ich war glücklich, bevor ihr hier aufgekreuzt seid!"

„Das kannst du ja wohl nicht im Ernst behaupten!"

Sie erreichten die Stelle, an der Hanns in einen dunklen Seitenarm abbiegen musste. Hier brannten keine magikalischen Fackeln mehr. Hanns zündete eine Laterne an und drückte sie Scarlett in die Hand, damit sie vorausleuchtete.

„Was habt ihr überhaupt vor?", fragte sie, während sie das Licht über den Bug hielt. „Was ist da unten im Feenmaul?"

„Es ist ein Fluch" antwortete Hanns. „Amuyletts Fluch. Wir wissen nicht viel über den Krieg, aus dem er stammt. Er ist zu lange her. Aber Tatsache ist, dass Amuylett nie so groß und stark geworden wäre, wenn es nicht einen Zauber gäbe, der Amuyletts Feinde schwächt. Dieser Zauber muss aufgehoben werden. Nur darum geht es: das natürliche Gleichgewicht der Kräfte wiederherzustellen!"

„Und wie genau sieht das aus? Geht Sumpfloch in die Luft?"

„Ach was", sagte er. „Hier beginnt der Krieg, mehr nicht. Fortinbrack hält Sumpfloch besetzt, aber Amuyletts Streitkräfte sind bestimmt schon auf dem Weg hierher, um es zurückzuerobern. Wenn sie hier ankommen, wird es nichts mehr zu erobern geben. Amuyletts Fluch wird entfesselt und die Festung zerstört sein. Und wir sind längst auf dem Heimweg nach Fortinbrack."

„Wir?"

„Natürlich, Scarlett. Oder wo willst du sonst hin?"

Scarlett war kurz davor, die Lampe fallen zu lassen.

„Halte sie höher, wir müssen gleich abbiegen!"

Scarlett gehorchte.

„Was ist mit den Lehrern?", fragte Scarlett. „Und den Schülern?"

„Wenn sie so dumm sind und kämpfen wollen, kann ich für nichts garantieren."

„Aber wenn sie nicht kämpfen ..."

„Lassen wir sie laufen."

Sie näherten sich dem unterirdischen Wasserfall. Scarlett hörte das Wasser rauschen. Ihr wurde ganz anders bei dem Geräusch. Sie hasste es! Doch Hanns ruderte in unverminderter Geschwindigkeit darauf zu. Dann geschah das Gleiche wie beim letzten Mal: Das Wasser ergoss sich über Scarlett und machte sie von oben bis unten nass. Die Laterne erlosch, kaum dass sie vom Wasser getroffen worden war, und sie glitten in die feuchte, stockfinstere Wärme des Feenmauls.

„Gib mir die Laterne", sagte Hanns im Dunkeln.

Scarlett reichte sie ihm und als er sie nahm, berührten sich kurz ihre und seine Finger. Es war komisch. Hanns war ihr so vertraut und gleichzeitig so fremd. Ein Freund und ein Feind zugleich.

„So!", sagte er und das Licht ging an.

„Du warst also immer schon ein ganz toller Zauberer, ja?", fragte Scarlett. „Auch damals im Waisenhaus?"

„Ich wusste das nicht so genau", sagte Hanns und stellte die Laterne auf den Boden des Boots. „Ich konnte Zauber sehen und hielt das für normal. Ich konnte auch immer bewirken, dass alle das tun und das denken, was ich will. Nur bei dir hat es nicht geklappt. Deswegen haben wir uns angefreundet. Ich habe dich ernst genommen und alle anderen nicht."

„Das hast du mir nie gesagt!"

„Wozu denn auch?"

Scarlett saß triefend nass auf ihrer Bank und fühlte sich elend.

„Wenn ich dir damals gesagt hätte, dass du eine böse Cruda bist, was hätte dir das genutzt?", fragte er. „Ich hätte dir auch sagen können, dass du all deine Kraft verlierst, wenn du nass bist. Du hast es nie gemerkt, nicht wahr?"

Sie richtete sich erschrocken auf.

„Was?"

Er lachte, aber nicht schadenfroh.

„Ja, jetzt weißt du's. Gerade könntest du mir überhaupt nichts tun! Nicht dass du es sonst besonders leicht hättest gegen mich, ich glaube, ich würde gewinnen. Aber gerade hast du keine Chance! Wasser macht dich wehrlos."

„Ah", sagte Scarlett schwach. „Deswegen mag ich es nicht."

„Ich hatte immer den Verdacht, dass es vor allem deine Haare sind, die nicht nass werden dürfen. Ein paar Wasserspritzer machen dir nichts aus, auch nasse Hände gehen. Aber nasse Haare …"

Hanns lächelte und es war nur Freundlichkeit in diesem Lächeln. Ausgerechnet jetzt, da alles zu spät war, erkannte Scarlett ihn wieder, ihren alten Freund. Gerade war er sich ähnlicher als all die Monate zuvor. Wahrscheinlich, weil er sich nicht mehr verstellte und ihr in allem die Wahrheit sagte.

„Stotterst du wenigstens?", fragte sie. „Oder ist das auch nur gespielt?"

„Leider nein", sagte er. „Ich kann's nicht abstellen. Sobald mir jemand fremd ist, passiert es."

Eine Zeit lang saßen sie schweigend im Boot. Scarlett hatte das Gefühl, dass ihr die Zeit davonlief. Etwas musste geklärt werden. Es konnte nicht gut für sie ausgehen, aber es musste sein.

„Hanns!", sagte sie. „Ich kann nicht mitkommen nach Fortinbrack."

„Wegen meinem Vater?"

„Nein. Das heißt, nicht nur. Weißt du, ich glaube nicht an das Gleiche wie du. Ich mag Amuylett, obwohl ich weiß, dass vieles nicht gut ist. Trotzdem ist es im Großen und Ganzen … richtig. Und ein Krieg, der alles kaputt macht, der wäre falsch. Außerdem will ich nicht nach Fortinbrack. Ich bin hier zu Hause. Ich habe hier Freunde."

„Sie werden nicht mehr hier sein, wenn Sumpfloch zerstört ist. Sie werden in alle Richtungen zerstreut werden, wenn der Krieg angefangen hat. Wo willst du dann hingehen?"

„Ich weiß nicht."

Er schaute sie an, sie schaute ins Dunkel der Grotte.

„Das habe ich schon befürchtet", sagte er. „Du bist noch nicht so weit. Du weißt nicht, wie es wirklich ist!"

„Kann sein."

„Du musst dich entscheiden, Scarlett! Mein Vater kann jeden Moment hier sein."

Diese Ankündigung machte Scarlett nervös. Sie richtete ihren Blick auf Hanns, eindringlich.

„Wenn das so ist, dann bring mich hier weg!"

„Ich kann dich nicht wegbringen, dafür ist es viel zu spät", sagte Hanns.

„Aber du kannst mich laufen lassen, so wie alle anderen Schüler von Sumpfloch!"

„Versteh doch: Das hier", er zeigte auf die Grotte und das Wasser, „ist wichtiger als alles andere! Wichtiger als du und ich! Du wirst aus der Burg nicht rauskommen, sie ist besetzt. Sie werden keinen Schüler gehen lassen, bis alles vorbei ist und wir abziehen."

Sie schaute ihn unglücklich an.

„Ich kann dir nur sagen, wie du dich vor meinem Vater verstecken kannst", sagte er. „Wenn du das wirklich willst!"

Scarlett nickte.

„Bist du dir sicher?", fragte er. „Denk noch mal nach, Scarlett. Es ist doch kein Zufall, dass wir uns immer wieder begegnen!"

„Das liegt daran, dass ich dein böser Abklatsch bin", sagte sie. „So hat es mir dein netter Vater erklärt! Außerdem sind wir uns erst zweimal begegnet. Wenn es stimmt, was du sagst, wenn es wirklich Schicksal ist, dann treffen wir uns irgendwann zum dritten Mal!"

Hanns hob den Kopf, als hätte er etwas gehört. Scarlett hatte keine Ahnung, was. Sie hörte nur das Wasser fallen und tropfen, sonst nichts.

„Er kommt", sagte Hanns.

Er hielt die Laterne in die Höhe und zeigte zu der Grottenwand, die ihnen am nächsten lag.

„Siehst du den Vorsprung? Da musst du tauchen. Es gibt dort einen Durchlass unter Wasser. Du schwimmst hindurch und wieder nach oben. Dann kommst du in einen unterirdischen Gang. Du gehst geradeaus und nimmst die zweite Abzweigung links. Sie führt in den Garten. Und jetzt beeil dich, mein Vater ist gleich hier!"

Scarlett sah ihn noch einmal kurz an. Sie hatte Hanns unterschätzt. Erst jetzt merkte sie, wie sehr sie ihn doch immer noch mochte. Warum bloß gehörte er zu Grindgürtel von Fortinbrack?

„Danke, Hanns!", sagte sie.

Dann tat sie, wovor ihr graute: Sie setzte sich auf den Rand des Bootes und ließ sich von da ins Wasser gleiten. Zu schwimmen und zu tauchen, das hatte sie schon immer gehasst! Jetzt wusste sie, warum. Immerhin konnte sie es. Sie hatte es mal lernen müssen, auf die harte Tour. Das kam ihr jetzt zugute, als sie das dunkle Wasser mit den Armen teilte und dort, vor dem merkwürdigen Gebilde aus Tropfstein, das Hanns ihr gezeigt hatte, untertauchte.

Scarlett tauchte und fand den mit Wasser gefüllten Schacht, der außerhalb der Grotte nach oben führte. Sie wunderte sich darüber, wie hell das Wasser über ihr war. Doch sie hatte keine Zeit, sich darüber Gedanken zu machen, denn die Luft ging ihr aus. So stieß sie sich nach oben ab und gelangte an die Wasseroberfläche. Das Erste, was sie sah, als sie auftauchte, war eine magikalische Kerze. Das Zweite war ein Mädchen in einer rosa Strickjacke. Es kauerte auf dem Boden, die Arme um die Beine geschlungen und das blasse Gesicht auf die Knie gestützt.

„Berry?", fragte Scarlett, als sie genügend Luft geschnappt hatte, um wieder zu sprechen.

„Scarlett!"

„Was machst du hier, Berry?"

„Ich gehöre zu ihnen. Nicht dass mich jemals einer gefragt hätte, wohin ich gehören will ..."

Scarlett zog sich aus dem Wasser und setzte sich auf die Steine, die das Wasser begrenzten. Es war nur ein rundes Wasserloch. Sie befanden sich nach wie vor in einem unterirdischen Hohlraum. Hier war es wesentlich kälter als im Feenmaul. Scarlett zitterte vor Kälte.

„Du gehörst zu Fortinbrack?", fragte Scarlett.

„Nein. Ich gehöre zu meinen Eltern und die arbeiten für Grindgürtel von Fortinbrack."

„Sie wollen Amuylett auch stürzen?"

„Nein!", sagte Berry und hier kam wieder etwas Leben in ihre weißen Wangen. „Dann würden sie wenigstens an etwas glauben! Nein, sie wollen nur Geld. Dafür verkaufen sie alles, sogar mich!"

„Dich? Warum dich?"

„Sie hatten eine ganz tolle Idee, die sich zu Geld machen lässt. Deswegen bin ich hier. Ich hab sie angefleht, mich nicht hierherzuschicken! Ich hab gesagt, ich hab Angst und will das alles nicht. Aber es war ihnen egal. Der Preis war zu gut. Aber das haben sie jetzt davon. Ich habe angefangen, nachzudenken. Wenn man an nichts mehr glaubt, dann fängt man an, nachzudenken. Ich muss dich um etwas bitten, Scarlett!"

„Was?"

„Ich wollte es selbst tun, aber ich wusste, ich würde nicht weit kommen. Aber du – du wirst es vielleicht schaffen!"

„Was denn?"

Berry starrte Scarlett entschlossen an. Dann auf einmal griff sie an den obersten Knopf ihrer rosa Strickjacke und riss ihn ab.

„Hier!", sagte sie und hielt ihn Scarlett hin. Weg war der hilflose, entkräftete Ausdruck in Berrys Augen. Sie sah angriffslustig aus. „Nimm ihn und renn weg. Niemand darf wissen, was er ist, und niemand darf ihn bekommen. Bring ihn in Sicherheit. Versteck ihn an einem Ort, an dem ihn keiner findet. Dir wird nichts passieren, solange du ihn hast! Er macht unverletzbar!"

Scarlett nahm den rosa Knopf in ihre klammen, nassen Finger.

„Willst du damit sagen …"

„Ja, es ist der Riesenzahn. Und jetzt verschwinde!"

„Was ist mit dir?"

„Mach dir keine Sorgen. Der Knopf ist wichtiger!"

„Aber Berry … ich bin total nass! Ich hab keine Kraft, wenn ich nass bin!"

Scarlett hörte, wie verzweifelt ihre Stimme klang.

„Du schaffst das schon!", rief Berry und sprang in das Wasserloch zu ihren Füßen. Sie tauchte hinab, tiefer und tiefer, bis Scarlett nichts mehr sehen konnte. Berry musste auf die andere Seite geschwommen sein, ins Feenmaul. Aber was würde sie dort erwarten? Was würde Grindgürtel mit Berry machen, wenn sie den Riesenzahn nicht mehr hatte?

Scarlett starrte auf den Knopf in ihren zitternden Fingern, dann steckte sie ihn in eine Tasche an ihrem Pullover-Ärmel. Die zweite Abzweigung nach links, hatte Hanns gesagt. Sie schnappte sich die Kerze, die Berry zurückgelassen hatte, und rannte. Sie musste geduckt rennen, so niedrig war der Gang, und als sie einmal stolperte, fiel ihr die Kerze aus der Hand und erlosch. Toll. Jetzt musste sie sich an der Wand entlangtasten, um die erste

Abzweigung zu finden, die sie nicht nehmen sollte, und die zweite Abzweigung, die nach draußen führte. Geduckt, stolpernd und tastend hastete sie vorwärts. Gleichzeitig lauschte sie, ob ihr jemand durch den Gang folgte. Doch da war nichts. Was auch immer Berry den Zauberern im Feenmaul erzählte – es musste eine gute Geschichte sein und Scarlett war noch nicht darin vorgekommen ...

Kapitel 15

Geisterstunde

Irgendwo wurde gekämpft. Man hörte, wie Glas zerschmettert und Stein zersprengt wurde. Einmal hörte man einen Schrei, als ob jemand von einer großen Höhe herabstürzte, dann zerbrach Holz, vielleicht ein Treppengeländer. Im Hungersaal dagegen war es mucksmäuschenstill. Die Kinder saßen an ihren Tischen, ängstlich horchend, Fenster und Türen waren bewacht. Frau Eckzahn erwachte ab und zu aus ihrer Ohnmacht und wimmerte. Krotan Westbarsch hielt nach wie vor ihren Kopf. Die Sonne stieg höher, schien eine Zeit lang zu den Fenstern herein und blendete Maria, die daraufhin aus der Bank rutschte und sich gegenüber auf Berrys Platz setzte. Dann wanderte die Sonne noch weiter und verschwand hinter einer dicken Wolke. In dem Moment wurde es schattig und düster im Hungersaal und allen Eingesperrten sank der Mut.

„Können wir denn gar nichts tun?", fragte Lisandra leise. „Wir können doch nicht hier sitzen und warten, bis der blöde Gewittergott ausbricht?"

„Was sollen wir den sonst tun?", fragte Thuna zurück. „Wir sind nur Schüler und nicht mal besonders begabte, falls du dich erinnerst!"

„Wir sind begabt!"

„Träum weiter! Aber wenn dir ein brauchbarer Plan einfällt, dann bitte! Immer her damit!"

Einer der Soldaten war auf sie aufmerksam geworden und trat an ihre Bank.

„Ruhe hier!", rief er und knallte zur Bekräftigung mit einer Lanze auf den Tisch. Nicht mal Lisandra wagte es, diesen Knall zu kommentieren.

Maria spielte mit den beiden Ringen herum, die sie von Gerald bekommen hatte. Eigentlich hatte sie ja nur einen bekommen, aber da Thuna auf ihren so allergisch reagierte, hatte sie sich den von Thuna ausgeliehen, um zu sehen, ob der besser funktionierte. Die Ringe funktionierten aber beide nicht. Nicht bei Maria. Gerald hatte die Ringe mehrfach untersucht und behauptet, dass sie zuverlässig magikalisches Fluidum speicherten. Aber jeder Versuch Marias, dieses Fluidum zu benutzen, war gescheitert. Nun ließ Maria ihre Ringe über den Tisch rollen und fing sie auf, sobald sie über die Tischkante kullerten. Als der Soldat mit der Lanze auf den Tisch knallte, unterbrach sie ihr Tun. Kaum war er weg, fing sie wieder an. Es beruhigte sie irgendwie, den Ringen beim Rollen zuzusehen.

„Ob es in Fortinbrack Eisbärenmenschen gibt?", flüsterte Lisandra, als der Soldat zur Tür zurückgekehrt war. „So einen hätte ich gerne mal gesehen."

„Sie haben es nicht so mit Tiermenschen", sagte Thuna.

„Pssst!", machte Maria. „Oder wollt ihr, dass der Lanzen-Typ wieder herkommt?"

„Wie meinst du das?", fragte Lisandra. „Gibt es keine Tiermenschen in Fortinbrack?"

„Nein, sie werden nicht reingelassen ins Land", erklärte Thuna, „und angeblich hat es dort noch nie welche gegeben."

„Warum denn?"

„Nun ja, es ist ..."

Thuna brach ab, denn der Soldat kam schon wieder. Diesmal hatte er weniger Geduld. Er schnappte sich das erstbeste Mädchen, das er bekommen konnte – das war leider Maria – und schleifte sie mit sich mit. Ihre Ringe, die Maria gerade noch über den Tisch hatte kullern lassen, sprangen unaufgefangen über die Tischkante und hüpften zu Boden. Dort rollten sie in zwei unterschiedliche Richtungen, weit weg von Lisandra und Thuna, die zu erschrocken waren, um rechtzeitig danach zu greifen.

Der Soldat, der Maria am Arm gepackt hatte, war so groß und kräftig, dass er sie mit einem Arm durch die Gegend tragen konnte, ihre Fußspitzen berührten kaum den Boden. Zu Marias Entsetzen ließ er es nicht dabei bewenden, sie in eine Ecke zu stellen oder an die Wand, sondern er trug sie aus dem Hungersaal. Draußen im Gang steuerte er auf die alte Spiegelfonkammer zu, die nicht mehr in Betrieb war, schmiss Maria dort hinein wie eine leere Keksschachtel in eine Abfalltonne und verbarrikadierte den Eingang mit seiner Lanze. Maria hätte unter der Lanze durchkriechen können. Aber da sie die ganze Zeit die Beine anderer Soldaten in der Nähe auf- und abgehen sah, tat sie das wohlweislich nicht. Stattdessen starrte sie in den fleckigen Spiegel der alten Spiegelfonkammer und fragte sich, warum das Gesicht darin gar nicht ängstlich aussah. Sie hatte doch Angst, oder? Aber die Maria im Spiegelfon-Spiegel sah fast gelangweilt aus. Als wäre sie gar nicht hier, sondern ganz woanders.

Scarlett fand einen Gang, der nach links führte, und kurz darauf einen zweiten. Sie folgte dem Weg im Dunkeln und wunderte sich, dass er in die Tiefe führte. Aber irgendwann würde er bestimmt wieder aufwärts führen, in den Garten, so wie Hanns es gesagt hatte. Das glaubte sie, bis sie gegen eine Wand stieß und feststellte, dass sie in einer Sackgasse gelandet war. Erschöpft ging sie in die Hocke. Sie war nass, sie war im Dunkeln, sie war machtlos und sie hatte etwas, das die gefährlichsten Menschen in dieser Festung unbedingt haben wollten. Jeden Moment konnten sie in der Sackgasse aufkreuzen und dann war sie verloren. Hanns wusste ja sogar, wo sie war, er hatte sie hierhergeschickt. Scarlett war so ratlos, dass sie einen Seufzer losließ. Nur ein mutloses, geräuschvolles Ausatmen. Es hallte. Testweise räusperte sie sich – und wieder hallte das Geräusch. Es klang ... ja, es klang, als ob über Scarletts Kopf überhaupt nichts wäre. Sie stand auf und streckte die Arme in die Höhe. Es kam keine Decke, eher hatte sie das Gefühl, einen Luftzug an ihren Fingerspitzen zu spüren. Sie schaute angestrengt nach oben. War es da oben vielleicht heller als hier unten?

Sie tastete die Wände ab, rund um sich herum, und fand endlich einen Metallgriff. Als sie ihren Fuß daraufstellte und die Wand über sich abtastete, fand sie einen zweiten Griff. Das war es also! Hier konnte sie nach oben klettern, hoffentlich. Sie hielt sich gut fest und tastete weiter. Stück für Stück arbeitete sie sich im Dunkeln nach oben und je weiter sie kam, desto deutlicher konnte sie die Umrisse ihrer Hände und der Metallgriffe erkennen.

Der Schacht ragte wie ein Brunnen aus der Erde. Er war haushoch mit stacheligem Gebüsch überwuchert und niemand hätte unter dem Gebüsch einen geheimen Einstieg vermutet. Zumal sich dieser Einstieg im Gehege der Faulhunde befand, wie Scarlett leider feststellte, nachdem sie aus dem Schacht geklettert und sich mühsam durch das Gestrüpp ins Freie gewunden hatte. Als sie ihren Kopf aus den Dornen steckte, blickte sie in mindestens zehn neugierige Faulhundgesichter.

Faulhunde sind nicht schön. Sie sehen immer aus, als wären sie am Verhungern, mehr Gerippe als Hunde, die von einer fleischfarbenen Haut überzogen sind, die über den Knochen spannt. Die Augen sind von einem milchigen Grau-Violett, als wären sie erblindet, doch die Faulhunde können damit sehr gut sehen. Ihre Nasen arbeiten vortrefflich, sie sind dicker und schwülstiger als bei normalen Hunden. Man traut es diesen hässlichen, dürren Hunden kaum zu, aber sie haben kräftige Zähne, mit denen sie alles klein kriegen, was in irgendeiner Form essbar ist. Trotzdem jagen sie nur ungern. Faulhunde sind Aasfresser, die alles vertragen und sei es noch so verfault, verschimmelt oder halb verwest. Daher werden sie bevorzugt zur Müllbeseitigung gehalten. Ihre ausgesprochene Abneigung gegen alles, was nicht vertraut riecht, macht sie außerdem zu guten Wachhunden, vor allem gegen gefährliche Tiere, die sie gemeinschaftlich in die Flucht jagen. Im Allgemeinen musste man keine Angst vor ihnen haben, solange man nicht in ihr Gehege kletterte. So wurde es den Schülern am ersten Schultag erklärt. Scarlett erinnerte sich noch genau an Wanda Flabbis Worte:

„Die Faulhunde sind eigentlich gutmütige Tiere. Es gibt nur ganz wenige Dinge, die sie wirklich böse machen: Man sollte sie nicht streicheln, ihnen niemals etwas zu essen vorenthalten und auf gar keinen Fall in ihr Gehege eindringen! Denn das gehört nur ihnen. Fremde Gerüche machen sie da fuchsteufelswild!"

Scarletts Herz rutschte tiefer. Die dicken Nasen der Faulhunde arbeiteten, bestimmt hatten sie schon festgestellt, dass Scarlett stark nach Eindringling roch. Doch fuchsteufelswild sahen die hässlichen Hundegerippe nicht aus. Sie schnupperten, glotzten und rührten sich nicht vom Fleck. Nun hatte Scarlett eigentlich ein großes Herz für Hunde. Der alte namenlose Hund aus dem Waisenhaus war genauso ihr Freund gewesen wie Hanns und Eleiza Plumm. Und in jedem Hund, der ihr begegnete, erkannte sie ihn wieder. Selbst wenn es hässliche Faulhunde waren. Was konnten die Faulhunde auch dafür, dass sie so hässlich waren?

„Na, ihr Hunde?", sagte Scarlett. „Zerfleischt ihr mich jetzt gleich oder eher nicht?"

Einer der Faulhunde öffnete sein Maul und hechelte freundlich. Der Gestank, der Scarlett aus seinem Maul entgegenschlug, war in seiner Ekligkeit fast unerträglich, doch Scarlett schöpfte Mut. Sie kletterte ganz langsam aus dem Gestrüpp, umringt von der Horde Faulhunde, die jetzt so neugierig schnupperten, dass sie Scarlett mit den Nasen anstießen. Einer schleckte sie hinterm Ohr ab.

„Ihr mögt mich wohl?", fragte Scarlett. „Das gibt mir zu denken."

Einer der Hunde lief weg und kam gleich darauf mit einem Lumpen wieder, dessen Gestank bei Scarlett akuten Brechreiz auslöste. Sofort hielt sie sich die Nase zu.

„Ich kann jetzt nicht mit dir spielen", erklärte sie dem wedelnden Faulhund. „Tut mir so leid. Ich hole es irgendwann nach, wenn ich lang genug lebe ..."

Da fiel ihr plötzlich ein, dass sie ja den heiligen Zahn besaß. Berrys rosa Knopf, der unverletzbar machte. War das der Grund, warum die Faulhunde sie nicht angriffen? Machte der Knopf unverletzbar, indem er jede Gefahr neutralisierte?

Scarlett sah sich um. Das Gelände der Faulhunde befand sich unterhalb des Küchentrakts, auf einem Stück Land zwischen Festung und Sümpfen nahe der Brücke. Gefolgt von ihren neuen Freunden lief Scarlett quer durchs Gehege und kletterte an einer Mauer empor, die zur Straße jenseits der Sümpfe zeigte. Was sie sah, war enttäuschend: Sie hatte gehofft, sie könnte über die Brücke entkommen. Aber nicht nur die Brücke, sondern auch die Straße nach Quarzburg wimmelte vor Soldaten, Maschinen und Flugwürmern. Vereinzelt sah Scarlett Reiter auf Pferden, Leute, die Wölfe an der Leine führten, Riesen, die Kanonen in Position brachten, und sogar Geister, die halb durchsichtig über dem Boden flackerten. Sie bewegten sich schneller als die Menschen und flogen manchmal auf, um die Lage zu überblicken und den Soldaten am Boden Bericht zu erstatten. Jetzt, da sie es sah, fiel Scarlett ein, dass Fortinbrack und Nachtlingen Zufluchtsorte für Geister waren. Nirgendwo auf der Welt wurden Geister so ernst genommen und mit verschiedenen Mitteln ins Leben zurückgeholt wie dort. Hatte sich Hanns deswegen so sehr für den Geist von General Kreutz-Fortmann interessiert? Er hatte doch hoffentlich nicht vor, dieses Monster wieder lebendig zu machen?

Die Soldaten erwarteten offenbar, sehr bald angegriffen zu werden. Wahrscheinlich war Amuyletts Heer schon nach Sumpfloch unterwegs. Grindgürtels Plan konnte nur aufgehen, wenn er Amuyletts Fluch befreite, was auch immer das war. Dazu brauchte er den heiligen Zahn, der in Scarletts Pulloverärmel steckte. Was das bedeutete, darüber durfte sie gar nicht nachdenken. Sie musste jetzt einfach tun, was Berry ihr gesagt hatte: den heiligen Zahn fortbringen, weit weg von hier, an einen Ort, wo Grindgürtel ihn niemals finden würde.

Also wohin jetzt? Über die Brücke konnte sie nicht, also musste sie über die Küche in den Hinterhof fliehen. Von da könnte sie vielleicht in den Garten klettern und vom Garten aus an den Waldrand schleichen. Hoffentlich waren da nicht auch überall Soldaten!

Die Faulhunde winselten enttäuscht, als sich Scarlett aus ihrem Gehege verdrückte. Dummerweise blieb ihr nichts anderes übrig, als durch einen Müllschlund zu klettern, der direkt von der Küche ins Gehege führte – das ideale Rohr ins Innere der Festung, wenn auch eklig schmierig und stinkend. Immerhin wehte ein sehr warmer Wind durch den Schlund, eine Art Fön für Scarletts Haare. Sie waren nicht mehr klatschnass, sondern nur noch feucht, als sie in der Küche ankam. Nicht dass sie es wirklich beurteilen konnte, aber sie hatte den Eindruck, dass sie wieder stärker wurde. Ihre bösen Kräfte schienen langsam zurückzukehren.

In der Küche standen noch die Schüsseln und Brotkörbe fürs Frühstück. Niemand hatte sie in den Hungersaal getragen und von den Leuten, die normalerweise in der Küche arbeiteten, fehlte jede Spur. Scarlett sah sich jedes Mal sorgfältig nach allen Seiten um, wenn sie von einem Raum in den nächsten schlich. Der Ausgang zum Hinterhof war nur noch zwei Zimmer von ihr entfernt, als etwas passierte, womit sie überhaupt nicht gerechnet hatte: Zwei Menschen fielen ganz plötzlich von der Decke, einer landete vor ihr, einer genau hinter ihr, lautlos. Es waren keine normalen Menschen, die das taten. Der Kleidung nach zu urteilen hatten sie vor langer Zeit gelebt. Sie trugen schwere, lange Gewänder mit Kettenhemden. Doch das Gesicht der Frau, die unmittelbar vor Scarlett stand, wirkte gar nicht tot. Ihre Augen waren besonders dunkel, ihre Lippen bleich. Ihr fahles, blondes Haar wehte in einem schwachen, unsichtbaren Wind, ihre Haut war durchscheinend, ihr Auftreten in unheimlicher Weise still. Mal abgesehen davon hatte dieses Etwas ein sehr lebendiges Bewusstsein und echte Waffen in seinen Geisterhänden.

„Nicht bewegen", sagte die hohle Stimme der Frau. „Sonst durchlöchere ich dich!"

Scarlett warf einen vorsichtigen Blick über ihre Schulter. Hinter ihr stand ein Geistermann. Wie man Geister verhexte, war Scarlett leider vollkommen unbekannt. Man musste mit Geistern ganz anders verfahren als mit Menschen. Da gab es ein eigenes Regelwerk, mit dem sich Scarlett noch nie beschäftigt hatte, denn die wenigen Geister, die ihr bisher begegnet waren, waren harmlos gewesen.

„Was machst du hier?", fragte die Frau. „Warum bist du nicht mit den anderen Schülern im Hungersaal?"

„Ich hab verschlafen", sagte Scarlett.

„So, so", sagte die Frau. Sie war schön. Eine Geisterkriegerin mit wehenden Haaren. Gab es eigentlich auch spukende Crudas? Scarlett hatte noch nie von einer gehört.

„Los", sagte der Geistermann hinter Scarlett und drückte ihr zur Bekräftigung etwas Spitzes zwischen die Schulterblätter. „Du kommst jetzt mit uns."

Scarlett gehorchte. Nun ging es zurück, Raum für Raum, den sie sich erschlichen hatte, und vorbei am Müllschlund, aus dem sie gekommen war. Die Geister rochen es offensichtlich nicht. Dann weiter Richtung Hungersaal. Die ganze Zeit überlegte Scarlett, was sie tun könnte, um den Geistern zu entkommen. Denn wenn sie erst mal mit den anderen Schülern im Hungersaal eingesperrt wäre, hatte Grindgürtel den heiligen Zahn in seiner Hand.

Maria machte es sich in der Spiegelfonkammer bequem. Da war ein alter Stuhl, auf den sie sich setzen konnte, und auf der Ablage unterm Spiegel lag ein Holzstift, den zauberkundige Mädchen gerne zum Schminken benutzten. Der Stift war angespitzt wie ein Bleistift, aber er hatte keine Mine. Wenn man zaubern konnte, verwandelte er sich nach Bedarf in Lippenrot, Augenschwärze, Lidfarbe oder Pickelentferner. Da Maria aber nicht zaubern konnte, vertrieb sie sich die Zeit damit, Muster, Blumen und Strichmännchen in die grün angelaufenen Wände der Spiegelkammer zu ritzen. Es gab dort schon etliche Kritzeleien aus früheren Zeiten, als die Kammer noch in Betrieb gewesen war.

Gleichzeitig lauschte Maria auf die Schritte und Stimmen außerhalb der Kammer. Soldaten, Zauberer und andere Wesen mit komischen Stimmen kamen und gingen. Man sprach darüber, dass die Zeit knapp wurde. Dann auf einmal Aufruhr. Man verständigte sich darüber, dass kein lebendes Wesen das Gelände von Sumpfloch verlassen durfte. Um keinen Preis! Befehl von ganz oben, von Grindgürtel persönlich. Jemand hatte etwas entwendet, alle Schüler sollten durchsucht werden. Falls einer bei der Flucht erwischt wurde und nicht anders gestoppt werden konnte ...

Maria hörte ein Zischen. Gut. Das hatte sie verstanden. Sie würde nicht fliehen. Sie war ja nicht lebensmüde. Hoffentlich wussten die anderen auch, dass sie nicht fliehen durften. Bedrückt starrte Maria in den Spiegel. Und wieder wunderte sie sich darüber, dass ihr Spiegelbild nicht mal die Stirn runzelte. Maria legte ihre Stirn absichtlich in Falten – ihr Spiegelbild folgte, doch sah es eher komisch als sorgenvoll aus. Diese Maria im Spiegel hatte die Ruhe weg. Zu merkwürdig. Maria warf sich selbst einen verständnislosen Blick zu, dann nahm sie den Schminkstift wieder auf und zeichnete eine sehr unvollkommene Strich-Version von Rackiné an die Wand.

Scarletts Augen suchten verzweifelt nach einem Fluchtweg. Schließlich entdeckte sie einen: Da war die Treppe, die nach unten in die Heizräume führte, wo im Winter die Wäsche zum Trocknen aufgehängt wurde. Dort hatte sie mit Hanns Kekse gegessen, als es so eiskalt gewesen war. Von dort könnte sie eine andere Treppe nehmen, die zur Werkstatt der Hausmeister führte, und von da gab es Gänge in verschiedene Teile der Festung. Die Hausmeister mussten ständig etwas reparieren, deswegen hatten sie ihre Werkstatt so eingerichtet, dass sie jeden Gebäudeteil der Festung ohne große Umwege erreichen konnten. Das wäre ein guter Ausgangspunkt für Scarletts Flucht! Jetzt musste sie nur einen Weg finden, die Geister abzuschütteln und über die Treppe in die Heizräume zu flüchten. Was könnte sie den Geistern Böses wünschen? Ihre Haare waren noch feucht, etwas allzu Aufwendiges oder Kompliziertes durfte es also nicht sein.

„Hey, nicht so langsam!", sagte der Geist in Scarletts Rücken und gab ihr wieder einen Schubser mit seiner Waffe.

Das brachte Scarlett den rettenden Gedanken: Es waren ja gar nicht die Geister, die sie fürchten musste, sondern deren Waffen! Die aber unterlagen den ganz gewöhnlichen Gesetzen der Zauberkraft, denn sie waren solide und fest. Natürlich würden sich die Geister ärgern, wenn ihre Waffen ein Eigenleben bekämen ... als ... sagen wir mal ... Schlangen?

Ein böser Wunsch, ein böser Wille, ein einfacher Plan! Doch es lief nicht so glatt, wie Scarlett sich das vorgestellt hatte: Zwar hielten die Geister sehr plötzlich statt ihrer Waffen lauter glatte, sich aalende und kringelnde Schlangen in den Händen, doch brauchten sie nur einen Augenblick, um die Lage zu erfassen und die Schlangen in Waffen zurückzuverwandeln. Scarlett schaffte es in dieser Zeit kaum bis zur Treppe. Als sie die erste Stufe betrat, flog bereits ein Hammer durch die Luft, der ihr sicherlich den Schädel zerschmettert hätte, wenn er exakt geradeaus geflogen wäre. Doch der Hammer verfehlte Scarlett wie durch ein Wunder und gegen jede physikalische Gesetzmäßigkeit um Haaresbreite. Fast wäre Scarlett vor lauter Überraschung stehen geblieben, doch da kam schon wieder ein Speer angeflogen, vortrefflich gezielt. Scarlett sah ihn kommen und starrte wie gebannt auf die Spitze, die sich ihr in die Stirn bohren wollte, doch im letzten Moment wurde der Speer wie von unsichtbarer Hand abgelenkt. Er zischte an Scarletts Ohr vorbei und zersplitterte an der Küchenwand.

Der Knopf. Scarlett begriff es in einem Bruchteil einer Sekunde. Natürlich, der rosa Knopf! Ihre Feinde konnten Waffen auf sie abfeuern, so viel sie wollten, der heilige Riesenzahn machte Scarlett unverletzbar! Mit diesem Wissen rannte sie die Treppe zu den Heizräumen hinab. Wie viel einfacher machte es die Flucht, wenn man sie weder verletzen noch töten konnte. Sie durfte sich nur nicht einfangen lassen.

Zu spät erkannte die rennende Scarlett, dass sie mitten in einen Kriegsschauplatz hineinrannte. Dabei lag es doch auf der Hand: Nicht nur sie hatte sich überlegt, dass die Werkstatt der Hausmeister über etliche Gänge mit jedem Gebäudeteil der Festung verbunden war. Lehrer und Eindringlinge lieferten sich hier unten eine Schlacht um Sumpfloch und der Heizraum wurde kräftig in Mitleidenschaft gezogen. Da waren Öfen umgekippt, aus denen schlugen Flammen und Qualmwolken, die magikalisch verändert worden waren. Sie nahmen die Form von schwarzen Katzen an, die sich aus dem Rauch lösten und kreuz und quer durch den Raum sprangen, kreischend und mit ausgefahrenen Krallen. Es war Scarlett auf den ersten Blick unmöglich zu erkennen, ob die Katzen zu ihrer oder zur feindlichen Seite gehörten. Womöglich wussten es die Katzen selbst nicht so genau, denn sie stürzten sich auf alles, was sich bewegte, auch auf Scarlett, die schützend ihre Hände vors Gesicht hielt. Wie glühende Haken spürte sie die Krallen einer Katze in ihrem Genick.

‚Unverletzbar', sagte sie sich. ‚Ich bin unverletzbar!'

Gerade fühlte es sich gar nicht so an. Scarlett versuchte das brennende Schattending von sich abzuschütteln und rannte, blind wie sie war, in die Arme eines gepanzerten Soldaten. Da konnte sie um sich schlagen und treten, wie sie wollte, alles prallte an seinen

Schutzschilden ab. Als sie ihm böse wünschte, ihm möge die Luft wegbleiben, machte Scarlett Bekanntschaft mit der umfassenden Wirkung dieser Rüstung: Denn der Zauber fügte dem Mann keinen Schaden zu, sondern trat, nachdem er gegen eine unsichtbare Wand geprallt war, den Rückweg an. Im gleichen Moment wurde Scarlett von ihrem eigenen bösen Wunsch getroffen. Ihr versagte jeder Muskel, den sie normalerweise zum Atmen brauchte, und das war ein furchtbares Gefühl. Sie griff sich an den Hals und an die Brust, spürte ein dumpfes Gefühl in ihrem Kopf, strampelte um ihr Leben und glaubte, sie müsse ersticken.

Musste sie aber gar nicht, was nicht mal an dem heiligen Riesenzahn lag, sondern daran, dass der Zauber nachließ. Schließlich hatte Scarlett dem Soldaten nicht den Tod gewünscht, sondern nur diese vorübergehende Lähmung. Vorüber ging sie nun endlich, die Lähmung, und Scarlett schnappte nach Luft. Das tat sie ausgerechnet in dem Moment, als sie der Soldat durch eine dicke Rauchwolke zerrte. Scarlett sog den Rauch in vollen Zügen ein und dachte, sie müsse verglühen oder platzen. Er brannte wie Feuer in ihren Lungen und verdunkelte ihre Sinne. Trotzdem merkte sie, wie der Soldat, der sie fortzuschleppen versuchte, ganz plötzlich ins Wanken geriet. Jemand hatte es geschafft, den Schutz seiner Rüstung zu durchdringen und ihn zu treffen. Er ließ Scarlett los, da er in schlimme Nöte geraten war, und sie rannte ins Schwarze, immer noch benommen, und immer weiter, bis sie merkte, dass sie in einen Gang geraten war, der lichterloh brannte. Schockiert rannte sie vorwärts, mitten durch die Flammen, und dann eine Treppe hinauf. Am Ende der Treppe sah sie eine offene Tür und dahinter Tageslicht. Sie stürzte darauf zu, wahnsinnig vor Angst, Zahn hin oder her, und blieb an der letzten Stufe hängen. Mit einem Aufprall, der normalerweise mehrere Knochenbrüche mit sich hätte bringen müssen, flog sie auf die Steinplatten des Trophäensaals, überschlug sich zweimal und blieb dann liegen.

Sie lag auf dem Rücken und sah über sich das falsche Einhorn an der Wand hängen. Sie hörte aber auch, dass sie nicht alleine war. Sie hörte Kampfgeräusche, weiter weg, und Stimmen in der Nähe. Schritte. Schreie. Als sie sich aufzurappeln versuchte, wurde sie von einer unsichtbaren Kraft herumgerissen und gegen die Wand gedrückt. Und wieder, als wären nicht schon genug Gefahren an Scarlett vorbeigesegelt, schlug etwas genau neben ihr in die Wand ein: Es war ein Stück Metall mit so vielen spitzen Stacheln, dass Scarlett beim bloßen Anblick ganz schummrig wurde.

An den Zugängen zum Trophäensaal spielten sich Kämpfe ab, doch es waren so viele Menschen im Trophäensaal, dass Scarlett nichts Genaues erkennen konnte. Wenn sie es richtig beurteilte, war sie im Kreis der Sumpflocher Lehrer gelandet, die den Trophäensaal gegen Eindringlinge verteidigten. Immer noch fühlte sich Scarlett von einer unsichtbaren Kraft gehalten. Umarmt. Es war ein sehr angenehmes Gefühl und wenn sie die Augen schloss, dann war es ihr, als ob jemand ihr Haar streichelte. Und dann war da ein Geruch, den sie kannte. Ein guter, vertrauter Geruch ...

„Gerald?", flüsterte sie.

„Ja, Scarlett?", hörte sie ihn antworten. Aber sie sah ihn nicht. Sie spürte ihn nur. Für den Moment war das genug. Sie lehnte sich an den unsichtbaren Gerald und schloss die Augen. Sie war so erschöpft!

„Was machst du eigentlich für Sachen?", fragte er. „Wenn ich mich nicht auf dich geschmissen hätte, wärst du jetzt Hackfleisch! Geräuchertes Hackfleisch, so wie du riechst."

„Nein, nein", sagte Scarlett mit geschlossenen Augen. „Bilde dir bloß nicht ein, du hättest mir das Leben gerettet."

„Ach nein? Hab ich aber! Aus der Nummer kommst du nicht mehr raus!"

Scarlett öffnete die Augen.

„Gerald, ich bin unverletzbar!", flüsterte sie dahin, wo sie sein Ohr vermutete. „Ich hab den Riesenzahn. Ohne den wäre ich auf dem Weg hierher fünfmal zermatscht und zehnmal verbrannt worden!"

„Das erklärt so einiges", sagte Gerald. „Aber jetzt verrat mir mal, meine süße Hexe, wie dieser Zahn aussieht. Ist es vielleicht ... ein rosa Knopf?"

„Wie kommst du darauf?", fragte Scarlett und richtete sich auf. „Woher weißt du das?"

Scarlett spürte zwei Lippen, die ihr Ohr berührten.

„Guck mal da drüben!", flüsterten sie. „Neben Wargars Helm."

Der hässliche Helm von Wargar dem Ungelenken lag mitten im Raum und war noch unförmiger als sonst. Neben Wargars Helm, auf einer gesprungenen Bodenplatte, lag ein Knopf. Ein rosa Knopf. Der oberste Knopf von Berrys Strickjacke. Er sah aus wie neu. Scarlett tastete überrascht nach ihrer Ärmeltasche am Pullover. Die

Tasche war zerfetzt und hing mit dem halb verbrannten Ärmel in der Luft.

„Oh nein!"

„Oh doch."

„Du meinst, der lag schon da, als du mich gegen die Wand gedrückt hast?"

Sie spürte Gerald an ihrer Wange. Er nickte.

„Das musst du mir erst mal beweisen!"

Doch Gerald antwortete nicht. Seine Wange verschwand und auch der warme, angenehme Rest von ihm. Scarlett vermisste seine unsichtbare Umarmung und ärgerte sich gleichzeitig, dass sie keine Ahnung hatte, wo er jetzt war. Doch dann kullerte der rosa Knopf in ihren Schoß.

„Hier!", hörte sie Gerald sagen. „Wer weiß, was du als Nächstes vorhast!"

In den Kampf an den Ein- und Ausgängen des Trophäensaals war vorübergehend Ruhe eingekehrt. Scarlett entdeckte Estephaga Glazard, die mit einem der neuen Lehrer diskutierte.

„Nein", sagte Estephaga Glazard, „ich glaube nicht, dass wir auf das Heer warten sollten! Wir müssen Grindgürtel jetzt stoppen – es kann jeden Moment zu spät sein!"

„Aber wir haben keine Chance!", erwiderte der Lehrer. „Wir werden nicht mal diesen Saal halten können!"

Diese Einschätzung brachte Scarlett auf den Boden der Tatsachen zurück. Sie konnte sich jetzt nicht an einen unsichtbaren Gerald kuscheln und den Rest der Welt vergessen. Das Gegenteil musste sie tun, auch wenn es schwerfiel.

„Gerald", flüsterte sie. „Glaubst du, du könntest aus der Festung entkommen? Schließlich sehen sie dich nicht."

„Vielleicht", antwortete er. „Aber der Garten ist gespickt mit Fallen. Ich bin zwar unsichtbar, aber alles, was mich trifft, tötet mich trotzdem."

„Nicht wenn du den Zahn bei dir hast. Er wirkt, glaub mir!"

„Du meinst …"

„Er muss weg von hier, das ist das Allerwichtigste! Berry hat ihn mir gegeben, sie war todesmutig! Ich habe keine Ahnung, ob sie noch lebt – Grindgürtel ist bestimmt nicht zimperlich, wenn man ihm seine Pläne kaputt macht. Wir müssen jetzt tun, was sie tun wollte: nämlich dieses Ding in Sicherheit bringen. Wäre es bei deinem Vater in Sicherheit?"

Gerald antwortete nicht sofort.

„Ich denke schon", sagte Gerald schließlich.

„Dann musst du ihn dort hinbringen!"

„Willst du ihn nicht lieber behalten?", fragte Gerald.

„Gerald! Sie wissen, dass ich ihn habe! Zumindest werden sie es vermuten!"

„Eben."

Scarlett verstand, was er ihr sagen wollte. Ohne den Zahn war sie in allergrößter Gefahr. Wenn sie Grindgürtels Leuten in die Hände fiel, würden sie kurzen Prozess mit ihr machen.

„Trotzdem", sagte Scarlett. „Berry hat auch nicht darauf geachtet, ob es für sie gefährlich ist. Sie hat getan, was für alle das Beste ist!"

„Bist du sicher, dass du eine böse Cruda bist?", hörte sie ihn leise an ihrem Ohr fragen. „Am Ende bist du irgendeine abartige Mutation! Eine gute Cruda womöglich!"

Sie wusste, es war ein Witz, aber sie konnte nicht lachen. Nicht bei dem Gedanken, dass Gerald weggehen und sie hier alleine ohne den Knopf zurücklassen würde. Wenn ihr etwas zustieß, würde sie ihn nie wiedersehen. Von allem, was sie befürchtete, war das gerade das Schlimmste. Sie musste wirklich verknallt sein!

„Geh jetzt. Bringen wir es hinter uns", sagte sie. „Hier!"

Sie hielt ihm die Hand mit dem Knopf hin und spürte, wie er seine unsichtbaren Hände darum schloss.

„Bist du dir wirklich sicher?", fragte er.

Er war heute schon der zweite Junge, der ihr diese Frage stellte.

„Ja. Es muss sein."

„Also gut", sagte er und hielt die unsichtbaren Hände auf. Der Knopf fiel hinein und verschwand.

Zum Abschied gab er ihr einen Kuss, den sie kaum zu erwidern wagte, da sie merkte, wie Estephaga Glazard ihre Augen mit den Reptilienpupillen auf sie richtete. Dann entfernten sich Geralds Lippen und mit ihnen sein guter Geruch und das gute Gefühl, das Scarlett in seiner Nähe immer hatte. Sie glaubte zu sehen, wie er an einem Lehrer vorbei in das Gebäude mit den ungeraden Zimmernummern schlüpfte, dann schaute sie auf und musste feststellen, dass Estephaga Glazard direkt vor ihr stand.

„Du siehst ja zum Fürchten aus, Scarlett", sagte die Lehrerin für Heilkunde. „Noch mehr als sonst!"

„Ja, Frau Glazard?"

„Wie bist du zu uns durchgekommen?"

„Mit viel Glück, Frau Glazard. Ich möchte es nicht noch einmal versuchen müssen!"

„Hm. Viego scheint dir ja wirklich eine Menge beigebracht zu haben."

Scarlett nickte.

„Wo ist er überhaupt?"

„Ich weiß es nicht", sagte Estephaga Glazard. „Wir wurden getrennt, als wir den Hof verloren haben. Es sieht nicht gut aus, Scarlett."

„Ein Verletzter!", rief jemand und Scarlett sah, wie einer der neuen Lehrer auf einer Tür in den Saal getragen wurde. An seiner Stirn klaffte eine große Wunde und sein Arm hing verdreht an der Seite hinab. Estephaga war gleich zur Stelle, um ihn zu verarzten. Als Scarlett zu den Fenstern schaute, sah sie das Heer von Amuylett kommen: auf Flugwürmern, Fledermaus-Seglern und geflügelten Löwen flogen sie heran und machten sich zum Angriff bereit.

Kapitel 16

Moos mit Erdbeeren

Maria wurde es zunehmend mulmiger zumute in ihrer Spiegelfonkammer. Soldaten, Gespenster und fremde Zauberer drängten sich im Gang, schrien durch die Gegend und sagten schreckliche Sachen. Einer schlug vor, alle Schüler aufzuritzen, um zu sehen, ob sie bluteten. Der Schüler, der nicht blutete, besaß den heiligen Riesenzahn. Wie dieser Vorschlag aufgenommen wurde, konnte Maria nicht hören. Weinerlich starrte sie in den Spiegel der Spiegelfonkammer und konnte es nicht fassen: Ihr Spiegelbild sah immer noch unbeeindruckt aus. Wenn die Maria im Spiegel feuchte Augen hatte, dann sicher nicht, weil sie mit den Tränen kämpfte, sondern weil die Luft nach Feuer roch und in ihren Augen brannte. Dieses Mädchen da drin hatte etwas Hochmütiges. Als ginge sie die Besetzung von Sumpfloch und Marias Nöte überhaupt nichts an. Dabei war es doch Maria, die der Spiegel abbildete. Oder etwa nicht?

Maria beugte sich vor, um den Spiegel zu studieren. War er womöglich verzaubert? Konnte es sein, dass Spiegel, die jahrzehntelang zum Spiegelfonieren benutzt worden waren, nicht mehr richtig funktionierten? Maria sah in den Spiegel hinein und begutachtete die spiegelverkehrte, dunkle Kammer, als sei sie ein zweiter Raum hinter einer Glasscheibe. Was war denn das? Das konnte doch nur eine Sinnestäuschung sein! Die Kritzeleien, die Maria mit dem Schminkstift auf der Wand der Kammer hinterlassen hatte, bewegten sich im Spiegelbild. Der Strich-Hase, der Rackiné darstellen sollte, marschierte im Spiegelbild auf und ab. Ein gekritzelter Stern wurde größer und kleiner, als wolle er blinken, und eine Blume bewegte sich in einem unsichtbaren Wind. Maria drehte sich um und studierte nun wieder die echten Kritzeleien. Die taten, was sie tun sollten: also nichts. Wieder ein Blick in den Spiegel. Der Strich-Hase sprang auf und ab. War das komisch! Maria zweifelte an ihrem Verstand.

Außerhalb der Spiegelfonkammer wurde es lauter. Das Heer von Amuylett war eingetroffen und nun formierten sich Soldaten, Zauberer und Gespenster für die Schlacht. Maria hörte Schüsse: Glasscheiben zersplitterten, Verschiedenes knallte und krachte außerhalb der Spiegelfonkammer in Mauern und Böden. Dann hörte Maria eine Explosion und noch lauteres Geschrei. Es war nur noch eine Frage der Zeit, bis die Kammer im allgemeinen Kampfgetümmel zerschlagen würde.

Maria starrte wieder in den Spiegel. Hinter dem Mädchen, das eigentlich auch Maria war, glaubte sie einen Schatten zu erkennen, der sich hin- und herbewegte. Er trug etwas in den Händen. Was war das nur? Maria beugte sich so weit vor, dass sie gar nicht merkte, wie ihre Nase das Spiegelglas berührte oder vielmehr: nicht berührte. Denn da war keine Berührung. Die Nase glitt durch den Spiegel hindurch und ebenso taten es Marias Augen, die der Nase folgten. Kaum hatte sie ihr halbes Gesicht in den Spiegel hineingesteckt, konnte sie die Welt darin viel besser erkennen. Der Schatten gehörte dem kleinen Affen in Uniform, den Maria so oft in Gedanken durch ihren Kopf schickte, damit er Wissen heranschleppte, das am Ende doch nichts taugte. Und lagen da nicht dieselben Bücherstapel, die Maria erst gestern auf der Suche nach einer auswendig gelernten Formel durchsucht hatte? Vergeblich, natürlich. Hätte es Maria nicht besser gewusst, so hätte sie geglaubt, dass sie gerade in ihren eigenen Kopf hineinschaute. In die Gedanken und die Bilder, die normalerweise darin herumgeisterten.

Ein mächtiger Schlag brachte die Spiegelfonkammer zum Wackeln. Ein weiterer ließ sie kippen. Maria holte ihren Kopf aus dem Spiegel, da sie merkte, wie sich die ganze Kammer drehte und sie selbst das Gleichgewicht verlor. Jemand brüllte sehr laut, das Blatt einer Axt wurde in die Decke der Kammer gerammt (die gerade dabei war, zur Seitenwand zu werden) und Marias Nerven drohten sich in einem lauten Schreikrampf zu entladen. Doch das Mädchen im Spiegel glotzte nur. Das war der Moment, in dem Maria eine Eingebung hatte: Mit dem Kopf voran kletterte sie in den Spiegel der Spiegelfonkammer, der keinen Widerstand bot. Als ihre Ohren auf der anderen Seite waren, wurde es wunderbar still. Und als es ihr gelungen war, mitsamt ihren Armen und Beinen hineinzupurzeln in die Dunkelheit jenseits des Spiegels, erfüllte sie ein unermesslicher Frieden. Hier war sie genau das Mädchen, das sie im Spiegel gesehen hatte: eine Maria, die keine Angst hatte und vom Lärm, der in Sumpfloch herrschte, unberührt blieb.

Maria war in Sicherheit. Sie steckte jetzt in ihrem eigenen Kopf, in ihren Träumen und ihren Gedanken. Noch nie in ihrem ganzen

Leben hatte Maria so ein Gefühl gehabt: das Gefühl, dass in ihrem Kopf alles an der richtigen Stelle war und sie sich glänzend darin zurechtfand. Im Inneren des Spiegels hatte alles seine Ordnung. Zumindest für so ein verwirrtes Mädchen, wie Maria eines war.

Lisandra machte sich große Vorwürfe. Hätte sie ihren Mund gehalten, so wie es der Soldat von ihr verlangt hatte, dann säße Maria noch neben ihr. Aber nein, sie hatte ja unbedingt mit Thuna flüstern müssen, bis es zu spät gewesen war.

„Wenn sie ihr bloß nichts getan haben", murmelte Lisandra bestimmt schon zum hundertsten Mal. Sie raufte sich die Haare, sie rieb sich das Gesicht, sie trat ungeduldig mit dem Fuß auf. Doch es half alles nichts. Sie konnte nur hier sitzen und warten. Sie wagte es nicht mal, mit Thuna ein Gespräch über Marias Verschleppung zu führen. Sonst würde ihr Thuna am Ende auch noch entrissen werden. Es war aber auch gar nicht nötig, mit Thuna zu sprechen. Lisandra musste nur in Thunas Augen sehen, um zu wissen, dass sie das Gleiche dachte wie sie: Hoffentlich geht das alles gut aus!

Dann endlich kündigten sich die Streitkräfte von Amuylett an. Man konnte sie durch die Fenster des Hungersaals sehen, wie sie angeflogen kamen. Auch Krotan Westbarsch entdeckte sie. Es veranlasste ihn, Frau Eckzahns Kopf loszulassen und aufzuspringen.

„Alle Schüler unter die Tische!", rief er. „Jetzt sofort!"

Die meisten Schüler waren so eingeschüchtert, dass sie seinem Aufruf sofort Folge leisteten. Die wenigen anderen, die zögerten, versuchte Krotan Westbarsch durch Argumente zu überzeugen:

„Hier ist gleich die Hölle los! Wenn ihr eure Köpfe behalten wollt, dann runter unter die Tische!"

Das leuchtete allen ein. Allen außer Lisandra. Thuna hockte unter ihrem Tisch und konnte es kaum fassen, als sie sah, wie Lisandra allen Ernstes im Hungersaal herumrannte, um Marias Ringe einzusammeln. Statt die Ringe zu nehmen und schleunigst unter den nächsten Tisch zu hechten, steckte sich Lisandra beide Ringe an die Finger und lief zu einem der Fenster, die zu den Sümpfen hinauszeigten. Niemand hinderte sie daran, denn die Aufpasser-Soldaten standen mit dem Rücken zum Hungersaal in der Tür und verständigten sich mit anderen Soldaten über eine Explosion und andere kriegerische Probleme in den Gängen.

Lisandra spähte neugierig nach draußen, wo Soldaten auf dem schmalen Streifen Land zwischen Festung und Sümpfen hin- und herrannten und mit allem Möglichen in die Luft schossen, um Angriffe von oben abzuwehren. Sie waren aber viel zu wenige. Auf jeden Angreifer, den sie zum Absturz brachten, folgten drei weitere.

Dann war da plötzlich ein Geräusch: ein schreckliches Heulen, das einem durch Mark und Bein ging, ähnlich einer Sirene, nur viel höher und in einer anderen Tonfolge. Was es mit diesem Geräusch auf sich hatte, erkannte Lisandra, als sich die Scheibe vor ihren Augen in ein wackelndes Bild aus tausend Punkten verwandelte. Geistesgegenwärtig sprang Lisandra rückwärts. Was gerade noch die riesigen Glasscheiben des Hungersaals gewesen waren, zerbröselte nun komplett zu glasfarbenem Sand und stürzte wasserfallartig zu Boden. Als das Heulen verstummte, war der Hungersaal kein Saal mehr, sondern eine nach allen Seiten hin offene Halle, in der die feindlichen Soldaten, die eben noch draußen gekämpft hatten, Deckung suchten. Aber sie hatten nicht mit Lisandra gerechnet. Die war nämlich auf einen Tisch gesprungen und streckte nun beide Arme aus, um ihr magikalisches Fluidum zu verpulvern. Geschickt zauberte sie in jedes offene Fenster gespannte Seile, die die Schutz suchenden Soldaten reihenweise zu Fall brachten.

„Ja!", rief sie, als fünf Soldaten gleichzeitig zu Boden gingen und sich mühsam wieder aufrappelten. „Und jetzt nehmt das!"

Thuna blieb fast das Herz stehen: Lisandra zielte mit ihren beringten Fingern auf die Soldaten, die ihr am nächsten waren, und schoss einen merkwürdigen Funkenregen auf diese ab, der die Wirkung von Juckpulver haben musste. Denn die beiden getroffenen Männer machten Gesichter, als kitzele man sie gerade von oben bis unten durch und kämpften sichtbar um Beherrschung. Mittlerweile verloren Lisandras Seile an Wirkung und die nachkommenden Soldaten konnten sie so mühelos auseinanderreißen, als seien es nur Spinnweben. Thuna wusste überhaupt nicht, was sie tun sollte. Lisandra war in großer Gefahr, sie konnte doch unmöglich glauben, dass sie all diesen Männern auf Dauer Widerstand leisten konnte? Hilfe suchend schaute Thuna zum Nachbarstisch, unter dem Geicko mit seinen Freunden hockte. Geicko starrte Lisandra an, mit einer Mischung aus Sorge und großer Bewunderung. Weder er noch Thuna sahen in diesem

Moment, wie einer der Aufpasser-Soldaten an der Tür seine Waffe anlegte und zielte. Sie hörten nur, wie Lisandra plötzlich aufschrie.

„Lissi?", schrie Thuna und kam unter ihrem Tisch hervor.

Lisandra hielt sich die Hände vor den Bauch und krümmte sich. Blut rann zwischen ihren Fingern hindurch, dann stürzte sie vornüber. Geicko war noch schneller als Thuna. Er fing Lisandra auf, sonst wäre sie kopfüber vom Tisch gefallen. So milderte er ihren Sturz ab und kippte zusammen mit ihr zu Boden. Thuna robbte ihm zu Hilfe und gemeinsam schleiften sie Lisandra unter den nächsten Tisch.

„Lissi, um Himmels willen, tu uns das nicht an!", rief Thuna.

Lisandra war leichenblass, alles Blut war aus ihrem Gesicht gewichen. Dafür wurden Geickos Arme immer röter und unter Lisandra bildete sich eine riesige Blutpfütze.

„Was sollen wir bloß machen?", fragte Geicko.

Er wusste so gut wie Thuna, dass Lisandra verbluten würde, wenn sie nicht schnell verarztet wurde. Rund um die Tische tobte jetzt ein wilder Kampf, denn die Soldaten von Amuylett hatten sich aus der Luft abgeseilt und drängten nun von allen Seiten ins Innere des Hungersaals. Thuna bekam mehr als einen Stiefeltritt zu spüren, doch es war ihr egal. Zusammen mit Geicko beugte sie sich über Lisandra und versuchte diese, gegen Schläge von außen abzuschirmen. Nur, was half das? Lisandras Haut wurde immer kälter und ihre Hand, mit der sie sich gerade noch an Geickos Arm festgeklammert hatte, wurde kraftlos.

Thuna tastete nach der Schachtel mit Sternenstaub in ihrer Rocktasche. Sie versprach sich nichts davon, es war nur so, dass es sie tröstete, nach der Schachtel zu greifen und sie hervorzuholen.

„Was ist das?", fragte Geicko, als er sah, wie Thuna die Schachtel öffnete.

„Staub", antwortete sie. „Sternenstaub."

Lisandras Augenlider zitterten. Sie hatte noch nie so schwach und besiegt ausgesehen. Geicko griff nach ihrer Hand, die von seinem Arm gerutscht war, und drückte sie. Thuna aber tat das Einzige, was ihr noch zu tun einfiel. Sie öffnete die Schachtel mit Sternenstaub und leerte sie über Lisandras Wunde aus. Langsam schwebte der Staub auf Lisandra nieder, fast zu langsam, für die üblichen Gesetze von Zeit und Raum. Als der Staub Lisandra berührte, leuchtete er kurz auf. Er schimmerte und glitzerte und erlosch dann wieder. Danach war alles wie vorher, nur dass

Lisandra noch schwerer atmete als vorher. Thuna beobachtete es ratlos. Was hatte sie erwartet? Ein Wunder?

„Das tut gut", sagte Lisandra leise, mit geschlossenen Augen. „Ich fühle mich gerade so … wooohl!"

„Halt durch, Lissi!", rief Geicko. „Ich glaube, wir gewinnen gerade."

„Und wenn er jetzt spukt?", fragte Lisandra.

Geicko und Thuna sahen sich an. Lisandra redete wirres Zeug!

„Er war der Beste! Sagen alle."

„Bist du sicher, dass es Sternenstaub war?", fragte Geicko die verdutzte Thuna. „Und nicht irgendwelche Pilze? Sie wirkt so …"

„Hey!", rief Lisandra immer noch mit geschlossenen Augen. „Ich rede mit euch! Glaubt ihr, dass Kreutz-Fortmann jetzt spukt?"

„Das wollen wir doch nicht hoffen", sagte Thuna.

„Aber es hieß doch immer, dass er spukt, wenn die Trümmersäule fällt", erklärte Lisandra und öffnete ihre Augen. Sie glänzten. „Oder nicht?"

„General Kreutz-Fortmann war ein Ungeheuer!", sagte Thuna streng. „Er hat sehr schlimme Dinge getan. Also hör auf, dir zu wünschen, dass er jetzt spukt!"

„Aber er war doch der Beste!", widersprach Lisandra und schaute Thuna mit feuchten Augen an. „Der beste Instrumenten-Zauberer, den es jemals gab! Er könnte mir so viel beibringen. Vielleicht bereut er inzwischen, was er getan hat?"

„Du bist nicht bei Trost!", schimpfte Thuna, aber gleichzeitig war sie sehr erleichtert. Lisandra hatte wieder Farbe im Gesicht und der Eifer in ihrer Stimme war ganz der alte.

„Menno", jammerte Lisandra. „Ich hab Hunger. So großen Hunger. Beim fettigen Gichtknoten!"

Berry saß zwischen hohen Regalen voller Kisten mit Gläsern, Dosen, Holzkästchen und Stoffbündeln. Es roch komisch. Der Raum war groß, doch die Decke niedrig, was ihm ein komisches Aussehen gab. Es war sehr dunkel, denn das einzige Licht an der Decke war eine speziell gesicherte magikalische Glühbirne, die grünlich leuchtete. Die Dinge, die hier untergebracht waren, reagierten nämlich unterschiedlich auf Licht und empfindlich gegen magikalische Strahlung.

Berrys Arm war verletzt, sie trug ihn in einer Schlinge. Im Gesicht hatte sie lauter Bisse, die sehr wehgetan hatten, doch jetzt, da Itopia

Schwund die Bisse mit einer Salbe eingerieben hatte, merkte Berry kaum noch etwas. Überhaupt stellte sie keine Ansprüche an ihre Umgebung und ihren Zustand. Sie lebte noch und das war nach allem, was heute geschehen war, ein Wunder.

Wieder einmal erreichte Berry eine Wolke von einem undefinierbaren Geruch. Diesmal roch es wie Vanille, geröstet über brennendem Waschpulver mit einer Note von altem Holz. Die Wolke zog vorüber wie die anderen zuvor. Dieser Raum, das musste Berry zugeben, war ein betörendes Geheimnis. Wie alle anderen Schüler hatte sie von der Existenz dieser Vorratskammer überhaupt nichts gewusst. Es war ein Lager, in dem Zauberei-Zutaten aus der ganzen Welt aufbewahrt wurden. Wertvolle, gefährliche, seltene oder in der Reifung befindliche Stoffe, mit denen man Ungeheuerliches bewirken konnte, wenn man ein erfahrener Zauberer war. Sumpfloch war zwar nicht reich – das wusste jeder – doch der Garten brachte jedes Jahr eine wertvolle Ernte von Raritäten ein, die gegen andere Raritäten getauscht werden konnten. Und wer es wagte, in den bösen Wald zu gehen, fand dort abenteuerliche Pflanzen, Knochen, Pilze und Moose, deren Wirkung zum Teil noch gar nicht erforscht war. Viego Vandalez war in dieser Hinsicht sehr rege, erklärte Itopia Schwund der erstaunten Berry. Aber auch Estephaga Glazard betrachtete diesen Raum als ihre persönliche Schatzkammer, zu der sie Wesentliches beigetragen hatte. Wenn einer der anderen Lehrer eine Zutat aus diesem Raum haben wollte, musste er auf der Hut sein. Denn Viego und Estephaga saßen auf ihren Zauberei-Zutaten wie die Drachen auf ihren Goldbergen und wer wollte sich schon mit diesen beiden anlegen?

Wo sich diese Wunderkammer befand, konnte Berry nicht sagen. Viego Vandalez hatte ihr die Augen verbunden, als er sie hergebracht hatte, und sie außerdem mit einem Desorientierungszauber belegt. Am liebsten hätte er sie gar nicht hergebracht, doch diese Vorratskammer schien ihm der sicherste Ort für Berry zu sein, da er ihn selbst verteidigte. Schließlich hatte er mit eigenen Augen gesehen, wie wenig Berry von den Feinden gemocht wurde, darum hielt er es für angebracht, sie den Angreifern auf die gleiche Weise vorzuenthalten wie seine Zauberei-Zutaten: nämlich unter Einsatz seines Lebens. Berry war ihm sehr dankbar dafür.

„Es sieht schon viel besser aus", sagte Itopia Schwund, die in eine Schale mit einer dampfenden Flüssigkeit blickte. „Das Kräfte-Gleichgewicht hat sich stark zu unseren Gunsten verschoben."

Darüber war Berry froh, doch eigentlich wusste sie nicht, wie es mit ihr weitergehen sollte, wenn die Schlacht vorbei war. Mit Schaudern dachte sie an den Moment im Feenmaul, als sie Grindgürtel gestanden hatte, dass sie den Riesenzahn nicht bei sich hatte. Ihre Geschichte, wonach ihr der Zahn über Nacht gestohlen worden war, hatte er ihr keinen Augenblick abgenommen. Er hetzte sofort eine Wolke von Rattenkäfern auf Berry, die sich mit Eifer in ihr Gesicht verbissen. Sie schrie wie am Spieß, doch war entschlossen, Grindgürtel kein Wort zu verraten, denn dann wäre alles umsonst gewesen. Lange hätte sie nicht durchgehalten, das wusste sie, doch Hanns beendete den Spuk im wahrsten Sinne des Wortes im Handumdrehen. Seine Hand fuhr durch die Luft und im gleichen Moment löste sich die Rattenkäfer-Wolke in Luft auf.

„Halt dich da raus!", fuhr Grindgürtel seinen Sohn an, doch der schien Übung darin zu haben, seinem Vater zu widersprechen.

„Wir verschenken wertvolle Zeit!", entgegnete Hanns. „Ich weiß, wo der Dieb ist, und ich weiß, wie der Zahn aussieht. Es ist ein Knopf von ihrer Strickjacke!"

Grindgürtel starrte Berry an, die auf dem Vorsprung in der Grotte saß, unter dem sowohl sie als auch Scarlett hindurchgetaucht waren. Grindgürtel sah, dass der oberste Knopf von Berrys Strickjacke fehlte, und nickte.

„Sieh an, Hanns", sagte der Zauberer. „Manchmal bin ich wirklich zu voreilig. Wohin müssen wir?"

„Auf die andere Seite. Dahin, wo Berry auf dich gewartet hat. Sie muss den Knopf gerade übergeben haben. Wenn wir uns beeilen, finden wir den Dieb, bevor er die Geheimgänge verlässt!"

„Dann los!", befahl Grindgürtel und bevor Berry auch nur blinzeln konnte, waren die beiden im Wasser, zwei graue Fische von großer Geschmeidigkeit.

Berry wollte schon aufatmen, da entdeckte sie, dass ihr Grindgürtel ein Abschiedsgeschenk hinterlassen hatte. Es war groß und zog im dunklen Wasser seine Kreise. Plötzlich tauchte es auf und packte Berrys Arm. Sie schrie um ihr Leben, aber das große Ding mit dem weichen Maul und den spitzen Zähnen kümmerte sich nicht darum. Es zog Berry gnadenlos unter Wasser und schleifte sie dort herum, offensichtlich in der Absicht, nicht mehr aufzutauchen, bis Berry zu strampeln aufhörte, weil sie ertrunken war.

Berry glaubte in diesem Moment nicht mehr an ihre Rettung. Wasser drang in ihren Mund und in ihre Lunge ein. Da entdeckte sie ein Licht. Es war schwach. Hätte sie es nicht besser gewusst, dann hätte sie gesagt, dass es eine große Schildkröte war, die herangeschwommen kam und smaragdgrün schimmerte. Berry wurde auf einmal herumgewirbelt, mal nach oben, mal nach unten gedrückt und dann in einer Geschwindigkeit, die ihr sehr unwirklich vorkam, durchs Wasser gezogen.

‚Das ist das Ende', dachte sie.

Es war aber nicht das Ende. Bevor Berry die Luft ausging, wurde sie von zwei Händen gepackt und aus dem Wasser gezogen. Es waren die Hände von Viego Vandalez. Er sagte so etwas wie ‚Perle-Tulpen-Jahr' oder so ähnlich. Berry konnte es nicht richtig verstehen, denn sie hustete und prustete und spürte die vielen Bisse der Rattenkäfer in ihrem Gesicht. Um sich herum erkannte sie nicht viel, aber sie sah, dass sie nicht mehr in der Grotte war, sondern in einem anderen unterirdischen Teil der Festung.

„Berry!", rief Viego Vandalez und schüttelte sie leicht, da er wohl fürchtete, sie könnte das Bewusstsein verlieren. „Sag mir, was passiert ist!"

In Berrys Zustand war es so gut wie unmöglich, irgendwas zu erklären oder auch nur einen klaren Gedanken zu fassen. Deswegen sagte sie nur: „Scarlett – Zahn!", und dann schwanden ihr die Sinne. Als sie wieder zu sich kam, waren ihre Augen verbunden und sie hing über Viego Vandalez' Schulter. Auf diese Weise gelangte sie in diesen seltsamen riechenden Raum und die fürsorgliche Pflege von Itopia Schwund. Viego aber verschwand schnell wieder, denn die Feinde eroberten einen Flur nach dem anderen und er musste ihnen Einhalt gebieten.

„Deine Eltern haben also den Zahn gestohlen, hm?", fragte Itopia, nachdem sie lange genug in ihre wabernde Wasserschüssel geguckt und sich an dem vielversprechenden Anblick erfreut hatte.

„Sie waren es nicht allein. Aber sie haben das Ganze organisiert", antwortete Berry.

„Damit hatten sie wohl Erfahrung?"

„Ja, sieht so aus. Aber das wusste ich nicht."

„Ganz schön raffinierte Banditen, deine Eltern."

„Wie man's nimmt."

Itopia merkte, wie bedrückt Berry war, daher verließ sie ihre Schüssel und kam zu Berry, um ihr über den Kopf zu streicheln.

„Mach dir nichts draus. Meine Eltern haben die Meere unsicher gemacht und Schiffe ausgeraubt, bis sie erwischt wurden. Zehn Jahre lang saßen sie im Gefängnis von Kanga-Weggi, bis ihnen die Flucht gelang."

„Und wo sind sie jetzt?"

„Ich habe nicht die geringste Ahnung! Wahrscheinlich leben sie irgendwo auf einer einsamen Insel, schaukeln den ganzen Tag in ihren selbst geknüpften Hängematten herum und trinken Cocktails aus vergorenen Bananen und Kokosnüssen."

Darüber musste Berry lachen.

„Das hoffe ich zumindest", sagte Itopia. „Ich hab sie trotz allem gern."

„Ja, ich meine Eltern auch."

„Deine Eltern sollten sich so bald wie möglich stellen. Nur so sind sie vor Grindgürtel sicher."

Berry nickte. Ihre Eltern mussten fliehen oder sich in Amuylett einsperren lassen. Aber was war mit ihr? Mit Berry? Wie könnte sie jemals sicher sein vor Grindgürtel von Fortinbrack?

Als Viego Vandalez endlich wieder auftauchte, sah er sehr erschöpft aus. Aber er war auch froh. Denn Sumpfloch war gerettet, die Truppen von Amuylett hatten jeden einzelnen stinkenden Keller zurückerobert, wie er sich ausdrückte.

„Was ist mit Scarlett?", fragte Berry.

„Es geht ihr gut", sagte Viego.

Er sagte es mit einer Liebe in seiner Stimme, die Berry fast eifersüchtig machte. Aber nur fast. Scarlett hatte keine Eltern. Warum sollte sie nicht von Viego Vandalez wie eine eigene Tochter geliebt werden? Sie hatte es verdient.

„Wo ist Grindgürtel?"

„Er ist geflohen. Zusammen mit Hanns und seinen Getreuen. Einen wie Grindgürtel kann man vertreiben, aber wahrscheinlich nicht besiegen."

„Hm."

„Wir werden auf dich aufpassen, Berry."

Das klang beruhigend. Berry atmete tief durch. Vielleicht war ihr Leben doch noch nicht vorbei? Sie schloss die Augen und merkte, wie ein neuer Duft von Zauberei-Zutaten heranwehte: Moos mit Erdbeeren, feuchtes Fell, butterweiche Kreide, ein Nektar von

Rosen und eine leicht salzige Schärfe wie von Gepökeltem. Ja, so roch die Mischung. Ganz genau so.

Kapitel 17

Sommerschatten

„Dieses Schuljahr ist eine einzige Katastrophe", sagte Frau Eckzahn zu Viego Vandalez. „Erst werden wir von einer Cruda überfallen, dann eingeschneit, danach steht alles unter Wasser und jetzt die vielen Reparaturen in der ganzen Festung! Wie sollen die Schüler da noch etwas lernen?"

Viego Vandalez und Frau Eckzahn standen im dritten Stock des Haupthauses und blickten von dort in den Innenhof, der für den Rest des Schuljahrs als Freiluft-Speisesaal herhalten musste. Wanda Flabbi hatte irgendwo magikalische Lichterketten ausgegraben und aufgehängt, was den Hof vor allem in den Dämmerstunden in heimeliges Licht tauchte. Ein unsichtbarer Zauber schützte den Innenhof weitestgehend vor Regen, was aber am heutigen Abend gar nicht notwendig war, denn der Himmel war wolkenlos und dunkelblau mit einigen funkelnden Sternen darin.

„Sie haben sehr viel gelernt", erwiderte nun Viego Vandalez. „Vor allem über Politik und Zeitgeschichte."

Über den Trümmern der Trümmersäule hatte Wanda Flabbi den Buffet-Tisch errichtet. Hier standen morgens die Körbe mit hartem Brot und abends die Schalen mit Knetfeigen, einer unansehnlichen Spezialität aus dem Schulgarten, die sehr gesund sein sollte. Wenn man lange genug auf ihnen herumkaute, schmeckten sie süßsäuerlich, doch ihre Konsistenz wurde dabei auch zunehmend schleimig. Entsprechend bescheiden war die Nachfrage. Wanda Flabbi ließ die Früchte aber trotzdem dort stehen, weil ihnen eine schutzmagische Wirkung nachgesagt wurde. Nur für den Fall, dass sich der Geist von General Kreutz-Fortmann unten in seinem Grab umdrehte und auf die Idee kam zu spuken.

„Außerdem", sagte Viego Vandalez, „finde ich, dass wir in diesem Jahr großes Glück gehabt haben."

„Alles eine Frage der Sichtweise", sagte Frau Eckzahn. „Meine ist leider sehr eingeschränkt zurzeit."

Der Halbvampir ließ sich zu einem furchterregenden Lächeln hinreißen. Frau Eckzahn trug nämlich einen Verband um den Kopf und eine Augenklappe über ihrem rechten Auge. Die Augenklappe rührte daher, dass Frau Eckzahn unmittelbar nach dem Abzug der feindlichen Truppen in den Garten getaumelt war, trotz ihrer schwerwiegenden Verletzung. Denn sie verging vor Sorge um ihre Lieblinge, die Gefräßigen Rosen. Ihr angeknackster Gleichgewichtssinn ließ sie stolpern, direkt in die Arme einer Gefräßigen Rose hinein, die die Gelegenheit dazu nutzte, nach Frau Eckzahns Auge zu schnappen. Estephaga Glazards ganze Heilkunst und viele geheime Zauberei-Zutaten waren vonnöten, um Frau Eckzahns Auge zu retten. Es entsprach aber Frau Eckzahns Charakter, dass sie die Kollegin Glazard noch während der Verarztung heftig beschimpfte. Denn die Rose hatte sich in Frau Eckzahn verbissen und wollte nicht mehr loslassen, woraufhin Frau Glazard der Rose kurzerhand den Arm abgehackt hatte. Das nahm Frau Eckzahn ihrer Kollegin Glazard bis heute übel, obwohl sich die Maßnahme für Frau Eckzahns Auge als befreiend erwiesen hatte.

„Es hätte mich auch sehr betrübt", nahm Viego das Gespräch wieder auf, „wenn Finsterpfahl an Fortinbrack gefallen wäre. Ich bin froh, dass sich der Aufstand nach Fortinbracks Niederlage im Sand verlaufen hat."

„Wer würde den Verlust von Finsterpfahl beklagen außer Ihnen?", fragte Frau Eckzahn. „Dieses dunkle, böse Stück Land …"

„Es ist nicht ganz so schlimm, wie die Leute denken."

„Eine Studienfreundin von mir musste am ‚Kostenlosen Internat von Finsterpfahl' ihr praktisches Jahr absolvieren."

„Sie haben eine Freundin?"

„Wir haben während des Studiums viele interessante Streitgespräche geführt", sagte Frau Eckzahn. „Dann ging sie nach Finsterpfahl und kam nie mehr zurück. Es hieß, sie nehme an einem geheimen Forschungsprojekt auf der Südhalbkugel teil. Das ist jetzt vierunddreißig Jahre her. Ich habe nie wieder von ihr gehört."

„Sie wollen damit sagen …"

„Ich nehme an, das geheime Forschungsprojekt lautete: Wie fühlt es sich an, tot und lieblos verscharrt in einem Grab zu liegen, von dem niemand etwas wissen will?"

Wieder verzerrte ein Lächeln Viego Vandalez' Gesichtszüge.

„Sie haben ganz sicher recht", sagte er. „Es kann keinen anderen Grund dafür geben, dass sich ein vernünftiger Mensch nie wieder bei Ihnen meldet, Frau Eckzahn."

Eine Gruppe von Schülern berichtete in den ersten, warmen Sommertagen, sie hätten Kreutz-Fortmann spuken sehen. Der sehr bleiche und hochgewachsene General mit den kalten Augen habe ihnen im Flur aufgelauert, sei dann aber ohne ein Wort oder eine Regung an ihnen vorbeigeschritten. Der Fall wurde untersucht, obwohl man die Zuverlässigkeit der Schüler-Aussagen anzweifelte. Natürlich waren die Kinder versucht, sich mit solchen erfundenen Geschichten wichtig zu machen! Die Untersuchung wurde mit dem Ergebnis eingestellt, dass es kein Kreutz-Fortmann-Gespenst gebe. Trotzdem wollte Lisandra zu gerne an die Erscheinung des Generals glauben. Mit Geicko trieb sie sich vorwiegend in dem Gebäudetrakt herum, in dem der Geist angeblich gesichtet worden war. Doch ohne Erfolg. General Kreutz-Fortmann zeigte sich nicht.

Thuna fand es sehr bedenklich, wie unkritisch Lisandra und Geicko auf Gespenstersuche gingen. Sie sollten doch froh sein, wenn ein ausgemachter Bösewicht so mausetot blieb, wie er es verdient hatte.

„Aber wie soll er dann bereuen und seine Seele geläutert werden?", fragte Lisandra. „Gönnst du ihm denn keine Erlösung?"

„Als ob es dir um seine Erlösung geht!"

„Menschen können sich ändern! Schau dir Berry an!"

„Die lebt aber noch."

„Ja, zum Glück", sagte Lisandra und bei dem Gedanken, was am Tag der Schlacht so alles passiert war, lief ihr eine Gänsehaut über den Rücken. Vor allem piekste es in ihrem Bauch, dort, wo die Wunde gewesen war. Estephaga Glazard hatte darüber gestaunt, dass Lisandra an der lebensgefährlichen Verletzung nicht verblutet war. Es war knapp gewesen, knapper als knapp. Lisandra wusste nur zu gut, dass sie Thunas Sternenstaub ihr Leben verdankte, und wie immer, wenn sie sich daran erinnerte, lenkte sie ein.

„Weißt du, Thuna, ich kann keine Karriere als Fee machen, so wie du. Mir bleibt nur das Zaubern mit Instrumenten und das möchte ich so gründlich wie möglich lernen. Aber wenn du darauf bestehst, dass ich mir einen lebendigen und moralisch nicht ganz so verdorbenen Lehrer wie Kreutz-Fortmann suche, dann gehe ich eben Gerald auf die Nerven."

„Besser du übst Lesen und Schreiben, dann kannst du aus Büchern lernen."

Lisandra verdrehte die Augen. Immer wieder diese leidige Diskussion!

„Bücher sind nichts für mich. Fertig, aus. Man kann aus einem Vampir keinen Blutspender machen und aus mir keinen Bücherwurm!"

Für Thuna ging der Beginn des Sommers mit verwirrenden Gefühlen einher. Dass ein ehemaliger Stoffhase ihr eine eifersüchtige Szene machte, weil sie mit Lars dem Gärtnerjungen über Kuhglockenblumen geredet hatte, war nur eine der vielen Merkwürdigkeiten, die sie tagtäglich erlebte. Ihre Ausflüge in den verrückten, dunklen Wald und die Ehrfurcht, die man ihr dort als vermeintlicher Fee entgegenbrachte, kamen ihr wie ein großer, bunter und viel zu schöner Traum vor. Sehr viel realistischer waren dagegen ihre Erfahrungen mit Sternenstaub. Das Zeug eignete sich gar nicht zum Zaubern, nicht mal ansatzweise. Wäre nicht Lisandra in den Genuss einer Sternenstaub-Wunderheilung gekommen, dann hätte Thuna geglaubt, dass das ganze Sternenstaub-Theater komplett lächerlich war. Wie verrückt musste man denn sein, um mit einer Schachtel durch verlassene Zimmer der Festung zu kriechen, Staub unter Schränken zusammenzuklauben und den eingesammelten Staub über Nacht aufs Dach zu stellen, in der Hoffnung, dass er sich mit Sternenlicht vollsog? Wenigstens konnte Geicko Thuna versichern, dass der Staub kurz geschimmert und geglitzert hatte, als er auf die verwundete Lisandra gefallen war. Das rief sich Thuna immer wieder ins Gedächtnis, wenn der Staub, den sie die ganze Zeit mit sich herumtrug, keine Anstalten machte, etwas anderes zu sein als eben nur Staub. Grauer, hässlicher Staub, von dem Maria unkontrollierte Niesanfälle bekam.

Rackiné hasste Lars, den Gärtnerjungen. Der blöde Schüler aus Quarzburg war eines Mittags im Garten aufgekreuzt und hatte nichts Besseres zu tun gehabt, als die angefressenen Monster-Stiefmütter einer eingehenden Prüfung zu unterziehen. Rackiné machte sich unter seiner Stiefmutter ganz flach, aber Lars entdeckte ihn trotzdem.
„Sieh mal einer an!", rief der grässliche Junge. „Und ich dachte schon, wir hätten es mit einer Attacke der Unersättlichen Mammutnacktschnecke zu tun."
Rackiné, voller Erde und noch längst nicht satt, hatte den Jungen nur böse angeguckt und ihm dann, weil ihm gerade so danach war, die Zunge rausgestreckt.

„Hübsche Zunge", sagte Lars. „So schön lila!"

Dann hatte Lars seine Schaufel gepackt und die Schubkarre, die so laut quietschte, und war losgezogen, um die Unvergessenen Verwegenen mit Regenwaldfroschkot zu düngen. Sie schluckten wöchentlich mehrere Schubkarrenladungen von dem Zeug, was einer der Gründe dafür war, warum Unvergessene Verwegene so selten angepflanzt wurden. Sie waren unverschämt anspruchsvoll.

Rackiné aber lief in die Festung, kaum dass der grauenvolle Lars abgezogen war, und guckte in einen der Spiegel in den Jungenklos. Seine Zunge war tatsächlich lila verfärbt, was vermutlich am Genuss der lila Stiefmütter-Blüten lag. Wenn Rackiné daran dachte, dass er auch schon olivgrüne und blutrote Blütenblätter gegessen hatte, dann schämte er sich für die vielen herausgestreckten Zungen der letzten Monate. Er würde seinen vielfältigen Abneigungen in Zukunft auf andere Weise Luft machen müssen. Das beschloss er und dann rannte er in den Garten zurück, um seinen Hunger an den Stiefmüttern mit den senfkackgelben Blütenblättern zu stillen, was ihm jedoch gründlich verging, als er seine Freundin Thuna bei den Unvergessenen Verwegenen stehen sah, wo sie Lars schöne Augen machte. Schöne, leicht schräg stehende Feenaugen!

„Ich dachte, du kommst gar nicht mehr nach Sumpfloch", hörte er Thuna sagen.

„Da hab ich mir auch Sorgen gemacht", erwiderte Lars. „Meine Eltern meinten, ich solle mich mehr um die Schule kümmern als um Sumpflochs Garten. Erst als mein Naturkreislauf-Lehrer ein gutes Wort für mich eingelegt hat, haben sie mich wieder fliegen lassen."

„Aber ist es nicht teuer, jeden Tag den Flugwurm von Quarzburg zu nehmen?"

„Schon", sagte er. „Es frisst fast meinen ganzen Lohn auf. Aber was ich hier lerne, lerne ich sonst nirgends. Ich liebe diesen Garten! Als ich gehört habe, dass Sumpfloch angegriffen wird, hatte ich riesige Angst um all die Pflanzen. Natürlich auch um die Schüler!"

„Oh, Frau Eckzahn hatte auch Angst um ihre Rosen!"

Blablabla. Thuna erzählte jetzt die Geschichte von Frau Eckzahn, Lars erzählte daraufhin eine langweilige Geschichte von Wunschtrollbabys, die er unter dem Flüsternden Wachsblumenkraut gefunden hatte. Danach redeten sie beide über den Klang der Kuhglockenblumen, der in diesem Sommer tiefer war als im letzten, und die ganze Zeit strahlte Thuna den blöden

Lars an, als sei er ein Fotomat kurz vorm Abschuss des Bild-Einfang-Strahls.

Am Abend stellte Rackiné seine Freundin Thuna zur Rede, allerdings ohne Erfolg. Sie lachte ihn nur aus und ermahnte ihn, nicht so albern zu sein. Es sollte aber noch schlimmer kommen: Als Rackiné bei Einbruch der Nacht in den Garten sprang, um eine letzte Stiefmütter-Mahlzeit einzunehmen, prallte er just vorm ersten Bissen gegen einen unsichtbaren magikalischen Zaun. Der Schlag traf ihn so unerwartet, dass seine Ohren bis in die letzten Haarspitzen erzitterten und dann schlaff einknickten. Eine sagenhafte Wut wollte den Hasen überwältigen, aber noch während er die Fäuste ballte, beschlich ihn eine so große, mächtige Traurigkeit, dass sich aller Zorn in Melancholie verwandelte.

Rackiné verbrachte die längste Nacht seines Lebens im Schein des Mondes in unmittelbarer Nähe der unerreichbar gewordenen Stiefmütter und fasste einen Entschluss: Er würde nicht aufgeben. Er würde so lange um Thunas Aufmerksamkeit kämpfen, bis ihn dieses zauberhafte Fotomat-Strahlen traf, das Lars von ihr bekam, aber nicht verdiente. Rackiné würde den schrecklichen Lars besiegen und am Ende würde er ihm das Maul mit dem unsichtbaren, magikalischen Zaun stopfen, sodass die Welt für immer und ewig von seinen öden Wunschtrollbaby-Geschichten verschont blieb. Darauf ein Hasen-Ehrenwort!

Von diesen schlimmen Hasen-Sorgen wusste Maria nichts. Rackiné verriet ihr kein Wort davon, weil er dafür zu stolz war. Außerdem merkte er, dass Maria gerade andere Dinge im Kopf hatte. Und zwar hauptsächlich sich selbst, was Maria aber nicht als Egoismus ausgelegt werden durfte. Es war nur so, dass sie während der Schlacht um Sumpfloch entdeckt hatte, dass sie in ihre eigenen Gedanken klettern konnte, indem sie von der einen Seite eines Spiegels auf die andere Seite eines Spiegels ging. Es war übrigens keinen Moment zu früh gewesen, als sie am Tag der Schlacht in den Spiegel der Spiegelfonkammer gestiegen war. Die Spiegelfonkammer, die gerade dabei gewesen war, umzukippen, wurde noch während des Umkippens von einer Krümelgranate getroffen. Die Krümelgranate machte ihren Namen alle Ehre und verwandelte die alte Spiegelfonkammer in einen Haufen winziger Holzspäne und Glasscherben.

Maria bekam davon nichts mit. Jenseits des Spiegels, im Inneren ihrer eigenen Gedanken, war es gemütlich, still und bequem. Maria bemerkte nur, dass der Spiegel, durch den sie ihren Kopf betreten hatte, plötzlich verschwand. Es beunruhigte sie kaum, ahnte sie doch, dass es auch noch andere Ausgänge (also Spiegel) in der Festung gab. Außerdem war Maria in der sicheren, wohligen Umgebung ihrer persönlichen Träume ein anderes Mädchen als sonst. Nichts brachte sie aus der Ruhe, alles war gut so, wie es war.

Auf der Suche nach einem anderen Ausgang zurück nach Sumpfloch ging Maria an jenem Tag in ihrem Kopf spazieren. Sie kam in die unterschiedlichsten Räume, fand Bibliotheken, Museen, gemütliche Sessel und Sofas, Kaminfeuer und Kekteller, eine Katze mit rot-weiß-gestreiftem Schwanz, eine sehr gesprächige Mäuse-Familie und einen höflichen Affen in hübscher, bunter Uniform. Dabei handelte sich es um den Affen, der ihr immer die falschen Bücher gebracht hatte. Wobei es gar nicht die falschen Bücher waren, wie Maria jetzt erkannte. Es waren die richtigen Bücher, nur sie, Maria, war falsch, wenn sie außerhalb ihrer selbst existierte. Diese und andere Erkenntnisse zogen Maria sehr in ihren Bann. Spiegel gab es in Marias Kopf genug, fast in jedem Raum einen anderen, und so kletterte sie durch einen davon nach Sumpfloch zurück, nachdem sie sorgfältig hineingesehen und festgestellt hatte, dass auf der anderen Seite wieder Frieden eingekehrt war.

Seit diesem Tag machte Maria immer wieder Ausflüge in ihre geistige Wunderwelt, wo sie ganze Nachmittage damit verbrachte, in einem Sessel zu hocken, Kekse zu essen und zu lesen. Ein Buch namens „Augsburg" hatte es ihr besonders angetan. Es handelte von einem Mädchen, das sich in ihrer eigenen Welt fremd vorkam. Sie hatte immer das Gefühl, in Wirklichkeit an einen ganz anderen Ort zu gehören. Auch träumte sie von Liebe und Freundschaft, doch dieser Traum wollte sich nicht erfüllen. Bis eines Tages …

„Maria, wo steckst du? Es ist bald Mitternacht!"

Es war Berrys Stimme, die nach Maria rief. Es war nämlich so, dass Maria immer häufiger die Zeit vergaß, wenn sie in ihrem Geist herumstöberte. Einmal hatte sie eine ganze Nacht mit Lesen zugebracht, ohne es auch nur zu ahnen. Als sie wieder aus ihrem Spiegel geklettert war, hatte sie die Nacht und einen halben Morgen verpasst. Sie kam hungrig und zu spät zu „Eintracht und Freundschaft" und schlief ein, während Frau Eckzahn den Unterschied zwischen Abscheu und Hass erläuterte („Hass ist vorbildlich, da er in seiner reinsten Form bedingungslos ist. Abscheu hingegen ist ein kleinliches Gefühl, da es sich an nebensächlichen Ekelhaftigkeiten entzündet und viel zu schnell abebbt, wenn eine Ekelhaftigkeit aus dem Weg geräumt ist!"). Frau Eckzahn bemerkte es und ließ Maria zur Strafe einen Aufsatz über die mildtätige Wirkung der Arroganz schreiben. Eine Aufgabe, der Maria überhaupt nicht gewachsen war, was ihr ein Ungenügend mit Sternchen einbrachte. Um sich solche überflüssigen Strapazen in Zukunft zu ersparen, hatte sie sich angewöhnt, immer einer Freundin Bescheid zu geben, in welchem Spiegel sie gerade steckte, mit der Bitte, sie zu rufen, wenn etwas Wichtiges anstand. So etwas wie Abendessen oder Schlafengehen.

Zu Marias Freundinnen gehörte auch Berry, denn die Zeit der Feindschaft war vorbei. Die Mädchen von Zimmer 773 hatten Berry verziehen und zwar richtig. Als die Nachricht kam, dass Berrys Eltern verhaftet worden waren, standen sie Berry bei. Es war ja einerseits beruhigend, dass Berrys Eltern im Gefängnis von Tolois-Park saßen, denn dort waren sie vor Grindgürtels Vergeltung sicher. Andererseits waren sie nun überführte Verbrecher und daran war ihre Tochter schuld. Hätte Berry den Knopf an Hanns übergeben, so wie es geplant gewesen war, dann wären ihre Eltern jetzt frei und reich gewesen und würden mit ihrer Tochter Berry an irgendeinem luxuriösen, behaglichen Ort weilen, weit entfernt von einem Krieg, dessen Ausbruch sie verschuldet hätten. Wie man es drehte und wendete, Berry blieb eine Verräterin. Entweder an Amuylett oder an ihren Eltern.

„Es ist nicht deine Schuld", pflegte Scarlett ihre neue Freundin Berry zu beruhigen. „Deine Eltern haben damit angefangen. Sie sind verantwortlich für das, was sie getan haben."

Das mochte zwar stimmen, doch Gefühle kann man nicht auf Knopfdruck ausstellen. Berry hatte ihre Eltern sehr geliebt. Sie tat es immer noch, nur dass sich jetzt solche unangenehmen Gefühle wie Reue, Bitterkeit und Wut in ihre Liebe mischten. Der Brief, den Berry einige Tage später von ihren Eltern aus dem Gefängnis erhielt, machte es nicht besser. Am besten war der Satz, den Lisandra immer wieder gerne zitierte:

„Wir verzeihen dir, dass du uns so unglücklich gemacht und jeder Freude im Leben beraubt hast, denn obwohl du uns in jeder Hinsicht

enttäuscht hast und offenbar nicht weißt, wie viel du uns verdankst, lieben wir dich von ganzem Herzen!"

Berry bekam diesen Satz so oft zu hören, dass sie gegen das Gift, das in ihm steckte, fast immun wurde. Ob es nun Kunibert war, der nachts mal wieder seinen Stein aus der Wand pfefferte und alle damit aufweckte („Obwohl du uns so unglücklich machst, Kunibert, lieben wir dich von ganzem Herzen!") oder Lisandra dabei erwischt wurde, dass sie Berrys Hausaufgaben als ihre eigenen ausgab („Offenbar weiß Herr Westbarsch nicht, wie viel er mir verdankt!") oder Thuna eine Verabredung verschwitzte, weil sie mal wieder zu lange im Wald geblieben war („Wir verzeihen dir, obwohl du uns in jeder Hinsicht enttäuscht hast!") – Lisandra fand für diesen Satz jederzeit und überall Verwendung, was Berry darüber hinwegtröstete, dass es die großartigen Menschen, für die sie ihre Eltern einmal gehalten hatte, nicht mehr gab.

Gerald war fünf Tage nach der Schlacht nach Sumpfloch zurückgekehrt. Ohne Zahn, dafür mit dem festen Vorsatz, seine Liebe zu Scarlett nicht länger zu verheimlichen. Es war nicht leicht gewesen, seinen Vater Gangwolf davon zu überzeugen, und auch Viego gab nur widerwillig seinen Segen zu Geralds Wunsch, in aller Öffentlichkeit mit Scarlett Händchen zu halten. Er gab zu bedenken, dass sie sich damit beide gefährdeten: Wenn einer von beiden aufflog, hing der andere mit drin. Doch Gerald blieb stur, auch als ihn Viego in Anwesenheit von Scarlett noch einmal in die Mangel nahm.

„Du weißt nicht, was dieses Mädchen in ihrem Leben noch anstellen wird! Wenn die Leute wissen, dass du eine Schwäche für sie hast, kann dich das sehr teuer zu stehen kommen!"

„Ja, aber das ist Schicksal" erwiderte Gerald. „Wenn ich verstecke, was mir am wichtigsten ist, komme ich mir wie ein Lügner vor."

Scarlett wäre fast in Tränen der Rührung ausgebrochen angesichts dieser Liebeserklärung, doch Gerald wusste, wie er sie zielsicher vor einem peinlichen Gefühlsausbruch bewahren konnte.

„Außerdem, Scarlett", sagte er, „wäre es den anderen Mädchen gegenüber nicht fair. Rhonda fragt mich dreimal am Tag, ob ich mit ihr schwimmen gehen möchte, und Niobe leiht sich ständig Zeug von mir aus, nur um es eine Stunde später zurückbringen zu können. Dann ist da noch Fiona aus dem fünften Jahrgang, die mir andauernd Briefe ohne Absender schickt, aber jeder weiß, dass sie von ihr sind, vor allem, weil ihre Freundin Ko, die auch in mich verschossen ist, es jedem erzählt hat ..."

„Schon verstanden, Gerald", sagte Scarlett. „Du möchtest nicht, dass sie ihre Zeit noch länger mit einem aufgeblasenen Angeber vergeuden. Das ist nett von dir! Und so selbstlos!"

„Ja, finde ich auch", sagte er und legte ihr ganz offiziell den Arm um die Schulter, als sie gemeinsam zum Abendessen in Wanda Flabbis beleuchteten Innenhof spazierten. Scarlett wurde sehr warm dabei zumute und das lag nicht nur an der lauen Sommerbrise.

In all den unbeschwerten Sommerwochen vor den großen Ferien dachte Scarlett immer wieder an Hanns. Sie wusste nicht, ob er ihr Freund oder ihr Feind war. Oft durchlebte sie noch einmal ihre letzte Begegnung mit ihm: Hatte er ihr zur Flucht verholfen oder sie in eine Falle geschickt? Die zweite Abzweigung hatte nicht in den Garten geführt, so wie er es behauptet hatte, sondern ins Gehege der Faulhunde. Scarlett war mit Gerald noch einmal in die unterirdischen Gänge hinabgestiegen, um herauszufinden, ob sie damals die falsche Abzweigung erwischt hatte. Doch eine klare Antwort auf diese Frage fand sie auch hier unten nicht. Vielleicht hatte Hanns eine Einbuchtung in der linken Wand mitgezählt, die Scarlett nicht mitgezählt hatte. Oder vielleicht hatte er die Abzweigungen falsch im Gedächtnis gehabt. Obwohl – das sähe ihm gar nicht ähnlich. Scarlett konnte Gerald kaum erklären, warum sie das alles so beschäftigte.

„Er war nun mal mein bester Freund", sagte sie. „Wenn wir beide plötzlich Feinde wären, du und ich, dann würde ich mich auch fragen, was überhaupt mal echt gewesen ist und was nur Lüge war."

„Er wollte dich mit nach Fortinbrack nehmen", sagte Gerald. „Wie viel Sympathiebekundung brauchst du denn noch?"

„Ja, aber da wusste er noch nicht, dass ich hierbleiben will."

„Vielleicht war ihm selbst nicht klar, was er mit dir machen soll. Er hat dich laufen lassen, wusste aber, dass er dich jederzeit wieder einfangen kann. Das hat er zumindest geglaubt. Er hat ja nicht geahnt, dass dir Berry den Riesenzahn gibt und du damit im Vorteil bist."

„So wird's wohl gewesen sein. Und damit wäre das Kapitel Hanns beendet."

„Hoffen wir's."

„Wirst du endlich doch noch eifersüchtig?"

„Wieso? Weil er jünger ist als ich und schon einer der besten Zauberer der Welt? Weil er mal Herrscher eines abtrünnigen Reiches wird? Weil du ihn jeden Tag dreimal erwähnst? Pah, du machst Witze. So einer kann mir doch nicht das Wasser reichen!"

Scarlett lachte. Sie lachte viel in dieser Zeit und das war ein Zauber für sich: Die anderen Schüler hatten viel weniger Angst vor ihr, wenn sie so fröhlich war. Als wäre sie gar keine böse Cruda mehr. In diesen flimmer-flatter-bunten Sommertagen gab es keine Sorgen, die auf Scarlett lasteten. Keine bis auf eine: Gerald würde die großen Ferien bei seiner richtigen Mutter in seiner Heimatwelt verbringen. So war es jedes Jahr und es war wichtig für ihn. Natürlich konnte ihn Scarlett nicht dorthin begleiten. Sie würde alleine in Sumpfloch bleiben müssen. Na ja, fast alleine. Viego war ja noch da. Obwohl er angekündigt hatte, dass auch er zwischendurch würde verreisen müssen.

Thuna war wieder von Maria eingeladen worden und sie nahm die Einladung an, obwohl es ihr schwerfiel, den bösen Wald zu verlassen. Aber Maria bat sie so inständig, dass Thuna nicht Nein sagen konnte. Lisandra würde zähneknirschend in den Haushalt des Geldmorguls zurückkehren. Und Berry? Eine Tante, die Berry kaum kannte, hatte bei der Schulleitung angefragt, ob sie Berry über die Ferien zu sich holen dürfe. Viego hielt das für eine schlechte Idee. Berry wäre dort nicht sicher. Andererseits konnte Berry ja nicht den Rest ihres Lebens eingesperrt in Sumpfloch verbringen.

Kurz vor den Ferien wurde Berrys Tante eine Absage erteilt. Die Direktorin Perpetulja, Viego Vandalez und Berry hatten dies lange besprochen und schließlich gemeinsam entschieden. Damit stand fest, dass Berry die ganzen Ferien über in Sumpfloch bleiben würde. Diese Aussicht hätte Scarlett noch vor einem halben Jahr zu schwer kontrollierbaren bösartigen Ausbrüchen veranlasst. Jetzt passierte das Gegenteil. Ihr Herz machte einen unsichtbaren Luftsprung, weil sie Berry gern hatte. Sehr gern sogar.

Am vorletzten Abend des Schuljahrs fehlte Berry beim Abendessen im Innenhof. Die Mädchen dachten sich nichts dabei. Selbst als Estephaga Glazard auf eine Holzkiste stieg, damit alle sie sehen konnten, und um Ruhe bat, ahnten sie nicht, dass ein Schatten auf Sumpfloch gefallen war.

„Meine lieben Kinder, meine lieben Kollegen", begann Estephaga Glazard ihre Rede. „Unsere Direktorin Perpetulja hat mich damit beauftragt, euch diese traurige Mitteilung zu machen. Wir hatten heute Besuch von mehreren Beamten der Regierung. Sie setzten uns davon in Kenntnis, dass Berry Lapsinth-Water, eine unserer Schülerinnen, maßgeblich am Diebstahl des heiligen Riesenzahns aus dem Museum in Austrien beteiligt war. Nach den Gesetzen von Amuylett darf sie nicht verurteilt werden, weil sie zum Zeitpunkt der Tat unter dreizehn Jahre alt war. Doch die Regierung hielt einen Schulverweis für dringend erforderlich. Wir konnten die Beamten leider nicht vom Gegenteil überzeugen. Sie haben Berry mitgenommen und nach Finsterpfahl gebracht, wo sie den Rest ihrer Schulzeit im ‚Kostenlosen Internat von Finsterpfahl' verbringen soll."

Scarlett hörte zu und konnte es nicht glauben: Beamte der Regierung! Immer kamen sie ganz plötzlich, ohne Vorankündigung, und holten Menschen ab.

„Bitte behaltet eure Mitschülerin in guter Erinnerung", fuhr Estephaga Glazard fort. „Und diejenigen unter euch, die mit Berry befreundet waren, möchte ich ermutigen, Berry zu schreiben. Das arme Mädchen kann bestimmt jede Form von Zuspruch gebrauchen. Dort, wo sie jetzt ist."

Tatsächlich blickte Frau Glazard in mehr als ein bestürztes Gesicht. Berry war bei ihren Klassenkameraden beliebt gewesen, alleine schon deswegen, weil sie immer alle abschreiben ließ. Sie war hilfsbereit gewesen und verlässlich. So jemandem wünschte man nicht, dass er in das ‚Kostenlose Internat von Finsterpfahl' verfrachtet wurde. Das wünschte man nicht mal seinen Feinden. Selbst diejenigen Schüler, die Berry gar nicht gekannt hatten, hörten für einen Moment auf zu essen und starrten beklommen vor sich hin. Dann aber ging das Leben weiter. Estephaga Glazard stieg von der Kiste, die Kinder fingen wieder an zu essen und zu reden. Alle außer Scarlett und ihren Freundinnen.

„Scarlett?"

Es war Viegos Stimme. Er stand hinter Scarlett. Sie hatte gar nicht gemerkt, dass er den Lehrertisch verlassen hatte.

„Scarlett", sagte er leise, „ich werde mich darum kümmern."

Sie drehte sich nach ihm um, genauso wie Lisandra, Thuna und Maria.

„Können Sie sie zurückholen?", fragte Maria.

„Das weiß ich nicht", antwortete er. „Aber ich werde mich gleich auf den Weg machen. Habt schöne Ferien, ihr alle!"

Er legte Scarlett zum Abschied die Hand auf die Schulter.

„Bevor ich abreise, habe ich noch etwas für dich, Scarlett. Ich trage es seit einigen Tagen mit mir herum und wusste nicht, ob ich es dir geben soll. Aber der Brief ist an dich adressiert, also steht er dir zu."

Mit diesen Worten überreichte er ihr einen Umschlag, dann verschwand er aus dem Innenhof.

„Von wem ist der Brief?", fragte Lisandra.

Scarlett drehte den Brief um und starrte auf den Absender: *Hanns von Fortinbrack* stand dort in einer eleganten Handschrift geschrieben. Das war wohl auch der Grund, warum der Brief nicht sofort bei Scarlett gelandet war. Der Brief war bereits geöffnet worden und man sah ihm an, dass er durch viele Hände gewandert war.

„Ach, du meine Güte!", rief Thuna. „Was schreibt er?"

Mit Herzklopfen griff Scarlett ins Innere des Umschlags und zog eine Karte hervor. Sie bestand aus festem Karton und es stand nur ein Satz darauf. Er lautete:

„Es ist nicht alles so, wie du denkst!"

Scarlett starrte auf den Satz und wusste nicht, was sie damit anfangen sollte.

„Steht noch was auf der Rückseite?", fragte Lisandra.

Scarlett drehte die Karte um und sah, dass die Karte eigentlich ein Foto war. Das Foto zeigte einen verwitterten Grabstein. Der Grabstein war im Halbdunkel aufgenommen worden, doch der Name, der darauf stand, war deutlich zu erkennen. Es war nur ein einziger Name ohne Jahreszahlen. Als Scarlett ihn las, war es ihr, als hätte man Sonne und Mond auf einmal ausgeknipst. Der Name war ihr so vertraut. Sie hatte nie aufgehört, sich zu fragen, was aus ihr geworden war. Wie es ihr jetzt ging. Ob sie wieder in einem Waisenhaus arbeitete. Und wo. Ob sie noch an Scarlett dachte. Und was sie dachte. Ob sie sie jemals wiedersehen würde. Und wann. Jetzt hielt sie die Antwort auf all diese Fragen in ihren Händen. Die endgültige Antwort. In schlichten Buchstaben stand sie auf diesem Grabstein geschrieben. Eleiza Plumm. Einfach nur: Eleiza Plumm.

Liebe Leser,
ich freue mich über eure Post!
Schickt sie an:
HaloSummer@aol.com

Ihr findet mich außerdem hier:
www.facebook.com/sumpflochsaga
http://sumpflochsaga.blogspot.de

Die Sumpfloch-Saga
Band 1, Feenlicht und Krötenzauber
Band 2, Dunkelherzen und Sternenstaub
Band 3, Nixengold und Finsterblau
Band 4, Mondpapier und Silberschwert
Band 5, Feuersang und Schattentraum

Der sechste Band der Sumpfloch-Saga erscheint voraussichtlich im Winter 2013/2014.

Alle Bände als E-Books und Taschenbücher erhältlich bei:
www.amazon.de

Printed in Poland
by Amazon Fulfillment
Poland Sp. z o.o., Wrocław